AVEC LE
sourire

ARIEL TACHNA

AVEC LE *sourire*

ARIEL TACHNA

Publié par
DREAMSPINNER PRESS

5032 Capital Circle SW, Suite 2, PMB# 279, Tallahassee, FL 32305-7886 USA
www.dreamspinnerpress.com

Avec le sourire
Copyright de l'édition française © 2017 Dreamspinner Press.
Titre original : Service with a Smirk
© 2017 Ariel Tachna.
Première édition : janvier 2017
Traduit de l'anglais par Laura Brohan.

Illustration de la couverture :
© 2017 L.C. Chase.
http://www.lcchase.com
Les éléments de la couverture ne sont utilisés qu'à des fins d'illustration et toute personne qui y est représentée est un modèle

Édition e-book en français : 978-1-63533-612-2
Édition imprimée en français : 978-1-63533-611-5
Première édition française : avril 2017
v 1.0

Édité aux Etats-Unis d'Amérique.

Remerciements

À Anne, Elizabeth et Connie, qui n'ont jamais cessé de croire que je terminerais ce livre, et à Janelle, pour m'avoir donné la possibilité de faire une pause dans son écriture jusqu'à ce que je sois réellement prête à l'écrire.

I

PASCAL LAROCQUE soupira en jetant son sac de sport plein de vêtements sales dans la petite buanderie de son appartement – une des raisons pour lesquelles il était prêt à payer le loyer exorbitant de cet immeuble – et contempla ses options pour la soirée.

Cela faisait un peu plus de trois semaines que ses « dames » étaient venues à la Colombe d'Or, le restaurant huppé du centre-ville de Montréal dans lequel Pascal travaillait six jours par semaine comme l'un des trois chefs de rang. Il n'avait même pas encore ouvert le dernier tome de la série *Pascal St-Laurent, l'homme secret* qu'elles lui avaient offert en juin, lors de leur dernier passage au restaurant. Il devait en lire une grande partie avant qu'elles ne reviennent pour leur dîner mensuel ou bien elles le lui feraient payer. Une soirée tranquille à la maison était plutôt tentante après la semaine chargée qu'il avait eue, mais Benjamin et René l'avaient coincé à la salle de sport et avaient insisté pour qu'il sorte boire un verre avec eux au Salon au lieu de passer son samedi soir, rarement libre, à la maison.

Grommelant en pensant à l'inconvénient d'avoir des amis têtus, il se rendit dans la salle de bain pour se préparer à sortir.

Une heure plus tard, il était assis à une table d'angle, sirotant son martini en attendant ses amis. S'ils ne venaient pas, il ne sortirait plus jamais avec eux.

Venir au Salon était toujours une bonne occasion de se rincer l'œil. En regardant autour de lui, Pascal vit de nouveaux visages parmi les barmans et les serveurs qui apportaient leurs boissons aux clients.

Bientôt, il devrait arrêter de les regarder de cette manière. Il approchait d'un âge assez avancé pour pouvoir être leur père. Il aimait à penser qu'il ne faisait pas son âge, à part les quelques cheveux blancs au niveau de ses tempes. Il n'avait pas l'impression d'avoir cet âge, mais cela ne changeait pas la réalité du nombre. Il avait quarante-huit ans et était prêt à parier qu'aucun des gars qu'il était en train de fixer ne dépassait les vingt-cinq ans. Adrien, le propriétaire du bar, n'embauchait pas de personne ayant moins de vingt ans – il leur laissait deux ans après l'atteinte de la majorité pour gagner en maturité avant de les employer –, mais il connaissait ses habitués.

Les jeunes hommes attiraient plus de clients que les hommes de plus de trente ans.

— Vous en voulez un autre ?

Il s'agissait de l'un des nouveaux serveurs : un minet avec des cheveux châtains coupés court, aux pointes blondes, et coiffés en épis. Il était mignon, son sourire aguicheur et il portait le tee-shirt le plus moulant du monde.

— Oui, pourquoi pas, répondit Pascal.

Il but ce qu'il restait de son verre pour que le serveur puisse le récupérer.

— J'ai mon ardoise au bar.

— Adrien me l'a dit, répondit le serveur en se penchant pour prendre le verre et essuyer la table. Il m'a demandé de prendre bien soin de vous.

Pascal fronça les sourcils. Adrien aurait pu dire de nombreuses choses, mais celle-ci n'en faisait pas partie. Soit le gamin cherchait à obtenir un meilleur pourboire – se pencher de manière provocante pour que Pascal puisse reluquer ses fesses était une chose ; mentir ouvertement en était une autre –, soit il faisait du racolage. Pascal ne se privait pas pour reluquer des fesses rebondies dans des jeans encore plus serrés, mais il était devenu un habitué du Salon parce que les serveurs d'Adrien ne se prostituaient pas en marge de leur métier de serveur.

— C'est quoi ce regard ? demanda René lorsqu'il rejoignit Pascal à la table. Tu n'es pas du genre à froncer les sourcils lorsque ton regard se pose sur une paire de fesses.

— Nouveau serveur, répondit Pascal. Il est encore un peu… gauche dans sa manière de faire.

— Et toi, toujours aussi exigeant que d'habitude, déduisit René.

— Ce n'est pas parce que c'est un bar de la rue Sainte-Catherine et non un restaurant du centre-ville que cela autorise un mauvais service, insista Pascal.

Le jeune homme revint avec le verre de Pascal et le posa sur la table avec un sourire enjôleur avant de se tourner vers René.

— Que puis-je vous servir ?

Pascal fronça de nouveau les sourcils. Ce ton dans sa voix, ce ton qui semblait inviter à plus qu'une simple consommation, l'agaçait au plus haut point.

Bien entendu, René mit de l'huile sur le feu. C'était tout lui.

— Qu'y a-t-il de… nouveau à la carte ?

Le gamin se pencha plus près, assez près pour que sa hanche touche quasiment l'épaule de René.

— Je suis certain de pouvoir trouver quelque chose pour vous surprendre. Qu'est-ce que vous aimez ? Sucré, acide, sec, amer ?

— Épicé, dit René. Quelque chose de relevé.

Pascal dut détourner le regard lorsque René se mit à lorgner le gamin ouvertement. À cette allure, René ne tarderait pas à le peloter ici même, à cette table. Mon Dieu, Pascal était heureux que ces jours-là soient derrière lui. Vingt ans plus tôt, il avait fait ce qu'il fallait pour accumuler assez d'expérience pour obtenir un poste dans un endroit comme la Colombe d'Or. Il ne recommencerait pas, même pour tout l'or du monde !

— Je sais exactement ce dont vous avez besoin, dit le serveur et, cette fois-ci, sa hanche toucha l'épaule de René. Une *chipotle margarita*. Si vous n'aimez pas, l'addition est pour moi.

Pascal devait reconnaître que le gamin réfléchissait rapidement. Ce n'était pas une boisson que Pascal aurait suggérée, mais peu de ses clients lui demandaient des recommandations pour les cocktails. Pour le vin, tout le temps, mais pas pour les cocktails.

Il jeta un œil à sa vodka martini, la même qu'il commandait chaque fois qu'il sortait boire un verre à moins qu'il ne commande du vin, et il se demanda quand il était entré dans une telle routine.

— Si cette boisson est celle que j'aime consommer, quel autre cocktail me suggérerez-vous ? demanda-t-il avant que le gamin ne quitte la table.

— Tu as l'intention de te saouler ce soir ? demanda René.

— Je suis simplement curieux, rétorqua Pascal, gardant les yeux fixés sur le serveur et non sur son ami.

— Ça dépend, répondit le serveur. Êtes-vous prêt à prendre des risques ou préférez-vous être prudent ?

Pascal se considérait comme une personne plutôt prudente, mais il reconnut le défi dans le sourire du gamin.

— Je peux prendre des risques.

Il donna un coup de pied à René sous la table quand ce dernier marmonna : « Quand les poules auront des dents. »

— Eh bien, dit le serveur, vous pourriez essayer un martini aromatisé : poire, grenade, framboise, quelque chose dans ce genre. Ou il y a toujours le cosmo. Il ressemble à ce que vous buvez, mais avec un petit quelque chose en plus. Si vous avez vraiment envie de prendre des risques, vous pourriez essayer le *Adieu Connard*.

3

Pascal souleva un sourcil en entendant cela.

— C'est… intriguant. Mais je pense que je vais continuer à boire ma vodka martini. Peut-être que quand je l'aurais terminée, je réfléchirais à vos suggestions.

Le serveur haussa les épaules et leur adressa un signe de tête avant de quitter la table.

— Quand les poules auront des dents, répéta René.

— Ferme-la, rétorqua Pascal sans aucune véhémence dans sa voix. Il n'y a rien de mal à avoir une boisson favorite.

— Rien du tout, acquiesça René. Mais il n'y a rien de mal non plus à essayer quelque chose de nouveau de temps en temps. Tu es coincé dans une routine et ce n'est pas sain.

— Parlons-nous toujours de mon choix de boisson ou essaies-tu de me dire quelque chose ?

— Nous ne pouvons discuter de rien parce que tu te comportes comme un vieux alors que tu n'as même pas encore cinquante ans, tu as tes petites habitudes et tu n'imagines même pas la possibilité que la vie ait encore quelque chose de bon à t'offrir. Cela va faire plus de quinze ans que Robert est décédé. Il ne voudrait pas que tu restes en deuil éternellement.

— Ça n'a rien à voir avec Robert, insista Pascal. J'aime ma vie telle qu'elle est.

— Oui, bien sûr que tu l'aimes, mais tu n'es pas heureux.

— Et tu penses que c'est en me tapant un minet dans les toilettes d'un bar que je vais être heureux ? Combien d'amis avons-nous perdus à cause de cette erreur de jugement ?

— C'était une autre époque et une autre façon de penser, lui rappela René. Nous sommes tous un peu plus malins aujourd'hui.

— Ou bien plus prudents, répliqua Pascal. Écoute, je sais que tu ne veux que mon bien, mais ce n'est pas ce dont j'ai envie. Laisse-moi… Laisse-moi juste aller en enfer à ma manière, d'accord ?

René allait répondre, mais quoiqu'il s'apprêta à dire, il fut interrompu par l'arrivée de Benjamin.

— *Hello, guys !*

— *Hey*, répondirent René et Pascal, passant à l'anglais maintenant que Benjamin les avait rejoints.

Bien qu'ils soient tous les trois bilingues, le français de Benjamin était bien moins bon que son anglais, donc Pascal et René passaient systématiquement à l'anglais lorsqu'il était avec eux.

— Il se passe des choses intéressantes ce soir ? demanda Benjamin en s'installant à la table.

— Adrien a engagé un nouveau serveur, répondit René. Mignon, cheveux assez blonds et en pagaille. Il semble prêt à s'accroupir devant le premier homme qui lui portera un peu d'intérêt.

— Es-tu intéressé ? demanda Benjamin à René en jouant des sourcils pour le taquiner.

Pascal avait depuis longtemps abandonné l'idée de comprendre leur relation.

— Non, Pascal l'a vu en premier.

— Oh, Pascal est intéressé ? Ça, c'est un revirement de situation !

— Je ne suis pas intéressé, répliqua Pascal avec un long soupir las. Chose que j'ai déjà dite à René. Il n'écoute pas, comme d'habitude.

— Peut-être que si tu changeais de disque, je serais plus enclin à écouter ce que tu me dis. Mais là, il s'agit toujours de Pascal, le bon vieux martyr, dit René en fixant Pascal d'un regard perçant. Ça devient fatigant, mon pote. Vraiment fatigant.

Pascal fronça les sourcils. Il était sorti alors qu'il aurait préféré rester à la maison, simplement parce que ses amis le lui avaient demandé, et maintenant, ils se mettaient à l'insulter. Il sortit assez de liquide de son portefeuille pour couvrir ses consommations et le jeta sur la table.

— Si c'est pour que tu sois désagréable, je préfère rentrer à la maison et lire le livre qui m'attend. Il sera de meilleure compagnie.

— Pascal, ne sois pas comme ça, l'amadoua Benjamin. Tu sais que René ne le pense pas vraiment.

Pascal regarda tour à tour ses deux amis. L'expression de Benjamin était suppliante, mais celle de René avait pris cet air têtu qu'il avait lorsqu'il était contrarié.

— Je sais qu'il ne le pense pas, mais je ne suis pas de bonne compagnie ce soir. Peut-être un autre soir dans la semaine.

— Tu travailles toute la semaine, marmonna René.

— Alors je vous verrai à la salle de sport, répondit Pascal.

Il aurait été facile de se rasseoir, mais s'il le faisait, René prendrait cela comme un accord tacite pour continuer la conversation qu'il avait initiée, chose que Pascal était déterminé à éviter. Benjamin commença à dire quelque chose, mais René secoua la tête.

— Laisse-le partir. S'il veut la jouer comme ça, nous ne pouvons pas l'en empêcher.

5

Pascal faillit céder. Ces hommes étaient ses meilleurs amis, ceux qui l'avaient soutenu à travers la maladie et la mort de Robert, ceux qui s'étaient tenus debout à ses côtés au cimetière, sous la pluie, pendant qu'il faisait ses adieux à l'homme auprès duquel il pensait passer le restant de ses jours. Il détestait que la discorde règne entre eux, mais il n'était pas prêt pour ce que René suggérait. Il ne savait pas s'il le serait un jour, et entendre son ami lui rabâcher la même chose sans cesse ne faisait qu'empirer la situation.

— Je suis désolé, dit-il avant de se tourner vers la sortie.

Il croisa le serveur sur son chemin.

— Vous partez déjà? Il n'est pas tard, et je n'ai pas encore réussi à vous convaincre d'essayer une nouvelle boisson!

— Une autre fois, répliqua Pascal. Je ne suis pas d'humeur à avoir de la compagnie ce soir.

— Dommage. Je vais devoir attendre une autre fois pour découvrir tous vos secrets.

Ces paroles auraient presque suffi à Pascal pour qu'il envisage de changer de bar, mais même lui avait ses propres limites et ne laisserait pas le passé avoir une telle emprise sur sa vie actuelle.

— Je suis impatient d'y être, répondit-il et, ne voulant pas que la conversation se prolonge, il contourna le serveur et rentra chez lui.

DEUX HEURES plus tard, Pascal referma le livre avec le sourire aux lèvres. Martine s'était surpassée cette fois-ci. Il avait souri et été étonné tout au long des cent cinquante premières pages du livre et, s'il n'avait pas été plus de minuit, il aurait continué à le lire. Il ne put s'empêcher de l'ouvrir à nouveau à la page des remerciements.

P.,
Ces livres n'existeraient pas sans toi et tous ces merveilleux dîners.
M.

C'était bien le nom de Martine qui se trouvait sur la couverture des livres, mais il les avait écoutées plus d'une fois discuter des livres tout en dînant. Elles apportaient toutes leurs idées, peu importait le nom qui figurait finalement sur la couverture. Il avait mis du temps à s'habituer à l'idée que ces dames, qui venaient une fois par mois et demandaient toujours à être installées dans sa section, étaient des auteures. Et il lui avait fallu encore plus de temps pour se faire à l'idée qu'elles écrivaient de la romance gay, mais tout cela n'était rien par rapport au choc qu'il avait reçu en réalisant que Martine avait façonné le personnage principal d'une série de livres à son image. Il n'était pas James Bond, peu importait le plaisir qu'elle éprouvait à écrire des histoires dans lesquelles il était un super espion international qui enchaînait les conquêtes, mais il s'était rapidement rendu compte qu'elle s'inspirait davantage de son aspect charmeur au restaurant que d'autre chose. Bien entendu, il partageait un prénom et quelques caractéristiques physiques avec Pascal St-Laurent, mais la ressemblance s'arrêtait là. Il considérait ces dames comme des amies désormais, pas comme de simples clientes du restaurant, mais elles n'incluaient jamais aucune de ses histoires personnelles dans leurs livres, que ce soit ceux de la série Pascal St-Laurent ou n'importe quels autres. L'histoire ou la manière de vivre du personnage n'avaient rien à voir avec la vie de Pascal.

Une fois qu'il avait réalisé cela, il avait adhéré aux histoires de ces auteures avec entrain, soutenant le Pascal fictionnel lorsqu'il recherchait le méchant, déjouait les plans de l'ennemi, secourait l'homme – ou parfois la femme – en détresse, faisait monter l'homme ou la femme au septième ciel, puis rentrait chez lui pour retrouver l'homme qu'il désirait réellement, mais ne pouvait pas avoir. Une fois, il avait demandé à Martine si Pascal connaîtrait un jour une fin heureuse. Elle n'avait pas répondu, pas précisément, mais les trois autres avaient promis qu'elle ne laisserait jamais un personnage principal seul pour toujours.

Pascal avait l'impression que cette joyeuse fin commençait à se profiler à l'horizon. Au début de ce nouveau tome, Jack avait enfin divorcé de sa mégère de femme, ce qui avait jusque-là été le plus grand obstacle à une relation avec le Pascal fictionnel. Bien évidemment, cela ne rendait pas Jack gay ou intéressé, mais Pascal s'en tiendrait à la promesse que lui avaient faite Hélène, Camille et Nicole : il avait décidé de croire que ce divorce était la première étape. Il pouvait patienter jusqu'à ce que sa volonté se réalise du moment qu'il savait avec certitude que cela finirait par arriver. Au moins, un des Pascal serait heureux.

Il jeta à nouveau un œil à son horloge et ouvrit le livre à la page où il s'était arrêté dans sa lecture. Le méchant venait juste de kidnapper la conquête de son homonyme et menaçait de lui faire des choses cruelles et inimaginables si Pascal ne se rendait pas. C'était un nouveau revirement de situation, un que Martine n'avait jamais utilisé auparavant, et Pascal ne savait pas comment le personnage principal allait réagir. La mission était toujours sa priorité, mais il faisait généralement de son mieux pour éviter tout dommage collatéral. S'il n'arrivait pas à contrecarrer le méchant immédiatement, les dommages collatéraux seraient importants.

Il se rendrait à la salle de sport entre les services du déjeuner et du dîner au lieu de s'y rendre le matin.

— ALORS, QUI t'es-tu tapé dans ce tome? demanda Benjamin lorsqu'il vit Pascal soulever des haltères à la salle de sport quatre jours plus tard. C'est bien de ce livre dont tu parlais l'autre soir, n'est-ce pas?

— Oui, répondit Pascal lorsqu'il termina sa série. Combien de fois vais-je devoir te dire qu'il ne s'agit pas de moi? Il me ressemble un peu et il porte le même prénom, mais toute ressemblance s'arrête là.

— D'accord, très bien, dit Benjamin. Qui s'est-*il* tapé dans ce tome? Une femme ou un homme?

— Un homme. Je t'ai dit que Martine ne mettait une femme que tous les trois ou quatre livres, juste assez pour que le lecteur comprenne que le personnage principal apprécie les femmes et les hommes, même s'il préfère les hommes.

— C'était une bonne scène? Sexe sous la douche ou peut-être sur une plage? demanda Benjamin alors que Pascal et lui échangeaient leur place sur le banc.

— Il te suffit d'acheter le livre et de le lire toi-même. Je peux même demander à Martine de te le dédicacer.

— Contente-toi de répondre à ma question, grommela Benjamin entre deux exercices.

— D'accord, marmonna Pascal. C'était dans le sauna de l'hôtel où le méchant était supposé résider.

— Est-ce que cette conquête a survécu à la rencontre?

— Oui, et ils se sont quittés en assez bons termes. Pascal ne fait jamais aucune promesse.

— Oh, êtes-vous en train de parler du nouveau livre? demanda René en les rejoignant. Le moment où tu auras enfin l'homme de tes rêves est-il en train d'approcher?

Pascal soupira.

— Je vous l'ai dit, ce n'est pas moi.

— Oui, oui, dit René. Alors, il se rapproche?

— Peut-être un peu, répondit Pascal. Jack a enfin divorcé de Charlotte, c'est un souci en moins. Maintenant Pascal peut réfléchir à une manière de l'approcher au lieu de devoir rester silencieux à ce sujet tout le temps. Il n'a encore rien dit à Jack, mais l'encre est à peine sèche sur les papiers du divorce. Il va encore falloir deux ou trois livres avant qu'assez de temps se soit écoulé pour qu'il puisse lui dire quoi que ce soit.

— Elle prend vraiment du plaisir à te torturer, dit René. Depuis combien de livres attends-tu cet homme ?

— C'est le huitième livre de la série et le personnage principal est intéressé par Jack depuis le début, voire même avant ça, mais si l'on prend en compte le temps qui s'écoule dans chaque livre et le temps qui passe dans le monde fictif entre chaque livre, cela ne fait pas si longtemps. Et elle ne me torture pas du tout. J'adore ces livres. La seule torture, c'est d'attendre que le prochain livre sorte.

— Ils sont publiés assez rapidement, non ? demanda Benjamin.

— Environ tous les six mois, dit Pascal. Après tout, elle n'écrit pas que ça. Elle doit garder du temps pour ses autres projets.

— Est-ce qu'elle t'apporte des copies de ses autres livres ? demanda René.

— Pourquoi ? Est-ce que tu veux aussi emprunter ceux-là ? plaisanta Pascal.

Ses amis lisaient les livres de la série Pascal St-Laurent parce que, même si cela se déroulait sur fond de romance avec au moins une rencontre sexuelle et sensuelle par livre, il s'agissait davantage de suspense et d'espionnage que de romance. Les autres livres de Martine étaient des romances assez classiques, chose que les deux amis de Pascal n'admettraient jamais vouloir lire. Pascal possédait chacun de ses livres. Il laissait à Martine la possibilité de lui offrir les livres *Pascal St-Laurent*, mais il insistait pour acheter lui-même ses autres livres ainsi que ceux des trois autres auteures. Généreuses comme elles l'étaient lorsqu'il s'agissait de laisser un pourboire, il pouvait à son tour les soutenir en achetant leurs livres.

— Ce n'était que par pure curiosité, répondit René. J'ai simplement besoin de munitions pour pouvoir t'embêter.

— Elle ne me donne que les copies des livres *Pascal St-Laurent*.

Les autres restaient sur l'étagère de sa chambre, à l'abri des regards de René et Benjamin pour la raison que René venait d'évoquer.

— As-tu apporté le dernier tome pour que nous puissions te l'emprunter ? demanda Benjamin.

— Non, répondit Pascal. Pas après que vous avez quasiment déchiré la couverture du précédent. Si vous voulez le lire, achetez-vous-en une copie. Ils sont en vente chez Drawn & Quarterly ou bien vous pouvez les acheter sur Internet, en format e-book. Vous n'êtes pas obligés d'emprunter – et de détruire – le mien.

— Mais c'est tellement plus amusant d'emprunter le tien, remarqua René. Nous pouvons lire toutes les choses qu'elle écrit lorsqu'elle te fait une dédicace.

Pascal leva les yeux au ciel. Le sens de l'humour de Martine était aussi grand que son sourire et elle prenait un malin plaisir à dédicacer ses livres avec d'incroyables remerciements. Il riait toujours en les lisant et l'embrassait sur la joue pour la remercier de la bonne humeur qu'elle et ses amies apportaient avec elles à chaque fois qu'elles venaient dîner au restaurant.

— Elles sont censées être privées.

— Alors tu n'aurais jamais dû nous en parler, répliqua René.

— Je ne vous en parlerai plus jamais, c'est certain, dit Pascal avant de jeter un œil à la pendule sur le mur de la salle de sport. Je dois aller me doucher. Je dois être de retour au restaurant dans une demi-heure.

René et Benjamin le raillèrent, mais Pascal les ignora avec l'aisance que l'on acquiert au bout de nombreuses années d'amitié. Ils le rendaient peut-être parfois fou et ne prenaient pas soin de ses livres comme il le souhaiterait, mais ils étaient ses meilleurs amis et seraient toujours là pour lui, en toutes circonstances.

C'était une pensée rassurante.

Il se précipita dans le vestiaire pour se doucher et s'habiller. Il avait remarqué le prénom d'Hélène sur la liste des réservations de ce soir. Il ne voulait pas faire attendre ses dames.

II

MATHIAS PERRAS se précipita hors de son appartement le lundi matin. Il haïssait le lundi matin avec une passion qui rivalisait quasiment avec son amour pour les Canadiens de Montréal [1]. Comme si cela ne suffisait pas, il n'était pas en avance. Six mois à son nouveau poste et il allait déjà être en retard.

Il n'avait pas de rendez-vous sur son calendrier avant un peu plus tard dans la journée, mais il était tout de même censé se trouver à son bureau au cas où quelqu'un vienne s'entretenir avec l'un des comptables. Il n'avait encore jamais vu quelqu'un patienter devant la banque lorsque celle-ci ouvrait ses portes, mais, avec sa chance, cela se passerait aujourd'hui et il ne serait pas là pour les aider.

Peut-être aurait-il la chance de ne pas devoir attendre le métro. S'il entrait directement dans une rame, il était encore possible qu'il arrive au travail à l'heure.

Il poussa la porte de l'immeuble au moment où un homme plus âgé l'ouvrait. Mathias l'évita en marmonnant un « excusez-moi » alors qu'il était quasiment en train de courir, mais, même dans la précipitation, son cerveau fit un rapide examen de l'homme : proche de la cinquantaine, cheveux grisonnants au niveau des tempes, bonne forme physique, ce qui était logique compte tenu du fait qu'il portait un short et un tee-shirt avec des traces de transpiration. Mathias avait déjà parcouru la moitié de la rue avant de se rendre compte qu'il connaissait cet homme. Il s'agissait de l'homme avec lequel il avait flirté une semaine plus tôt au Salon, celui qui était parti sans essayer une boisson plus « risquée ». Mathias grogna. Il avait espéré avoir une autre opportunité de discuter avec cet homme, la prochaine fois qu'il se rendrait au bar. Adrien lui avait dit qu'il s'agissait d'un habitué. Il n'avait pas le temps de s'en inquiéter pour le moment. Son travail au bar était un moyen de mettre du beurre dans les épinards, il devait se focaliser sur son travail à la banque. C'était là que se jouait son avenir.

---

1 Équipe de hockey sur glace professionnelle.

C'était tout de même dommage, car cet homme correspondait parfaitement au type d'homme que Mathias aimait. Il avait toujours eu un faible pour les hommes plus âgés, avec les cheveux un peu poivre et sel et beaucoup d'expérience sous la ceinture pour apprendre une chose ou deux à Mathias. À l'université, ses amis l'avaient embêté en disant qu'il recherchait un homme pour se faire entretenir, mais ce n'était pas du tout le cas. Mathias n'avait pas besoin qu'on l'entretienne. Il avait simplement besoin de quelqu'un avec assez d'expérience pour faire preuve de patience face à sa jeunesse et à ses possibles faux pas. Il avait essayé de sortir avec des hommes de son âge, mais cela avait toujours viré à la catastrophe ; l'un d'eux s'emportait contre l'autre et la relation prenait fin à cause d'une chose qui, Mathias le savait, n'avait aucune raison de mettre un terme à une relation. Il avait eu deux autres relations avec des hommes plus âgés et elles s'étaient terminées, mais pas de cette manière, pas à cause d'une dispute suivie d'une explosion qui aurait pu être évitée si l'un d'eux avait gardé la tête froide. Il refusait de penser au troisième. Il se rassurait en se disant qu'il n'avait pas été au courant que Daniel était marié et que dès qu'il l'avait su, il l'avait quitté. Dans une rage folle, mais il était parti plutôt que de croire les promesses que Daniel avait faites en disant qu'il allait quitter sa femme pour lui.

Sa chance lui sourit avec le métro, ce qui était une bonne chose puisqu'elle l'avait quitté avec l'homme du bar. Le métro arriva juste au moment où Mathias posa son pied sur le quai. Il ne put trouver de place assise, pas à cette heure de grande affluence, mais au moins il était dans la rame, en chemin vers le centre-ville. Il pouvait supporter de rester debout durant les quinze minutes que cela lui prenait d'aller de Papineau jusqu'à Lucien L'Allier.

Il courut en descendant la rue jusqu'à la banque et se faufila à travers la porte des employés deux minutes en avance. Il prit une profonde inspiration en marchant jusqu'à son bureau, adressant un geste naturel de la main – il l'espérait – à Louis, un autre comptable avec lequel il s'était lié d'amitié depuis qu'il avait commencé à travailler ici. Louis lui sourit et lui rendit son salut. Ils auraient le temps de discuter pendant le déjeuner. Pour l'instant, ils devaient se concentrer sur leur travail.

La matinée passa plus rapidement que Mathias ne l'aurait cru. Il avait ouvert plusieurs nouveaux comptes et aidé une dame âgée à ajuster son plan d'épargne retraite. L'un dans l'autre, au moment de prendre sa pause déjeuner, il était heureux de ce qu'il avait accompli.

— Salut Mathias, dit Louis lorsque Mathias entra dans la salle de repos que les employés de la banque occupaient pour manger.

— Salut Louis. Qu'est-ce que tu lis ?

— Le nouveau tome de la série Pascal St-Laurent. Tu l'as déjà lu ?

Mathias fit non de la tête en déballant son déjeuner. Il devrait vraiment faire un effort pour avoir autre chose à manger au déjeuner qu'un sandwich jambon-emmental et une pomme bien trop mûre, mais c'était tout ce que son budget lui permettait pour le moment.

— Pas encore. Je travaille ici toute la journée, je travaille au bar la plupart des soirs, et je trouve à peine le temps de me plonger dans les bouquins que je suis censé lire pour cette formation.

— En as-tu lu quelques-uns ? demanda Louis.

— Les quatre premiers. J'ai pris plaisir à les lire. Cela fait juste un moment que je n'ai pas eu de temps à consacrer à mes lectures plaisir.

— Tu devrais vraiment t'y remettre. Les choses commencent à devenir intéressantes entre Pascal et Jack.

— Le directeur des archives ? Je pensais qu'il était hétéro et marié.

Louis eut un petit sourire.

— Je ne te révélerai rien. Si tu veux savoir ce qui se passe, prends le temps de lire les livres.

— Un de ces jours, dit Mathias dans un soupir. J'aurais un peu de temps libre un de ces jours, n'est-ce pas ?

— Oui, répondit Louis. Comme il faut d'abord s'adapter à l'environnement de travail, les six premiers mois sont les pires. Une fois que tu seras bien intégré, que tu auras passé toutes les étapes de la formation, tout ce qu'il te restera à faire, ce sera mettre les enseignements en pratique. Cela te demandera toujours du travail, mais tu seras beaucoup moins stressé en dehors des heures de bureau.

Quatre mois et demi. Mathias pouvait tenir quatre mois et demi de plus. Il devait simplement se rappeler que c'était ce qu'il voulait et que son acharnement ainsi que ces interminables heures de travail porteraient leurs fruits dans quelques années, lorsqu'il occuperait un poste à responsabilités et monterait l'échelle sociale.

— Je pense que c'est la partie la plus difficile, dit Mathias. Je n'ai pas beaucoup de temps libre en dehors du travail et j'ai l'impression que chaque minute de libre est occupée par l'étude des manuels de formation.

— Je t'ai conseillé de ne pas avoir un petit boulot à côté. Cette formation est assez compliquée comme ça.

— Je sais, mais je dois pouvoir payer mon loyer et ma nourriture, et mon salaire ici ne couvre pas toutes mes dépenses.

Louis eut cette expression signifiant qu'il se retenait de faire un commentaire, mais Mathias savait déjà ce qu'il se retenait de dire. Louis pensait qu'il aurait dû prendre un appartement dans un quartier plus abordable ou trouver un colocataire ou faire quelque chose d'autre pour diminuer ses dépenses plutôt que d'avoir un petit boulot à côté pour augmenter son salaire. Mais Mathias avait passé trop de temps à rêver d'un appartement et d'une vie dans le Village, le quartier gay de Montréal, pour se contenter d'autre chose.

— Alors, comment se passe le travail au bar ? demanda Louis au bout d'une minute. Est-ce que ça te plaît ?

— « Plaire » est un bien grand mot, mais ça se passe bien. Je commence à connaître les habitués et ils laissent de bons pourboires.

— Avec une bonne dose d'encouragement ? le taquina Louis.

— Je ne fais rien d'autre que de flirter un peu, protesta Mathias. Il n'y a aucun mal à ça !

— Du moment qu'ils ne décident pas d'essayer d'aller plus loin.

— Je suis parfaitement capable de leur dire non et ce n'est pas ce genre d'établissement. Le patron a été très clair à ce propos lorsque j'ai signé le contrat. Il ne veut pas de ça dans son bar, peu importe que ce soit d'un commun accord et qu'importe le client avec lequel ça se passe, et si un client se montre insistant, il suffit d'aller trouver le patron ou l'un des agents de sécurité.

— C'est bien. Je suppose que tu n'as pas eu le temps de rencontrer du monde en dehors de toutes tes heures de travail. Si tu n'as pas le temps de lire un livre, tu n'as pas le temps pour un petit ami.

— Eh bien, ce n'est probablement rien de spécial, mais je suis tombé sur un homme du bar en quittant la maison ce matin. Il rentrait de la salle de sport, alors il doit vivre dans l'un des autres appartements. Pas que cela compte comme « rencontrer quelqu'un », mais, tu sais…

— Tu aimerais faire connaissance, termina Louis pour lui.

— Oui. C'est exactement mon type d'homme, même si ça ne vaut pas grand-chose.

— Être attiré par ton partenaire est toujours un avantage, plaisanta Louis. Sais-tu quoi que ce soit d'autre à propos de lui ?

— Je ne connais même pas son prénom. Il était au Salon il y a une semaine, le samedi soir. C'est la première fois que je le voyais, mais Adrien dit que c'est un habitué. Pourtant, je ne l'ai pas revu depuis.

— Peut-être qu'il occupe un poste avec des horaires particuliers. Si tu l'as vu rentrer de la salle de sport ce matin alors que tu te rendais au travail, ça signifie qu'il ne commençait pas le travail à neuf heures.

— C'est vrai. Je n'y avais pas pensé. Mais il n'est pas de repos tous les samedis soir puisqu'il n'était pas là ce samedi.

Louis se mit à rire.

— Ne venons-nous pas de dire que tu n'avais pas de temps à consacrer à un petit ami?

— Pour cet homme, je prendrais du temps, admit Mathias. S'il est intéressé, bien évidemment.

— Pourquoi ne le serait-il pas? À moins qu'il soit déjà en couple, bien entendu.

— Deux autres hommes se sont joints à lui, mais, même s'ils étaient clairement amis, je ne pense pas qu'ils étaient dans une relation amoureuse. Il est possible qu'il soit sorti sans son petit ami, s'il en a un, mais je n'ai pas eu cette impression. Je vais voir comment se passent les choses la prochaine fois que nous nous rencontrerons et j'aviserai.

— Ne sois pas trop déçu si tu ne le vois pas dans les prochains jours. S'il travaille avec des horaires particuliers, il se peut qu'il n'ait pas les mêmes soirs de repos chaque semaine, voire même aucun soir de repos de la semaine. Toi-même, tu ne travailles pas au bar les mêmes soirs.

— Tu as raison. Je crois que je vais devoir faire preuve de patience ou bien espérer le croiser dans le hall quand je ne serais pas en retard au travail.

— En parlant d'être en retard au travail, je devrais y retourner, et tu devrais terminer ton déjeuner pour faire de même.

MATHIAS S'ÉTALA sur son lit, se demandant où il était supposé trouver l'énergie de se changer et de marcher jusqu'au Salon. Cela n'avait pas été une mauvaise journée, elle avait d'ailleurs été bien meilleure que le lundi. En fait, ça avait été une bonne journée. Il avait eu plusieurs rendez-vous intéressants avec des clients et il avait quitté le bureau en ayant l'impression d'avoir effectué les missions pour lesquelles il avait été engagé plutôt qu'en ayant l'impression d'être un simple apprenti. Le problème n'était pas *ce* qu'il avait fait, mais le fait qu'il ait dû être « motivé » toute la journée, ce qui était épuisant, et maintenant il devait être de nouveau « motivé » pour effectuer son service de cinq heures au bar. Et, cerise sur le gâteau, c'était un mardi, généralement un soir tranquille au bar, ce qui voulait dire qu'il ne profiterait même pas des bons pourboires qui auraient pu égayer sa soirée.

Il ne devrait pas se plaindre. Il avait travaillé les vendredi et samedi la semaine précédente, et ce serait le cas cette semaine aussi ; ces deux soirs compenseraient les soirs plus calmes. Il était simplement *fatigué*.

Avec un grand soupir, il descendit de son lit et s'installa sous la douche. Comme il réussissait toujours à renverser au moins une boisson sur lui par nuit, il aurait besoin d'en prendre une autre une fois son service terminé, mais s'il n'en prenait pas une maintenant, il ne serait pas assez réveillé pour travailler efficacement.

Lorsqu'il sortit de la douche, il dressa ses cheveux en épis, manière dont il préférait les coiffer pour se rendre au bar, car cela contrastait radicalement avec le style classique qu'il affichait au travail. Puis il enfila un tee-shirt moulant et un jean. L'un des gars qui travaillait au bar lui avait assuré que le meilleur moyen d'avoir de bons pourboires était de ressembler au fantasme de tous les hommes, même si les clients ne pouvaient que regarder.

Il enfila ses bottes de combat, chaussures les plus confortables qu'il possédait pour passer des heures debout, prit une grande inspiration, puis il sortit.

Le bar était calme lorsqu'il arriva ; seuls deux de ses collègues avaient commencé à prendre en charge des tables. Mathias déposa sa veste dans la petite pièce à l'arrière que les serveurs utilisaient lorsqu'ils avaient une pause. Il essaya de se rendre utile en faisant le tour des tables pour s'assurer qu'aucune d'elles n'était sale, ne manquait de salière ou ce genre de choses. Même si Adrien ne le lui avait pas clairement dit, Mathias avait remarqué que les serveurs qui faisaient preuve d'initiative avaient généralement de meilleurs horaires ; il ferait tout son possible pour avoir un tant soit peu de contrôle sur les siens.

Il était en service depuis une demi-heure lorsqu'il leva les yeux au son de la porte du bar qui s'ouvrait ; il vit son homme mystérieux du matin précédent. Il sourit intérieurement, sentant toute l'énergie qu'il avait feinte depuis son arrivée au bar devenir réelle.

— Bon retour parmi nous, le salua Mathias lorsque l'homme mystérieux s'installa. Voulez-vous rester fidèle au martini ce soir ou puis-je vous convaincre d'essayer quelque chose de plus risqué ?

L'homme mystérieux sourit.

— Vous avez une bonne mémoire. C'est un plus dans ce travail.

— On dirait que c'est l'expérience qui parle, dit Mathias, espérant que cette conversation continue tant que le bar était encore calme.

Il ne s'attendait pas vraiment à ce que la foule débarque un mardi soir, mais il prendrait ce qu'il pouvait tant qu'il le pouvait, juste au cas où.

L'homme mystérieux se contenta de rire, d'un rire vraiment agréable et profond, pas rauque ou forcé.

— Vous n'avez pas répondu à ma question, insista Mathias lorsque le rire ne mena pas à une réponse.

— Oui, c'est l'expérience qui parle.

Mathias se rendit compte que l'homme mystérieux avait vraiment de magnifiques yeux. Des yeux bleus-gris pleins de gaieté.

— Et pour l'autre question ? Qu'est-ce que je vous sers ?

L'homme mystérieux réfléchit quelques instants avant que son sourire ne s'agrandisse.

— Surprenez-moi.

Mathias prit cela comme un compliment. Comme l'homme mystérieux avait été plutôt hésitant la première fois, Mathias décida de ne pas choisir quelque chose de trop extravagant pour un premier essai. Michel, un barman, avait parlé d'une nouvelle boisson qu'il voulait mettre à la carte avec de la poire et de la fleur de sureau. C'était certainement une saveur assez différente pour attiser la curiosité de l'homme mystérieux sans pour autant être étonnante au point que Mathias perdrait tout intérêt à ses yeux.

— Hé, Michel, l'interpella-t-il en approchant du bar. Tu pourrais me servir ta nouvelle confection ? J'ai un client qui souhaite essayer quelque chose de nouveau.

Michel leva les yeux du cocktail qu'il était en train de préparer et jeta un œil vers les clients du bar.

— Pascal est le seul qui n'a pas de verre, remarqua Michel. Il boit toujours une vodka martini, point.

Mathias inscrivit ce nom dans un coin de sa tête.

— Cette fois-ci, il m'a demandé de le surprendre. J'ai pensé que ton martini à la poire lui offrirait une saveur différente sans pour autant le faire fuir en hurlant.

Michel sembla tellement surpris que Mathias se demanda ce qu'il avait fait de mal.

— Je ne sais pas comment tu as réussi à lui faire commander autre chose que sa conso habituelle, mais je vais te préparer ça. Et je t'interdis de rejeter la faute sur moi s'il n'apprécie pas.

Mathias le lui promit. Michel termina le cocktail qu'il était en train de préparer et s'occupa ensuite de celui de Mathias. Mathias l'emmena à Pascal non sans inquiétude. D'accord, les amis de cet homme l'avaient taquiné en lui disant qu'il vivait une vie de petit vieux, mais Mathias n'y avait pas prêté attention. Pas vraiment. Par contre, maintenant, il se demandait ce qu'il avait fait pour l'encourager à essayer autre chose. Pascal n'avait pas du tout semblé affecté par le petit jeu habituel de Mathias. Il avait laissé un pourboire assez satisfaisant mais rien d'extravagant, rien qui pourrait laisser penser que Mathias lui avait fait une forte impression.

— Et voilà! dit Mathias en posant le verre devant Pascal. Une petite surprise.

— C'est le nom de ce cocktail?

La voix de Pascal trahissait son amusement et Mathias se surprit à en vouloir davantage. L'homme avec lequel il parlait en cet instant n'avait que peu de points communs avec la personne maussade qu'il avait rencontrée la dernière fois que Pascal était venu.

— Non, mais je veux une opinion sincère, répondit Mathias. Je vous dirai ce qu'il y a dedans une fois que vous m'aurez dit ce que vous en pensez. C'est une nouvelle boisson que Michel teste, alors elle n'apparaît pas encore sur la carte. Adrien a dit qu'il l'essaierait sur quelques-uns des clients pour voir si nous devrions l'ajouter à la carte.

— Modifier la carte est toujours un risque ainsi qu'un défi, acquiesça Pascal.

Mathias avait envie de demander à Pascal où il travaillait, ou avait travaillé, pour en savoir autant à ce sujet, mais il ne voulait pas être trop entreprenant.

Pascal prit une gorgée du cocktail, son visage traduisant toute la considération qu'il mettait dans cette dégustation. Une fois de plus, Mathias fut certain qu'il parlait avec une personne qui savait ce qu'elle faisait, une personne qui faisait ce genre de choses et prenait ce genre de décisions de manière régulière.

— C'est intéressant, dit Pascal. Une pointe de douceur grâce à la poire, mais pas sucré, et il y a aussi autre chose. Ce n'est pas un simple cosmo avec la poire ajoutée pour remplacer la canneberge. Qu'est-ce que c'est?

— Du sirop de fleur de sureau. Ce n'est pas un ingrédient commun, du moins d'après ce que j'ai vu depuis que je travaille ici. Vous en savez sûrement plus que moi à ce sujet.

Pascal secoua la tête.

— Je connais bien les vins, mais je ne m'y connais pas vraiment en liqueurs. Je teste tous les nouveaux cocktails de la carte au travail pour pouvoir répondre lorsqu'un client me demande quel goût à tel cocktail. Cependant, la plupart de mes clients commandent du vin plutôt que des cocktails, excepté les standards.

— Où travaillez-vous, si cela ne vous gêne pas de me le dire ?

— À la Colombe d'Or. Ça fait dix-neuf ans que je travaille pour eux.

— J'ai vu ce restaurant en me promenant. Cet établissement semble être un très bel endroit.

— En effet.

— Mathias !

Mathias détourna le regard pour voir Adrien qui lui faisait signe.

— Oups. Le patron m'appelle.

Pascal sourit.

— Ne le laissez pas trop vous crier dessus. Dites-lui que je monopolisais votre temps.

Mathias ne s'arrêta pas de sourire alors qu'il rejoignait le propriétaire du Salon.

— On dirait que tu t'entends bien avec Pascal, mais n'oublie pas que tu as d'autres tables que la sienne, dit Adrien.

— Désolé, s'excusa Mathias. Michel a concocté un nouveau cocktail et Pascal a accepté de le tester pour nous. Je voulais savoir ce qu'il en pensait.

— Je te demande simplement de ne pas négliger tes autres clients, répéta Adrien.

Mathias fit un signe de tête et se fit violence pour ne pas retourner à la table de Pascal. Il fit ses rondes, souriant aux clients de manière aguicheuse, faisant en sorte de se pencher et s'étirer comme il le fallait pour qu'ils puissent le reluquer autant qu'ils le souhaitaient. Il ignora les mains baladeuses à la table huit. L'homme tripota ses fesses, mais n'essaya pas d'aller plus loin ; Mathias l'avait déjà vu plus d'une fois au bar. Il était tactile, mais il laissait de bons pourboires, Mathias pouvait donc supporter un peu d'indignité.

19

Lorsqu'il retourna à la table de Pascal, les deux hommes de l'autre soir l'avaient rejoint et Pascal s'était renfermé sur lui-même. Mathias essaya de le faire réagir, mais plus il flirtait avec lui, plus Pascal se renfermait. Mathias faillit abandonner, mais le verre de Pascal était vide. Plutôt que de prendre un risque, il commanda une vodka martini à Michel et la lui apporta.

— Offert par la maison, pour avoir testé notre nouveau cocktail.

Pascal sourit à nouveau et Mathias lui rendit son sourire immédiatement, soulagé de voir l'expression sincère de son visage au lieu de l'expression légèrement forcée qu'il avait affichée la première fois que Mathias était revenu à sa table.

Il se dit que ce serait tout ce qu'il obtiendrait de Pascal tant que ses amis seraient là – il espérait qu'il s'agissait bien de ses amis et non de ses amants – et se contenta de cela, continuant sa ronde en sautillant, le sourire aux lèvres.

III

UNE SEMAINE plus tard, Pascal n'avait jamais été aussi heureux d'avoir une soirée de libre. Son frigo était vide – ce qui expliquait la pléthore de sacs dans ses bras –, son appartement était un chantier, et il avait désespérément besoin de faire une lessive.

Il arriva à la porte d'entrée de son immeuble et marmonna un juron. Ses clés se trouvaient dans sa poche arrière et, avec ses bras chargés de courses, il ne pouvait pas l'atteindre. Il devrait soit poser tous les sacs par terre, soit attendre que quelqu'un lui ouvre la porte. À cette heure de la journée, il se pourrait qu'il n'ait pas à attendre longtemps, mais il ne voulait pas que son lait ou sa viande restent trop longtemps à température ambiante.

— Attendez une petite minute. Je vais vous ouvrir.

Pascal laissa échapper le souffle qu'il avait retenu dans un soupir de soulagement.

— Merci, répondit-il automatiquement avant de se tourner pour voir lequel de ses voisins venait à sa rescousse.

Il ne connaissait pas tous les habitants de l'immeuble, étant donné que ses horaires de travail ne lui permettaient pas toujours de socialiser avec les personnes ayant des horaires standards, mais il en connaissait plus de la moitié, si ce n'était davantage.

Il lui fallut une minute avant de se rendre compte que le jeune homme qui marchait dans sa direction était le serveur du Salon, celui qui avait flirté avec René et Benjamin, mais qui avait discuté avec lui. Au lieu de porter un jean soulignant ses courbes et un tee-shirt moulant, il portait un costume. Pas le plus sophistiqué ni le plus élégant que Pascal ait jamais vu, ni même le plus beau qu'il ait vu cette semaine-là, mais assez joli pour que cela contraste radicalement avec la vision qui avait envahi son esprit cette dernière semaine. Durant le peu de temps libre qu'il avait eu.

— Quelle élégance…, commença Pascal en fouillant dans sa mémoire pour retrouver le nom du gamin. Mathias. C'est bien ton nom, n'est-ce pas ?

— Oui, répondit-il avec un sourire. Je suppose que j'aurais dû me présenter plus tôt, hein ? Je suis Mathias Perras.

— Pascal Larocque. Tu n'es pas habillé pour une soirée à servir des tables, remarqua Pascal alors que Mathias cherchait ses clés dans un très joli attaché-case.

— Je travaille à la Banque de Montréal pendant la journée, expliqua-t-il. Le travail au bar est juste une façon de gagner un peu plus d'argent.

Mathias lui tint la porte. Aussitôt qu'ils entrèrent à l'intérieur, le jeune homme tendit les bras pour le décharger de quelques sacs qui encombraient les siens.

— Laisse-moi prendre un ou deux de ces sacs. Je ne sais pas quel appartement tu occupes, mais tu n'arriveras jamais à monter les escaliers avec tes bras aussi chargés.

Pascal lui remit deux des sacs, soulagé de ne pas avoir tout le poids à porter, et guida Mathias le long des quatre étages qui menaient à son appartement. D'habitude, il prenait cette montée des marches comme un petit exercice physique supplémentaire, mais après la semaine qu'il avait eue et avec la charge de courses dans ses bras, c'était simplement une contrariété en plus.

— Pourquoi me suis-je dit que vivre au dernier étage était une bonne idée ? grommela-t-il.

— Parce qu'on y a la meilleure vue ? suggéra Mathias derrière lui.

— Parce qu'il y a un lave-linge et un sèche-linge dans l'appartement, corrigea Pascal, sentant un sourire se dessiner sur son visage.

— Oh, maintenant je suis jaloux ! Je dois apporter mes costumes au pressing, bien entendu, mais ce serait sympa de ne pas avoir à emporter mes jeans et le reste de mes affaires à la laverie. C'est tellement pénible !

— Lorsque j'ai obtenu le poste à la Colombe d'Or et que j'ai pu me permettre de louer un plus bel appartement que le trou à rat dans lequel je vivais avant, je me suis juré de ne plus jamais vivre dans un endroit où il n'y avait pas de lave-linge ni de sèche-linge, avoua Pascal.

Ils atteignirent l'étage où se trouvait son appartement et il posa les courses sur le sol. Mathias lui avait ouvert la porte de l'immeuble, mais Pascal avait besoin de ses clés pour ouvrir la porte de son appartement.

— Merci de ton aide.

— Je t'en prie. Je peux t'aider à les rentrer à l'intérieur si tu veux.

Pascal faillit répondre « non, merci ». Il se trouvait déjà devant sa porte, et même s'il faisait deux ou trois allers-retours pour rentrer les sacs à l'intérieur, c'était bien moins compliqué que de faire deux ou trois voyages en montant les escaliers. D'un autre côté, s'il acceptait, il aurait l'opportunité de passer quelques minutes de plus avec cette autre version de Mathias. Il avait essayé de ne pas le fixer du regard, mais le gamin était fait pour porter un costume !

— Ce serait gentil, merci. Si ça ne te dérange pas.

— Pas du tout.

Mathias attrapa un autre sac alors que Pascal ramassait les autres et les portait à l'intérieur. Heureusement, la majeure partie de son bordel était confinée dans la chambre, tout simplement parce qu'il n'avait pas le temps de faire autre chose lorsqu'il rentrait que de balancer ses vêtements sales avant de s'effondrer sur son lit. Le sol méritait sûrement un coup de dépoussiérage, mais il n'y avait pas de pile de vaisselle sale débordant de l'évier ou quoi que ce soit d'autre d'encore plus repoussant, donc il n'était pas gêné que Mathias entre chez lui.

— Tu peux les poser sur le comptoir, dit Pascal. Je les rangerai. Je t'offre une bière ?

Il avait proposé cela de manière impulsive, mais, aussitôt que les mots sortirent de sa bouche, il fut heureux de l'avoir fait. Il avait déjà trouvé le Mathias du bar attirant. Mais ce Mathias en costume touchait une corde sensible. Non pas qu'il pense que Mathias serait intéressé par quelqu'un comme lui, surtout s'il envisageait une carrière à la Banque de Montréal, mais cela ne l'empêchait pas d'apprendre à le connaître un peu mieux.

Mathias jeta un coup d'œil à sa montre, ses lèvres se tordant en voyant l'heure.

— J'aurais adoré, mais il ne me reste qu'une demi-heure pour me doucher, me changer et me rendre au Salon si je ne veux pas être en retard pour prendre mon service.

— Une autre fois, alors. Je ne veux pas te mettre en retard.

— Une autre fois, oui, répliqua Mathias avec un sourire. Je crois que je suis libre mardi.

Pascal fronça les sourcils.

— Je travaille mardi soir. Que dirais-tu de samedi ? À quelle heure dois-tu te rendre au bar ?

— Pas avant quinze heures, mais j'ai déjà quelque chose de prévu avec un ami du travail. Je dois y aller, mais passe au bar si tu as le temps. Nous trouverons une solution lorsque je t'apporterai un verre.

Pascal sourit et hocha la tête spontanément, même s'il n'avait pas du tout prévu de sortir ce soir-là. D'un autre côté, il n'avait pas non plus prévu de tomber sur Mathias à l'entrée de son immeuble.

— D'abord, je vais me préparer à dîner. Je ne veux pas boire le ventre vide, mais je passerai plus tard.

Le sourire de Mathias éclaira la pièce entière.

— Génial ! Nous nous verrons là-bas. Je dois vraiment y aller.

Pascal le raccompagna à la porte et le regarda marcher le long du couloir et descendre les escaliers. Lorsque Mathias fut hors de sa vue, il rentra à l'intérieur et ferma la porte, résistant de peu à l'envie de cogner sa tête contre le mur. À quoi pensait-il en désirant un gamin comme Mathias ? Il n'avait pas demandé son âge à ce dernier, mais tout en lui clamait qu'il sortait tout droit de l'université et commençait tout juste sa carrière. Si Pascal avait de la chance, Mathias avait vingt-quatre ou vingt-cinq ans, c'est-à-dire la moitié de son âge, et non pas vingt-deux ou vingt-trois ans, c'est-à-dire encore moins que la moitié de son âge. Quoi qu'il en soit, il n'avait pas de raison de l'inviter pour une bière ou quoi que ce soit d'autre. On l'avait désigné de mille manières dans sa vie. Il refusait d'ajouter « vieil homme pervers » à la liste.

UNE HEURE et un dîner rapide plus tard – il prétendit ne pas avoir reporté la préparation du potage, qu'il avait voulu réchauffer toute la semaine, pour pouvoir se rendre au Salon –, Pascal entra dans le bar, observant ses alentours pour trouver Mathias afin de s'installer à une table dans la section du jeune homme. Tous les doutes et la culpabilité qu'il avait ressentis un peu plus tôt refirent surface, mais il se concentra sur le fait que Mathias lui avait demandé de passer, avait semblé vouloir trouver du temps pour qu'ils puissent partager une bière, peut-être même un repas, et discuter. Il ne s'agirait peut-être que d'une conversation durant laquelle Mathias profiterait de l'expérience de Pascal pour lui demander des conseils sur ses horaires ou la manière d'obtenir de meilleurs pourboires, mais peu importait la conversation qu'ils auraient, Mathias avait été aussi enthousiaste à cette idée que lui.

— Bonsoir, Pascal, le salua Mathias en se rendant à sa table. Que puis-je te servir ce soir ?

— Est-ce que ton barman aurait un autre de ce cocktail à la poire que tu m'as servi la dernière fois ? C'était vraiment bon.

— Un martini à la poire, je t'apporte ça tout de suite, répondit-il avec un sourire en coin que Pascal n'arrivait pas à déchiffrer.

Mathias souriait et flirtait avec tous ses clients. Tous les serveurs le faisaient. Cela leur garantissait de meilleurs pourboires et c'était l'essentiel de leur revenu, tout comme pour Pascal. La différence se trouvait dans la somme du pourboire. À la Colombe d'Or, une table de deux laissait généralement un pourboire de vingt dollars ou plus. Une grande table pouvait laisser jusqu'à cent dollars, et Pascal servait entre huit et dix tables par nuit, sans compter le service du midi. Ici, au Salon, Mathias s'en sortait bien s'il gagnait cinq dollars par table, à moins que les clients ne restent la nuit entière ou qu'il y ait une grande table. En général, Pascal recevait entre cinquante et cent dollars de pourboires par nuit. Alors si un sourire ou un peu de drague pouvait permettre à Mathias de gagner quelques dollars de plus, Pascal ne pouvait pas le lui reprocher. Il aurait simplement souhaité ne pas avoir l'impression que le sourire que Mathias lui adressait était le même que celui qu'il adressait à tous les autres. Oui, il était un client du bar, et oui, il laisserait un bon pourboire à Mathias en partant, mais il n'avait pas besoin que Mathias le drague ou le séduise pour cela. Il attendait davantage. Il voulait l'employé de banque qu'il avait rencontré dans son immeuble une heure plus tôt. Mais cela ne semblait pas être à l'ordre du jour et il se résigna donc à la torture de regarder Mathias flirter avec tout le monde.

— Alors, nous ne pouvons pas nous voir samedi, dit Mathias sans préambule, en déposant le martini devant Pascal. Pouvons-nous nous voir dimanche ?

— C'est à mon tour de déjeuner avec mes parents, de faire leurs courses, et tout ce qui va avec, répondit-il. Ils ont plus de quatre-vingts ans et ne sortent pas de chez eux. Ma sœur et moi alternons chaque semaine et c'est mon tour. Je lui aurais bien demandé d'échanger, mais j'ai déjà dû le faire il y a deux semaines, cela fait donc deux dimanches de suite qu'elle s'en charge. Elle a besoin de passer ce dimanche avec son enfant.

— Mince. Eh bien, cela nous amène au samedi d'après. Si tu es libre, bien évidemment.

— Le restaurant n'ouvre pas à l'heure du déjeuner le week-end, dit Pascal. Il n'y a pas assez de passages dans cette zone pour justifier que l'on ouvre. Pour le dîner, si, mais pas pour le déjeuner. La majorité de nos clients à l'heure du déjeuner sont des personnes qui travaillent dans les environs et tous ces bureaux sont fermés durant le week-end. Alors je suis quasiment libre tous les samedis, à moins que je décide de faire quelque chose avec René et Benjamin avant de devoir prendre mon service du soir.

Avant que Mathias ne puisse dire quoi que ce soit d'autre, l'un des serveurs s'approcha et mit un léger coup d'épaule à Mathias

— Adrien te regarde avec une mine renfrognée. Tu devrais aller vérifier tes autres tables.

— Allez, dit Pascal. Je ne veux pas que tu aies des soucis avec ton patron à cause de moi.

Mathias lui adressa un sourire et quitta Pascal pour filer vers une autre table. Un instant plus tard, Adrien arriva à la table de Pascal.

— Est-ce qu'il t'embêtait ?

— Non, pas du tout, répondit Pascal. Nous vivons dans le même immeuble. Nous étions simplement en train de discuter.

Cela ne sembla pas rassurer Adrien comme Pascal avait souhaité que ça le fasse.

— Je me demande si j'ai bien fait de l'engager. Il est assez mignon et les clients semblent l'apprécier, mais il est inconsistant. Je dois toujours lui répéter les choses. Tous mes serveurs flirtent avec les clients, mais il va un peu trop loin. Je me fiche qu'ils aguichent légèrement, mais je refuse de les voir essayer de choper mes clients.

— Il n'en fait rien, du moins pas avec moi.

S'il y en avait un qui avait tenté de séduire l'autre, c'était Pascal et non Mathias. Il n'avait vu aucun inconvénient à sortir ce soir-là pour pouvoir parler un peu plus avec Mathias, mais si cela lui causait des problèmes avec son patron, Pascal devrait revoir ses plans. Si Mathias perdait son travail à cause de lui, cela ne jouerait certainement pas en sa faveur. Peut-être n'avait-il pas complètement tort un peu plus tôt. Peut-être qu'il était nocif pour Mathias.

— Je ne le connais pas très bien, mais il me semble être un bon gamin. Il a un autre travail en dehors de celui-ci. Ne sois pas trop dur avec lui. Quand il arrive ici le soir, il a déjà passé sa journée à travailler.

— Mes clients méritent un bon service, peu importe ce qu'il se passe dans la vie privée de leur serveur.

— Oui, et je ne dis pas que tu devrais le laisser tranquille même s'il offre un mauvais service. Cependant, il ne m'a jamais servi d'une mauvaise manière, et tu sais à quel point je suis exigeant.

Le pire, dans cette déclaration, c'était qu'elle était vraie. Mathias était peut-être un peu inexpérimenté et un peu trop enthousiaste, mais il faisait très bien son travail. Il avait trouvé un nouveau cocktail pour Pascal, convaincu René d'essayer quelque chose de nouveau et, de manière plus générale, il avait fait de leurs récentes visites au Salon des moments agréables. Même si son intérêt pour Mathias ne menait nulle part, le sourire du jeune homme lui manquerait si Adrien venait à le laisser partir.

— Je ne vais que lui donner un avertissement, alors, dit Adrien. Il est difficile de trouver de bons employés. S'il sert les clients de manière satisfaisante, je suppose que ça vaut le coup de le former sur le reste.

— Je vais arrêter d'accaparer son temps, dit Pascal. Je sais mieux que personne à quel point son travail est difficile.

— C'est sa responsabilité de partager son temps entre ses tables, pas la tienne.

Pascal ne pouvait pas réfuter cela, mais il pouvait faire en sorte de ne pas rendre le travail de Mathias plus difficile que nécessaire.

— Je ne te demande pas de lui faire des faveurs, mais rappelle-toi comme c'était difficile lorsque tu as commencé ce métier. Accorde-lui le bénéfice du doute.

Adrien fit un clin d'œil à Pascal.

— Juste parce qu'il est mignon et que c'est toi qui le demandes.

Pascal ne pouvait qu'être d'accord, mais cela l'inquiétait. Avait-il vraiment failli faire renvoyer Mathias ? Si c'était le cas, il ne pouvait pas continuer à venir seul au Salon lorsqu'il était libre afin de pouvoir voir Mathias. S'il lui faisait perdre son job, il ne se le pardonnerait jamais, et quand bien même il n'était pas certain de vouloir poursuivre une relation avec Mathias – en supposant que Mathias soit intéressé par une relation –, il ruinerait toute chance que cela arrive si Mathias perdait son travail à cause de lui.

— Tu es en train de penser à une chose qui a fait apparaître un air soucieux sur ton visage. Arrête immédiatement.

Pascal leva les yeux et sourit avant de réaliser ce qu'il faisait.

— Tu ne devrais pas passer trop de temps avec moi. Tu as aussi d'autres clients. Tu ne veux pas qu'Adrien soit remonté contre toi.

— Adrien est toujours remonté contre moi, confessa Mathias. Te parler ne va rien y changer.

— Ne pas me parler pourrait aider.

— Non, car il dirait que je te néglige et serait en colère contre moi.

— Je pourrais aller m'asseoir sur une table dans la section d'un autre serveur, suggéra Pascal.

— Alors je serais distrait parce que je serais jaloux de la personne qui aurait l'opportunité de flirter avec toi.

— Je pense que c'est une conversation que nous devrions garder pour la semaine prochaine, dit Pascal un instant plus tard.

Il ne savait pas comment se sentir face à la déclaration naturelle que venait de lui faire Mathias, mais il savait que ce n'était ni l'endroit ni le moment pour en parler. Adrien rôdait dans les parages et les réactions de Mathias étaient teintées par son rôle de serveur, où le fait qu'il drague pouvait aussi bien être dû à sa volonté d'obtenir des pourboires qu'à autre chose. Pascal voulait l'employé de banque, pas le gars du bar.

— Va pour samedi prochain, approuva Mathias. Même si j'espère que d'ici là, tu passeras au bar pour me voir.

— Tout dépendra de mes horaires, se déroba Pascal. Je ne veux pas faire des promesses que je serais incapable de tenir.

Mathias fronça les sourcils, clairement mécontent de cette réponse.

— Donne-moi ton téléphone.

Surpris, Pascal fronça les sourcils, puis il sortit son téléphone et le remit à Mathias. Ce dernier composa un numéro et patienta une minute.

— Voilà. Maintenant tu as mon numéro et j'ai le tien. Comme ça, nous pourrons planifier notre samedi.

IV

— As-tu revu l'homme de tes rêves ? demanda Louis à Mathias lorsqu'ils se retrouvèrent au même moment en pause déjeuner le mardi suivant.

— Non seulement je l'ai revu…, commença Mathias avec un sourire en coin, …mais je lui ai parlé et j'ai obtenu son numéro de téléphone ainsi qu'un rendez-vous à déjeuner samedi.

— Bien joué, dit Louis en lui rendant son sourire. Alors, parle-moi de lui.

— Il s'appelle Pascal. Il travaille à la Colombe d'Or. Il vit au quatrième étage de mon immeuble.

— Je suis censé déjeuner avec M. Belanger la semaine prochaine. En général, il aime aller à la Colombe d'Or. Peut-être que je le verrais.

— Il a la quarantaine, des cheveux bruns un peu grisonnants au niveau des tempes, et il est absolument magnifique. Tu ne peux pas le manquer.

— J'essaierai de le trouver, dit Louis. Je veux voir le visage qui correspond à ce prénom. As-tu réfléchi à la manière dont vous allez fonctionner si vous avez tous les deux des horaires particuliers ? Il ne va pas avoir beaucoup de soirées de libres.

— C'est pour ça que nous avons prévu un rendez-vous à l'heure du déjeuner. C'est la seule journée et le seul moment où nous n'avons pas d'autres engagements, du moins cette semaine. Attendons de voir comment ça évolue avant que tu me maries.

Louis se mit à rire.

— Que je te marie ? J'étais simplement en train de partager avec toi ma grande expérience.

— *Grande* expérience ? le taquina Mathias. Attention ou je vais finir par imaginer des choses te concernant.

Louis le tapa sous la table.

— Ce n'est pas ce que je voulais dire. Tu brûles la chandelle par les deux bouts. Je ne veux simplement pas te voir allumer un feu en plein milieu ou bien il ne restera plus rien.

— Ce n'est que temporaire. Une fois que ma période d'essai sera terminée, j'aurais une augmentation de salaire, et cela devrait suffire pour que je puisse réduire mon nombre d'heures de travail au bar. Cela me donnera plus de temps pour moi et pour Pascal, si nous finissons ensemble.

— Une raison particulière pour que ce ne soit pas le cas ?

— Il est trop bien pour moi. Je suis un petit jeunot et il est…

— Il est probablement assis chez lui en train de penser qu'il est trop vieux pour toi, compléta Louis quand Mathias ne termina pas sa phrase. Je ne dis pas qu'il n'y a pas de différence d'âge ou d'expérience ou autre. Je te demande simplement de ne pas t'avouer vaincu dès maintenant. Qui a eu l'idée du déjeuner ?

Mathias dut y réfléchir pendant une minute.

— Lui, je pense. Je l'ai aidé à porter ses courses jusque dans son appartement jeudi dernier. Il en avait plein les bras. Il m'a proposé une bière, mais je n'avais pas le temps de rester. J'allais être en retard pour prendre mon service au bar alors il m'a proposé de remettre ça à une prochaine fois. La décision de déjeuner ensemble a été prise après avoir discuté de nos plannings, mais l'idée initiale venait de lui.

— Alors il est assez intéressé pour te proposer un déjeuner. Tu vas devoir conserver son intérêt, mais tu as réussi à attiser sa curiosité. C'est un bon début.

— Je suppose que tu as raison, répondit Mathias doucement. Merci, Louis. Il est difficile d'avoir une vision d'ensemble.

— C'est pour ça que je suis là. La pause déjeuner est terminée. C'est l'heure de se remettre au travail.

PASCAL RENCONTRA Benjamin pour déjeuner le mercredi, son jour de repos. Il faisait en sorte de voir ses deux amis, ou au moins l'un d'entre eux, dès qu'il était libre, et comme il ne les avait pas vus lors de son dernier jour de repos, il avait été déterminé à ne pas les manquer une nouvelle fois.

— Hello, le salua Benjamin en le rejoignant à table.

— Hello, répondit Pascal. Comment vas-tu ?

— Très bien et toi ?

Pascal se demanda comment répondre à cette question. Benjamin ne le taquinait pas comme René le faisait, mais il savait que s'il disait quelque chose à Benjamin, René serait mis au courant très rapidement.

— Pascal ? insista Benjamin.

Pascal retint un juron. Il avait apparemment pris trop de temps pour répondre.

— Je vais bien. Je… Il se peut que j'aie un rendez-vous samedi.

— Je pensais que tu travaillais samedi.

— À l'heure du déjeuner, clarifia Pascal. Son planning est aussi compliqué que le mien. C'était le seul moment où nous étions tous les deux disponibles dans les deux semaines à venir.

Benjamin souleva un sourcil en regardant Pascal.

— S'il est tellement occupé – et je sais à quel point tu es occupé –, est-ce que c'est une si bonne idée ?

— Je sais déjà que ce n'est pas une bonne idée. Et pourtant, cela ne m'a pas empêché de sauter la tête la première.

Le serveur arriva à leur table pour prendre leur commande, reportant les questions que Pascal voyait défiler dans le regard de Benjamin. Une fois qu'ils furent à nouveau seuls, Benjamin le fixa d'un regard perçant.

— Pourquoi est-ce une mauvaise idée ?

— C'est pratiquement un enfant. Il travaille à la Banque de Montréal durant la journée et au Salon la plupart des soirs parce qu'il veut vivre dans la rue Sainte-Catherine et ne pourrait pas se le permettre s'il ne percevait que le revenu de la banque. Il n'a pas de temps pour une relation sérieuse, je ne veux pas d'une liaison insignifiante, mais je ne vois pas comment quelque chose de durable peut en ressortir.

— Alors pourquoi est-ce que tu vas déjeuner avec lui ?

— Parce que je ne suis qu'un humain et qu'il est jeune, superbe, et que pour je ne sais quelle raison il est attiré par moi. C'est un sacré coup de boost pour mon ego, même si cela ne dure pas.

— Ne t'avoue pas vaincu parce que tu penses n'avoir aucune chance de réussir, lui conseilla Benjamin. Tu peux avoir raison, cela ne va peut-être pas durer, mais tu peux aussi avoir tort. S'il est prêt à donner une chance à cette relation, profites-en et mets tout ton cœur à l'ouvrage. Ne gâche pas cette chance en restant en retrait.

— Alors je vais le faire fuir parce que je vais paraître trop avide, répliqua Pascal.

— Sois simplement toi-même, dit Benjamin dans un souffle. Tu fais exprès de faire l'idiot.

— Il a la moitié de mon âge. Je dirais que j'ai dépassé le stade de l'idiotie et que je suis entré dans le domaine de la folie depuis un moment.

Benjamin leva les yeux au ciel.

— Tu as dit qu'il travaillait au Salon. Lequel c'est ?

— Le brun avec les pointes blondes et le jean moulant.

— Ils portent tous des jeans moulants, rétorqua Benjamin. C'est ce qui fait leur charme.

Pascal rit.

— Celui avec le jean très moulant.

Benjamin eut un sourire en coin.

— Oh, *lui*. Tu as bon goût, vieil homme.

— Tu es né seulement trois mois après moi. Qui traites-tu de vieux ?

— Ce qui signifie que tu seras toujours plus vieux que moi, répondit Benjamin.

Pascal secoua la tête tout en retenant un rire.

— Il y a plus important que l'âge dans la vie, continua Benjamin avec plus de sérieux. Et l'âge est plus qu'un simple nombre. J'ai connu des hommes de notre âge qui avaient la maturité d'un enfant de deux ans et des gamins à peine sortis de l'adolescence qui avaient une vieille âme. Tu es un très jeune homme de quarante-huit ans. S'il est mature pour son âge, il se peut qu'il n'y ait pas tant de différence que tu le penses.

Pascal n'était pas convaincu, mais il comprenait la logique des paroles de Benjamin. Il n'était pas prêt à se jeter à corps perdu dans cette histoire, mais il pouvait faire un essai et voir où cela les mènerait.

CONTRE TOUTE raison, Pascal laissa Benjamin et René le convaincre de se rendre au Salon le jeudi. Il avait fait le service du midi, mais il avait sa soirée de libre, alors il n'avait aucune excuse et, en toute honnêteté, il voulait voir Mathias pour voir si l'alchimie était toujours là. Se rendre au bar pendant que Mathias travaillait ne leur laisserait que peu de chance de discuter parce que Mathias devait travailler, et Pascal ne voulait pas donner de raison à Adrien de lui faire des reproches. Cependant, il aurait l'occasion de voir Mathias, et cela effaçait le reste de ses inquiétudes. Lui et ses amis s'installeraient dans la section d'un autre serveur pour que Pascal puisse simplement regarder Mathias de loin, même si cela le faisait passer pour un harceleur – ou un lycéen rôdant près de la classe où allait se rendre la personne qu'il aimait en secret pour pouvoir l'apercevoir dans le couloir. Avec un peu de chance, Mathias penserait que c'était mignon ou se dirait simplement qu'il était normal que Pascal et ses amis soient là puisqu'ils étaient des habitués de ce bar.

Il fit en sorte d'arriver assez tôt pour pouvoir choisir sa table, en prenant délibérément une qui se trouvait dans la section d'un autre serveur. Il ne vit pas Mathias, mais cela jouait en sa faveur. Si Mathias demandait pourquoi Pascal ne s'était pas installé dans sa section, Pascal pourrait dire en toute sincérité qu'il n'avait pas su quelle était la section de Mathias lorsqu'il était entré.

René arriva avant Benjamin, saluant Pascal avec ses taquineries habituelles, le faisant douter sur le fait que Benjamin lui ait dit quoi que ce soit sur leur conversation du déjeuner. Ce serait surprenant, mais peut-être que Benjamin était devenu plus discret depuis la dernière fois que Pascal s'était confié à lui.

Ils discutèrent tranquillement jusqu'à ce que le serveur vienne prendre leur commande. René flirta comme il le faisait toujours, plaisantant avec le serveur pendant qu'il choisissait ce qu'il allait commander. Pascal commanda une vodka martini. Il n'essaierait de nouveaux cocktails que pour Mathias.

— On ne prend pas de risque ce soir ? demanda René lorsque le serveur partit.

— Il n'y a personne pour qui prendre un risque, répliqua Pascal sans réfléchir.

— Oh, j'avais raison ! s'exclama René. Benjamin me doit dix dollars. Tu es attiré par le nouveau gamin.

Cela expliquait la réticence de Benjamin. Tout cela n'avait finalement rien à voir avec la discrétion.

— Ça reste à voir, répondit Pascal. Ça ne vaut pas grand-chose s'il n'est pas attiré par moi.

— Il te dévorait du regard la dernière fois.

— Il dévore tous ses clients du regard.

Il n'avait pas besoin de regarder dans la direction de Mathias pour savoir qu'il était en train de flirter avec une table remplie de clients ayant la vingtaine qui étaient arrivés lorsqu'ils passaient leur commande. Il pouvait entendre les rires provenant de l'autre côté du bar.

— Repose-moi la question dimanche et nous verrons où en sont les choses.

René le fixa du regard durant une minute puis un grand sourire se dessina sur son visage.

— Petit cachottier. Tu as un rendez-vous.

— Pour déjeuner, clarifia Pascal. Et non, tu ne peux pas venir chez moi samedi après-midi pour savoir comment ça s'est passé et encore moins passer au restaurant samedi soir. Tu peux appeler dimanche après-midi, une fois que je serai rentré de chez Maman.

— Je pensais que tu étais chez ta mère le week-end dernier.

— J'y étais. Sylvie et moi avons échangé les week-ends alors je dois y aller deux week-ends de suite.

— Bien. Je t'appellerai dimanche après-midi, entre quinze et dix-sept heures. Sauf si tu dois commencer ton service tôt ce week-end ?

— Non, ce week-end, je fais la fermeture. Quelqu'un d'autre s'occupe de l'ouverture.

C'est à ce moment-là que Benjamin les rejoignit.

— Donne-moi mon argent, dit René en guise de salutations. Il a un rendez-vous. Ce qui veut aussi dire qu'il éprouve de l'attirance pour lui.

Les joues de Benjamin s'empourprèrent et il donna son argent à René.

— Pour ta gouverne, je ne l'ai pas découragé, même si cela voulait dire que j'allais perdre le pari, expliqua Benjamin à René avant de se tourner vers Pascal. Je ne pensais pas que tu serais attiré par ce serveur, mais maintenant que tu l'es, je veux que tu sois heureux.

— Nous verrons ce qui se passe, dit Pascal. Il est bien trop tôt pour parler comme ça.

— Pourquoi sommes-nous installés ici alors qu'il est tout là-bas ? demanda Benjamin.

— Parce que la dernière fois que je suis venu ici, il s'est fait réprimander par Adrien parce qu'il passait trop de temps avec moi et pas assez avec ses autres clients. Je ne voulais pas lui causer à nouveau des problèmes.

— Nous aurions pu aller autre part, suggéra René.

— Oui, mais dans ce cas-là, je n'aurais même pas pu le voir.

— Mon pote, tu es *totalement* sous le charme, le taquina René.

Pascal s'empourpra.

— Je suis content, continua René. Ton célibat a assez duré. Robert n'aurait pas voulu que tu passes ta vie à faire le deuil.

— Ce n'est pas simplement ça, dit Pascal. J'ai connu le bonheur, vous savez. C'est difficile de se dire qu'on nous donne une deuxième chance de connaître ce type d'amour et encore plus difficile d'imaginer se contenter d'une relation moins forte.

— Je comprends, mais rappelle-toi aussi d'une chose : tu n'es plus le même homme, dit Benjamin. Ne t'attends pas à ce que ton nouveau partenaire ou ta nouvelle relation soient identiques à ce que tu avais avec Robert. Trouve un partenaire qui t'apporte ce dont tu as besoin aujourd'hui et non pas un qui t'apporte ce que Robert t'apportait.

— Que cherches-tu à me dire ? demanda Pascal.

Benjamin soupira.

— Tu l'as rencontré quand tu avais une vingtaine d'années. Vous avez connu quelques bonnes années ensemble avant qu'il ne tombe malade et ensuite, tu as passé le reste de sa vie à prendre soin de lui, alors que le cancer lui volait sa santé et finalement sa vie. Tu es un homme différent de celui que tu étais alors. Je ne dis pas que tu ne l'aimais pas, mais tu n'as pas besoin d'un autre Robert. Tu as besoin d'un homme qui corresponde à celui que tu es devenu, pas à celui que tu étais.

— Et tu penses que Mathias est cet homme ?

— Je n'en ai pas la moindre idée, répondit Benjamin avec un grand sourire. Mais *tu* sembles penser que c'est le cas et je te connais trop bien. Tu vas faire de ton mieux pour éviter de donner une chance à cette relation si René et moi ne te mettons pas un coup de pied aux fesses, alors fais comme si nous t'en avions mis un.

Mathias apparut derrière Pascal avant qu'il puisse répondre et déposa les verres de Pascal et René sur la table.

— Salut les gars, dit-il avec un sourire. Votre serveur est parti en pause alors je lui ai dit que je vous apporterai vos verres et prendrai toute commande supplémentaire.

Benjamin commanda une bière tout en regardant Pascal avec insistance. Pascal adressa un sourire à Mathias et ce dernier le lui rendit.

— Je suis heureux d'avoir eu la chance de passer dire bonjour, ajouta Mathias. Je ne peux pas rester trop longtemps. J'ai des clients qui m'attendent, mais je suis impatient d'être à samedi.

— Moi aussi, dit Pascal.

Il ne savait pas quelle réaction avoir : être impressionné que Mathias prenne son travail bien plus au sérieux, ou démoralisé que Mathias résiste bien plus facilement face à lui que la dernière fois qu'il était venu au bar. Lorsque les doigts de Mathias effleurèrent la nuque de Pascal, ses doutes s'estompèrent et il aurait aimé être déjà samedi.

Ignorant les sourires en coin de ses amis, Pascal attrapa les doigts de Mathias et les serra légèrement.

— Tu veux bien m'apporter un nouveau cocktail? demanda-t-il. Quelque chose de… différent?

Le sourire de Mathias éclaira le bar entier.

— Je te prépare ça tout de suite.

V

LE SAMEDI matin, Pascal se réveilla bien plus tôt qu'à son habitude. La Colombe d'Or était ouverte jusqu'à minuit le vendredi soir, puis ils devaient tout mettre en place pour le samedi, alors Pascal rentrait rarement chez lui avant deux heures du matin. Qu'est-ce qu'il lui avait pris d'inviter Mathias chez lui au lieu de le rencontrer à l'extérieur, il ne pouvait le dire, mais il le regrettait. Il n'avait pas eu le temps d'aller faire les courses et il n'avait pas voulu paraître prétentieux en ramenant un plat du travail qu'il aurait réchauffé. Il mangeait plus de repas à la Colombe d'Or qu'il n'en mangeait chez lui puisqu'il ne voulait pas perdre de temps et d'énergie à cuisiner pour lui-même, mais ce repas n'était pas pour lui. C'était un rendez-vous avec Mathias et, comme il avait invité cet homme chez lui, il se devait de faire un effort pour lui offrir un bon repas. Heureusement, en plein été, il pouvait trouver beaucoup de légumes frais au marché de la place Pasteur. Avec un peu d'efforts, il pourrait rapidement préparer une jolie salade de pâtes. Il avait une bonne bouteille de rosé qu'il pouvait placer au réfrigérateur pour qu'elle soit fraîche et beaucoup de bière si jamais Mathias préférait cela au rosé.

Il enfila un tee-shirt assez propre et un short pour se rendre au marché. Il pourrait prendre une douche et mettre de plus beaux vêtements une fois qu'il aurait terminé de cuisiner. Du moment qu'il ne tombait pas sur Mathias dans les couloirs, tout irait bien.

Lorsqu'il sortit dehors et leva les yeux pour regarder le ciel, celui-ci était tellement bleu que Pascal en eut mal aux yeux. Il grimaça et mit ses lunettes de soleil. Il adorait ce ciel dégagé, sauf lorsqu'il n'avait pas assez dormi et n'avait pas eu sa dose de café. Il devrait remédier à cela avant que Mathias n'arrive ou il ne serait pas de bonne compagnie. Il n'était pas convaincu que Benjamin ait raison, que les choses allaient fonctionner entre Mathias et lui, mais il refusait de se tirer une balle dans le pied.

La rue était tranquille de si bonne heure, presque jusqu'à ce qu'il atteigne le marché. La rue Sainte-Catherine était déserte le samedi matin, en dehors des personnes qui voulaient ce que le marché avait à offrir. Toutes les autres se trouvaient encore au lit, décuvant suite à la nuit précédente.

Cette rue offrait une vie nocturne incroyablement dynamique, chose dont Pascal ne pouvait pas vraiment profiter puisqu'il se trouvait au restaurant la plupart des soirs, mais cela lui permettait aussi de ne jamais s'inquiéter de rentrer tard puisque tout le monde faisait de même. Par contre, le samedi, la plupart des gens ne se levaient pas avant midi. Il ne se rappelait pas la dernière fois qu'il s'était réveillé si tôt un samedi.

Lorsqu'il arriva au marché, il décida d'effectuer un petit tour à travers les stands pour évaluer ses options avant d'acheter. Il était assez bon cuisinier quand il avait assez de temps et les bons ingrédients, même s'il ne prenait pas la peine de le faire en règle générale. Cependant, aujourd'hui, il était déterminé à trouver les bons ingrédients.

Après avoir terminé son tour, il décida de cuisiner un mélange de courges et de poivrons qui pourraient être coupés en fines lamelles et mangés crus avec de belles tomates mûres. Chargé de ses provisions, il reprit le chemin de la maison.

— Ça va finir par devenir une habitude.

La voix de Mathias surprit Pascal alors qu'il s'approchait de la porte d'entrée de l'immeuble.

— Mathias. Je ne m'attendais pas à te croiser de si bonne heure.

— En général, je cours en me réveillant le samedi matin, expliqua Mathias. C'est quasiment le seul moment où je peux faire de l'exercice avec mon planning actuel. Bien entendu, en temps normal, je me lève bien plus tard le samedi, mais j'ai d'autres projets aujourd'hui.

Le clin d'œil qui accompagna ses paroles monta directement à la tête de Pascal ; son corps tout entier en frissonna.

— Quelle coïncidence, dit Pascal, résolu à garder sa présence d'esprit face au charme de Mathias.

Il n'était plus un adolescent qui perdait toute pensée cohérente au moindre signe d'intérêt exprimé par un joli minois. Un visage rougi et en sueur très séduisant, accompagné d'un corps musclé et transpirant tout aussi ravissant. Il admira le tee-shirt lâche et humide de transpiration ainsi que le short de course moulant d'un regard rapide. Il pourrait s'attarder sur ce souvenir plus tard, lorsqu'il serait seul et moins en proie à s'humilier lui-même.

— Je faisais justement des achats pour faciliter mes projets.

Mathias jeta un œil dans le sac que Pascal portait.

— On dirait que tu vas préparer un festin. Quelqu'un essaie de faire bonne impression.

Pascal s'empourpra malgré lui.

— Il n'y a rien de mal à vouloir préparer un bon repas, dit-il, sur la défensive, alors qu'ils entraient dans le bâtiment.

— Aucun mal, acquiesça Mathias. Bonne chance avec tes *projets*.

Pascal jura tout le long du chemin jusqu'à son appartement. Tant pis pour ce qui était de ne pas se tirer une balle dans le pied. Il ne s'était ni douché ni rasé, il portait de vieux vêtements sans avoir l'excuse de revenir de la salle de sport, et il avait eu l'air d'un idiot lorsqu'il avait parlé avec Mathias. Il aurait de la chance si Mathias venait quand même après cela.

Avec un soupir, il sortit une poêle, mit de l'eau à bouillir dans une casserole pour les pâtes et commença à couper les légumes qu'il avait achetés au marché en petits morceaux. Il pouvait le faire sans réfléchir et ça tombait bien puisqu'il dépensait toute son énergie à se repasser leur conversation en boucle et à se demander ce qu'il aurait pu dire différemment. Il avait terminé avec les courgettes et nettoyait la courge lorsque son téléphone sonna, lui faisant savoir qu'il avait reçu un message.

Dois-je apporter quelque chose pour le déjeuner ?

Pascal réfléchit à la question pendant une minute. Il avait la salade de pâtes et les boissons. Cependant, il n'avait pas un semblant de dessert. *Seulement si tu veux quelque chose de sucré pour le dessert.*

Je sais déjà ce que je veux en dessert.

Pascal fixa la réponse, complètement incertain de la manière dont il devait l'interpréter. Son message sous-entendait beaucoup de choses sans que l'on ait vraiment à y réfléchir, mais cela ne voulait pas dire que Mathias avait voulu que ce soit le cas. Dans tous les cas, c'était un jeune homme intelligent s'il avait réussi à décrocher un poste à la Banque de Montréal, alors il devait savoir comment son message *pourrait* être interprété même si ce n'était pas ce qu'il avait voulu dire. S'il avait vraiment un dessert en tête, Pascal se sentirait idiot de répondre au sous-entendu, mais s'il était réellement en train de lui faire une proposition, Pascal devait l'arrêter immédiatement. Il n'avait pas invité Mathias à déjeuner pour que cela serve de prélude à un rapide saut sous les draps. Il ne voulait pas coucher avec Mathias – d'accord, c'était un mensonge. Il serait ravi d'emmener Mathias au lit et d'y passer des heures, mais il ne voulait pas *seulement* coucher avec lui. Il réfléchit un petit moment, puis il répondit. *Alors, apporte-le avec toi.*

Si Mathias avait réellement un dessert en tête, cette réponse ne divulguerait en rien le chemin que les pensées de Pascal avaient emprunté, et s'il avait essayé de flirter, eh bien peut-être que cela l'aiderait à ralentir la cadence. Pascal n'était pas prude. Il n'avait aucun problème avec le sexe, même si ce n'était que du sexe, mais il avait passé l'âge de réfléchir avec le sien. Il attendait plus d'une relation et peut-être qu'il ne le trouverait pas avec Mathias, mais il n'allait pas ruiner ses chances en ayant une relation sexuelle avec lui sans aucun sentiment.

Mathias ne répondit pas directement, ce qui inquiéta un peu Pascal, mais il ne pouvait plus revenir en arrière. Si sa réponse avait été la mauvaise, il s'en occuperait lorsque Mathias viendrait déjeuner.

Il composa la salade de pâtes rapidement et la mit dans le réfrigérateur pour qu'elle soit fraîche, puis il alla prendre une douche et se rendre présentable. Il commençait déjà à faire plus chaud dans l'appartement, même avec les fenêtres ouvertes, alors il prit une douche aussi rapide que possible pour ne pas ajouter d'humidité à la chaleur qui régnait déjà. Une fois sa douche terminée, il enfila son plus léger pantalon en lin et une chemise lâche à boutons. Sa sœur lui avait dit que le vert foncé faisait ressortir le bleu de ses yeux lorsqu'il la portait. Pascal ne savait pas si c'était vrai, mais elle était légère et confortable, deux choses essentielles lors d'une journée d'été dans un appartement du quatrième étage sans air conditionné.

Il fit un rapide tour de son appartement pour s'assurer que tout était en ordre. Heureusement, il était d'une nature plutôt maniaque alors il n'eut rien d'autre à faire que de ranger le courrier de la veille, ce qu'il n'avait pas eu la force de faire la nuit précédente.

Quand il ne lui resta plus rien à faire que d'attendre, il attrapa son ordinateur et se força à se concentrer sur la recherche de nouveaux livres. La dernière fois que ses dames étaient venues pour leur repas mensuel, Hélène avait mentionné un nouveau livre, mais elle n'avait pas dit quand il serait publié. Pascal fit une recherche en inscrivant son nom, refusant de se sentir gêné lorsque celui-ci apparut dans la liste de ses saisies automatiques. Sans compter son rendez-vous avec Mathias, il n'y avait que peu de romantisme dans sa vie. Il était hors de question qu'il s'excuse d'en vouloir dans ses livres. De plus, Hélène faisait partie de ses dames. Pascal St-Laurent était né peu après le décès de Robert dans une tentative de lui rendre le sourire. Il ne s'était attendu à rien en leur donnant la permission d'utiliser son prénom et ses caractéristiques physiques dans l'un de leurs livres. Il s'était encore moins attendu à ce que cela devienne une série de livres que l'un des critiques avait surnommée « le James Bond du vingt-et-unième siècle », mais lorsque Martine lui avait apporté le premier tome, il avait dû retenir ses larmes. Ses dames avaient fait tellement pour lui. Le moins qu'il puisse faire était d'acheter leurs livres. Il avait des copies de chacun de leurs livres dédicacés, même ceux qu'elles avaient écrits avant de le connaître, et il n'avait pas l'intention de commencer à manquer des sorties à cause d'un petit ami potentiel.

Il venait juste de terminer une recherche pour voir si Nicole avait sorti un nouveau titre, au cas où elle avait oublié de le mentionner – ce qu'elle faisait souvent. Il comptait sur les trois autres pour lui dire si elle publiait une nouveauté –, lorsqu'on frappa un coup à la porte. Il sauvegarda sa commande et alla répondre.

— Je suis un peu en avance, dit Mathias alors que l'horloge de son ordinateur indiquait onze heures et demie, comme convenu. J'espère que je ne te dérange pas.

— Pas du tout. J'étais en train d'acheter quelques livres.

— Tu aimes lire ? demanda Mathias en entrant à l'intérieur.

Pascal prit la boîte de pâtisserie que Mathias lui tendait, soulagé de voir qu'il avait apporté un vrai dessert. Cela pouvait être une couverture pour expliquer son message puisque Pascal n'avait pas répondu de manière aguicheuse au dernier, mais cela pouvait aussi signifier que Mathias avait vraiment voulu parler d'un dessert.

— Oui, plus souvent sur ma Kindle ces temps-ci puisque c'est facile à transporter, mais cela ne m'empêche pas d'acheter des livres papier.

Pascal emporta le dessert dans la cuisine et lorsqu'il revint, il trouva Mathias en train d'explorer la bibliothèque dans laquelle il rangeait les livres de ses dames.

— C'est une sacrée collection. Je sens que tu as un genre de livres favori.

— Ce sont des amies, répliqua Pascal. Je les ai tous lus, je ne les ai pas seulement achetés parce qu'elles sont mes amies, mais c'est la raison pour laquelle je les achète en version papier et non numérique.

— Attends une seconde, tu connais l'auteur des livres Pascal St-Laurent ? demanda Mathias, indiquant les dos de cette série.

— Martine et les trois autres aussi, oui. J'ai fait leur rencontre au restaurant. Elles viennent une fois par mois. Je les connais depuis des années.

— Est-ce que tu crois… ? Non, c'est stupide.

— Est-ce que je crois quoi ? le poussa Pascal. Cela ne coûte rien de demander.

— J'allais te demander si tu pouvais m'avoir un autographe. Je sais qu'elle a probablement des millions de fans, mais lorsque j'ai réalisé que j'étais gay, j'ai lu deux de ses livres, pas les Pascal St-Laurent, mais d'autres écrits par elle, et ils m'ont vraiment aidé à me sentir plus à l'aise avec moi-même.

— Je peux lui demander, mais elle adorerait entendre ton histoire. J'ai son adresse e-mail et je sais qu'elle lit et répond à tous les e-mails de ses fans. Parfois, elle parle des messages qui l'ont vraiment touchée quand elle vient au restaurant. Elles le font toutes.

— C'est vraiment cool, dit Mathias.

Il paraissait si jeune à ce moment précis que le cœur de Pascal se serra en le regardant. Il avait vu Mathias le serveur et Mathias le banquier, mais à ce moment-là, il s'agissait simplement de Mathias, sans rôle ni masque. Pascal voulait découvrir ce Mathias.

— Est-ce qu'elles… je ne sais pas… te parlent de leurs livres ou ce genre de choses ? Je veux dire, quand elles sont en train de les écrire, continua Mathias.

— Parfois, oui, mais elles ne sont pas la seule table dont je suis en charge donc lorsqu'elles parlent de livres, d'intrigues, de problèmes et de toute autre chose, c'est entre elles et non avec moi. Quelques fois, elles me demandent mon avis pour avoir le point de vue d'un homme sur quelque chose, surtout lorsqu'elles ne sont pas d'accord, mais la plupart du temps, elles me disent seulement qu'un de leurs livres va être publié ou qu'un de leurs manuscrits a été accepté ou ce genre de choses. Pas de vrais détails.

— Mais… est-ce que tu sais quand le prochain tome de la série Pascal St-Laurent va sortir ?

— Je n'en suis pas certain, mais Martine dit qu'elle essaie d'en sortir un tous les six mois, donc il va falloir patienter encore quatre mois. Pourquoi ? Tu veux savoir ce qu'il va se passer ?

— Bien sûr que je veux savoir ! J'ai entendu dire que Jack avait finalement divorcé avec sa femme, non pas que j'aie eu le temps de lire ces derniers temps. Je meurs d'envie de savoir si Pascal fait le premier pas maintenant que Jack est libre.

Pascal rit.

— Je ne sais pas s'il l'a fait ou non. Ce que je sais, c'est qu'il y aura au moins deux autres livres parce qu'elle a mentionné avoir commencé à travailler sur le nouveau tome et, d'après son emploi du temps, celui qui sortira dans quatre mois est déjà terminé.

Mathias eut un léger sourire.

— Bien.

Il remua un peu et son sourire prit un air un peu plus aguicheur.

— Désolé pour mon passage en mode geek. J'ai déjà rencontré des fans par le passé, mais ils ne connaissaient pas personnellement l'auteur.

— Ce n'est rien. Ça ne me dérange pas.

Pascal ne put s'empêcher de se demander ce que dirait Mathias s'il apprenait qu'il était non seulement ami avec l'auteur, mais aussi la personne qui avait inspiré le personnage ; il ne divulgua pas cette information. Cette dernière était trop liée au décès de Robert, sujet dont il ne discutait pas aisément. Si Mathias et lui étaient amenés à aller plus loin, il finirait par devoir parler de Robert, mais pas dès le premier rendez-vous.

— Veux-tu boire quelque chose ? J'ai du rosé au frais ou bien de la bière.

— En général, je bois plutôt de la bière, admit Mathias. Je devrais peut-être développer mon palais.

— Alors tu veux un verre de vin ? s'assura Pascal.

Lorsque Mathias hocha la tête, Pascal retourna à la cuisine et revint avec la bouteille, deux verres et un tire-bouchon. S'il ouvrit la bouteille avec un peu plus de manières que nécessaire, Mathias ne le remarqua pas. Pascal versa un peu de rosé dans l'un des verres.

— À toi l'honneur, dit-il à Mathias.

— Alors ce n'est pas qu'une mise en scène ?

— Non, répondit Pascal. Bien sûr, certains clients surjouent pour avoir l'air sophistiqués et une partie de ce processus est une appréciation de l'esthétique de l'art du vin ; il ne faut pas le descendre d'une traite. Mais parfois, une bouteille de vin peut tourner et le seul moyen de le réaliser est de le sentir et de le goûter. Il vaut mieux n'en prendre qu'une petite gorgée plutôt qu'une grande s'il n'est pas bon.

— Oui, mais je ne saurais pas faire la différence.

— Goûte-le, dit Pascal. Soit tu l'aimeras, soit tu ne l'aimeras pas. Si tu l'aimes, je t'en verserai plus. Si tu ne l'aimes pas, j'irai te chercher une bière. Même s'il n'a pas tourné, si tu n'aimes pas le goût du vin, tu ne devrais pas te forcer à le boire.

Mathias obéit et en prit une petite gorgée. Il ne fit aucune grimace de dégoût alors Pascal prit cela comme un bon signe.

— C'est plutôt bon, dit Mathias en tendant son verre pour qu'il le serve à nouveau.

— C'est un bon vin d'été, acquiesça Pascal. Parfait pour une chaude journée et une salade froide. Emmène ton verre de vin sur le balcon. Je vais chercher la salade et je te rejoins.

Mathias fit non de la tête.

— Tu as préparé le déjeuner. Le moins que je puisse faire est de t'aider à mettre la table et à emmener tout ce qu'il faut sur le balcon.

— Tu n'es pas obligé, dit Pascal, mais il n'essaya pas d'empêcher Mathias de le suivre à la cuisine.

Il avait sorti les assiettes et les couverts, alors il ne restait plus qu'à les prendre ainsi que la salade dans le réfrigérateur et le vin, puis à les emmener à l'extérieur. Pascal n'aurait pas pu tout emmener en un seul voyage sans le plateau du restaurant qu'il ne gardait pas chez lui.

Le balcon, lorsqu'ils sortirent, était de la taille d'un timbre postal avec juste assez de place pour une petite table, deux chaises et un pot de fleurs sur le parapet, mais Pascal ne pouvait pas se contenter de rester à l'intérieur alors qu'il faisait si beau. Le balcon était exposé au nord-ouest, donc il était légèrement protégé du soleil, mais cela leur donnait une vue sur le Mont Royal s'ils regardaient vers la gauche.

— Ta vue est bien meilleure que la mienne, dit Mathias alors qu'ils mettaient la table.

— Quelle vue as-tu de ton appartement?

— J'ai vue sur l'allée. J'ai un balcon, si on peut appeler ça comme ça, mais je ne suis pas sûr que je l'utiliserais même si j'étais à la maison assez souvent pour en profiter.

—Ah. Oui, je vois en quoi ce ne serait pas agréable. Je suis ravi de te laisser profiter du mien aujourd'hui. À quelle heure dois-tu être au Salon?

— À seize heures, répondit Mathias. Tu travailles ce soir?

— Oui, mais je ne commence pas avant dix-sept heures. J'ai travaillé jusqu'à la fermeture hier soir donc je ne fais pas l'ouverture ce soir. Les employés qui commencent leur service plus tôt devront venir et s'occuper de toute la mise en place.

Pascal servit la salade de pâtes et versa à nouveau du vin dans le verre de Mathias avant de lever le sien dans un toast silencieux. Mathias trinqua.

— À un magnifique après-midi estival.

Et de nombreux autres. Pascal ne partagea pas cette pensée. Tout se déroulait parfaitement bien et il ne voulait pas leur porter malheur.

VI

— JE SUIS heureux que nous ayons un peu de temps aujourd'hui, dit Mathias lorsque Pascal ne répondit pas à son toast avec des mots.

Mathias ne pensait pas avoir dépassé les limites dans ses paroles, mais Pascal s'était déjà montré étrangement susceptible concernant certaines choses; Mathias n'allait pas jouer avec le feu.

— Moi aussi, dit Pascal. Nous avons le chic pour nous croiser à des moments inopportuns.

— Je sais que tu travailles à la Colombe d'Or, mais ce n'est que ton métier. Je ne sais quasiment rien de toi.

Pascal sembla mal à l'aise face à cette question ouverte alors Mathias décida d'être plus spécifique.

— Est-ce que tu as toujours vécu à Montréal?

— Oui, répondit Pascal. J'ai grandi à Mont-Royal. Je ne peux pas m'imaginer vivre autre part. Et toi? D'où viens-tu?

— La Tuque. Je n'attendais qu'une chose : partir. Je ne pouvais pas m'imaginer passer ma vie à travailler dans les moulins à papier, bien que faire du canoë chaque week-end me manque. Il n'y a pas beaucoup d'endroits où l'on peut en faire lorsque l'on vit en ville.

— Tu aimes faire du canoë? demanda Pascal. Je connais deux endroits pas trop éloignés du centre-ville si un jour tu veux y aller. Nous pourrions partir tôt et revenir à l'heure du dîner.

Pascal semblait tellement enthousiaste à cette idée que Mathias aurait voulu se pencher et l'embrasser. Lorsque l'expression de Pascal devint soudain plus fermée et sa voix plus discrète, Mathias voulut le secouer.

— Enfin, si un jour tu cherches quelqu'un pour aller faire du canoë, poursuivit Pascal.

Cette petite poussée de nervosité chez Pascal calma les nerfs de Mathias. Si Pascal, qui n'avait aucune raison de s'inquiéter selon Mathias, pouvait être nerveux de sa réaction, l'anxiété de Mathias n'était pas si insensée.

— J'adorerais aller faire du canoë avec toi. Si nous planifions cela à l'avance, je pourrais même demander à être en charge de la fermeture du bar pour que nous ayons plus de temps.

— Que fais-tu le week-end prochain ? laissa échapper Pascal.

— Je vais passer mon week-end à vouloir être libre pour pouvoir aller faire du canoë avec toi, répondit Mathias. Malheureusement, les quatre samedis qui viennent, j'ai des sessions d'apprentissage à la banque dans le cadre de ma formation en management et je sais que tu passes beaucoup de dimanches avec tes parents.

— Pas tous mes dimanches. Mais je ne veux pas monopoliser tout ton temps libre. Tu as aussi besoin de temps pour te reposer.

— Je pourrais me reposer une fois mort, dit Mathias avec un léger sourire.

Il se pencha plus près de Pascal, lui offrant quasiment un baiser.

— Je préfère passer du temps avec toi qu'à dormir, termina-t-il.

Il savait qu'il n'avait pas mal interprété l'attirance qu'éprouvait Pascal pour lui, ce qui rendit le mouvement de recul de celui-ci encore plus déroutant. Mathias fronça les sourcils et se rassit bien sur sa chaise, se concentrant un moment sur son repas. La salade de pâtes était délicieuse avec tous ces légumes frais.

— C'est vraiment bon, dit-il alors que Pascal restait silencieux.

— Merci, dit Pascal. Je n'ai pas souvent l'occasion de cuisiner. Je prends toujours un repas au restaurant entre deux services. Et quand je suis à la maison, il n'y a que moi, et cuisiner pour soi-même n'est pas amusant.

— Pourquoi crois-tu que je mange tant de plats surgelés ? dit Mathias avec un sourire, essayant de faire réagir à nouveau Pascal.

— Je suppose que tu as encore moins le temps de cuisiner que moi.

— Voire même de manger, la plupart du temps, dit Mathias. J'ai perdu presque cinq kilos depuis que j'ai commencé à travailler au Salon.

Pascal parcourut Mathias du regard, ses yeux assombris de désir. Mathias s'adossa davantage à sa chaise pour offrir une meilleure vision à Pascal, mais dès qu'il le fit, Pascal détourna le regard. Mathias fronça les sourcils face à ces signaux contradictoires.

Pascal ne le regardait pas comme il regarderait un pote qu'il avait invité à déjeuner, mais à chaque fois que Mathias faisait un geste suggestif, Pascal se renfermait sur lui-même.

C'était vraiment très déroutant.

Qu'importe ce que Pascal attendait de Mathias, cela n'impliquait apparemment pas la drague. Mathias n'avait pas besoin qu'on lui fasse un dessin. Il ne ferait plus de sous-entendu. Plus de regards suggestifs. Il était davantage qu'un simple corps attirant. Il trouverait un autre moyen de retenir l'attention de Pascal.

— Parle-moi de ces endroits où l'on peut faire du canoë. J'aimerais vraiment pouvoir reprendre cette activité.

Pascal se détendit à nouveau, confirmant que Mathias avait pris la bonne décision lorsqu'il se mit à parler des différents lacs éparpillés au nord et à l'ouest de Montréal, des endroits où ils pourraient louer un canoë et passer quelques heures hors de la ville.

— Ou si tu aimes faire de la randonnée, il y a de magnifiques endroits où en faire. J'avais l'habitude de m'y rendre très souvent avec…

Pendant un moment, Mathias crut avoir à nouveau perdu Pascal, mais alors il esquissa un sourire et continua :

— Avec un vieil ami. Cela va faire quinze ans que je n'y suis pas retourné, voire plus, mais je suis certain que beaucoup de ces sentiers sont encore ouverts ou, s'ils ne le sont pas, nous pourrons en trouver de nouveaux.

— La randonnée est aussi une bonne idée. J'aime courir et, même si je ne vis pas dans ce quartier depuis assez longtemps pour en connaître les moindres recoins, avoir une même routine quotidienne devient très vite lassant.

— Oui, acquiesça Pascal. La salle de sport me fait le même effet. Tu as dit que tu avais des sessions d'apprentissage à la banque ? Quel genre de sessions ?

— Je suis une formation accélérée qui va me mener à un poste de cadre moyen d'ici deux ans. Pour y arriver, je dois passer les deux prochaines années à gagner de l'expérience en occupant quasiment chaque poste dans tous les services de la banque. L'idée est que je comprenne comment tous ces postes sont liés et quel est le rôle de chacun afin que je puisse gérer de manière efficace n'importe lequel des services dans lequel ils m'affecteront une fois que ces deux années seront terminées. En ce moment, je travaille en relation avec les clients dans une branche où l'on ouvre des comptes et ce genre de choses. Les sessions d'apprentissage servent à me préparer pour la prochaine étape, qui sera celle du service des crédits et recouvrements. Je ne suis pas impatient d'y être. Ensuite, je passerai au service des prêts et je finirai par le service des investissements. Il me reste encore quelques mois avant de passer au service des crédits et recouvrements, mais les apprentissages sont programmés les samedis, alors je suis obligé d'y assister à ce moment-là.

— Tout ça demande un sacré investissement, nota Pascal.

— En effet, mais si tu vas jusqu'au bout de la formation, c'est au tour de la banque d'investir sur ta personne, aussi bien en terme de stabilité de l'emploi qu'en terme d'évolution professionnelle. Une fois que j'aurais terminé la formation et qu'on me donnera ma première mission – même peut-être avant ça, selon les primes et l'évolution de la situation –, je pourrais arrêter de travailler au Salon. C'est une solution de dépannage, pas un choix de carrière.

Pascal fronça très légèrement les sourcils, si bien que Mathias se demanda ce qu'il avait dit de mal.

— Et toi, depuis combien de temps travailles-tu à la Colombe d'Or ?

— Depuis presque vingt ans. J'étais serveur dans l'un des pièges à touristes situés place Jacques Cartier et je me faisais assez d'argent pour pouvoir payer un loyer dans un tout petit appartement quand un… un ami m'a dit qu'il avait vu une annonce pour un poste à la Colombe d'Or. Nous étions passés devant ce restaurant je ne sais combien de fois et même en ne le voyant que de l'extérieur, je savais que c'était un bien meilleur restaurant que celui où je travaillais. Je me suis dit que je n'avais rien à perdre alors j'ai enfilé mon plus beau costume, affiché mon plus beau sourire, et j'ai postulé. Ils m'ont embauché et je n'ai plus jamais regardé en arrière.

— C'est génial. On entend rarement parler de personnes qui ont réussi à garder un poste sur une si longue durée. En moyenne, dans le secteur de la banque, on reste en fonction pendant huit ans. Un peu plus longtemps lorsqu'on occupe un poste de cadre, mais même si quelques-uns des cadres supérieurs ont gagné leur place en gravissant les échelons d'une même banque, la plupart d'entre eux arrivent directement après avoir postulé au poste de cadre supérieur. Ils quittent peut-être leur poste actuel, mais ils ont quatre ou cinq autres postes à leur actif avant celui de cadre supérieur.

— C'est un bon endroit où travailler, dit Pascal avec un haussement d'épaules.

— Si cela ne te dérange pas que je te pose la question, peux-tu me dire pourquoi un restaurant ? Pourquoi avoir choisi cette voie ?

Pascal haussa à nouveau les épaules.

— Ça paie le loyer. Je n'ai pas à m'inquiéter d'avoir des sessions d'apprentissage le samedi. La seule chose que je rapporte du travail est mon dîner. Ce métier me permet de rencontrer plein de personnes intéressantes et chaque jour est une nouvelle expérience. Il y a de bien pires façons de gagner sa vie.

— Oh…, dit Mathias, la dernière remarque de Pascal le frappant comme s'il venait de recevoir une gifle. Oh, merde, non, ce n'est pas ce que j'ai voulu dire. Mon Dieu, tu dois penser que je suis un idiot sans-gêne. En aucun cas je n'ai voulu critiquer tes choix de vie. Oh, merde, je suis désolé.

Pascal haussa encore une fois les épaules et dit :

— Tu as le droit d'avoir ton opinion.

Mathias voulut à nouveau jurer, mais cela ne résoudrait rien.

— Je suppose, oui, du moment que tu ne mettes pas des mots dans ma bouche.

Il essaya de lui adresser un léger sourire et de voler l'une des répliques de son père :

— Ce n'est pas propre.

Sa blague tomba à l'eau, à en croire les épaules crispées de Pascal.

— Écoute, servir des clients dans un endroit tel que le Salon n'est pas la manière dont je veux mener ma vie, mais ce n'est pas non plus la manière dont tu mènes la tienne. Je suis passé devant la Colombe d'Or. J'ai des collègues qui refusent catégoriquement de se rendre autre part pour un déjeuner ou un dîner d'affaires. Travailler pour ce restaurant, ce n'est pas la même chose. C'est un choix de carrière, pas seulement un job pour te permettre de payer tes factures comme Le Salon le fait pour moi, et je pensais vraiment ce que j'ai dit concernant ta longévité dans ce restaurant. Je parie que tu gères pratiquement l'affaire.

— Je ne dirais pas ça. Je ne veux pas être responsable de la tenue des comptes, des commandes et de la gestion de tous les caractères, particulièrement en cuisine. Tout ça, je le laisse volontiers à Simon. Par contre, je suis le chef de rang.

— Tu vois ? Cadre supérieur.

Pascal sourit en entendant cela.

— Du moins, cadre moyen, convint-il après un instant. C'est Simon qui gère les plannings et toutes ces choses administratives. Je fais juste en sorte que tout se déroule de la meilleure des manières dans la salle lorsque je suis en service.

— Et quand tu n'es pas en service ?

49

— Il y a d'autres personnes qui ont assez d'expérience pour gérer la salle quand je ne suis pas là, répondit Pascal. Je suis bon dans ce que je fais, mais ce n'est pas le genre de talent qui est irremplaçable.

— Je n'en suis pas si sûr, dit Mathias avec un sourire. Je parie que tu es bien plus irremplaçable que tu le penses. À moins que ce ne soit que l'ancienneté qui détermine la personne occupant le poste de chef de rang.

— L'ancienneté, la patience de former les nouvelles recrues et le tact dont nous faisons preuve avec les clients difficiles.

— Et assez d'investissement personnel dans ce lieu pour vouloir faire ces choses, termina Mathias. Tu vois, c'est ici que se trouve la différence. Tu *aimes* ton métier. Peut-être même que tu l'adores et c'est magnifique à voir. Dans mon cas, j'éprouve cette passion pour la banque. Je ne pourrais pas faire ce que tu fais parce que je n'ai pas la passion pour le faire. C'est tout ce que je voulais dire lorsque j'ai fait cette remarque sur le fait d'être serveur. Ce n'est pas la voie qui me convient, mais emprunter cette voie fut manifestement la bonne décision pour toi.

— Oui, ce métier me convient. Et les avantages sont agréables.

— De quels avantages veux-tu parler ?

Mathias n'avait jamais pensé qu'il pouvait y avoir des avantages à travailler dans un restaurant.

— Je peux prendre un congé quand bon me semble du moment qu'il n'y a pas trop d'employés qui veulent partir au même moment. Je n'ai pas à attendre les vacances scolaires, la fin d'un quelconque projet ou que cela arrange mes supérieurs. Je me contente seulement de dire à Simon de ne pas me mettre sur le planning pendant deux semaines et ensuite je suis libre de passer ces deux semaines comme j'en ai envie. J'ai fait des voyages incroyables que je n'aurais sans doute pas pu faire si j'avais eu un métier différent. La plupart des patrons auraient refusé de donner à leur employé un mois pour partir en Inde. Simon m'a simplement demandé de lui ramener des idées de recettes.

— Oui, je ne peux pas m'imaginer demander un mois de congé, dit Mathias. Et surtout pas pour quelque chose comme ça. Enfin, peut-être qu'on me le donnerait si mes parents venaient à mourir et que je devais rentrer à la maison pour gérer leurs biens, mais, même dans ces circonstances, je ne pense pas qu'on me donnerait un mois. C'est assurément un avantage.

— Le plus grand avantage est que je ne ramène pas de travail avec moi à la maison. Dès que je retire mon tablier et que je passe la porte du restaurant, je ne pense plus au travail jusqu'au moment où je rentre à nouveau dans le restaurant, que ce soit après douze heures, deux jours ou quatre semaines.

— Et tu gagnes apparemment assez d'argent pour vivre dans un appartement comme celui-ci et mettre de l'argent de côté pour faire des voyages et d'autres choses qui te rendent heureux, dit Mathias. Je ne suis pas du tout en mesure de faire la même chose pour le moment. J'ai un petit boulot à côté, et pourtant, je galère à payer mes factures.

— Et tu es censé être le banquier plein de raison, le taquina Pascal. Est-ce que vivre ici en vaut vraiment la peine ? Quand j'avais ton âge, je partageais un appartement avec deux autres gars et nous dormions chacun notre tour selon nos heures de service. La plupart des nuits, lorsque je rentrais à la maison, mon colocataire se levait pour aller travailler.

— Ça en vaut la peine, répondit Mathias. L'apparence compte dans le monde de l'entreprise et avoir une bonne adresse, ou plutôt ne pas en avoir une mauvaise, est l'une des choses que les employeurs remarquent.

— Tu sais mieux que moi ce qu'il est bon d'avoir dans ton propre domaine d'activité, même si j'ai l'impression que c'est beaucoup de travail pour peu de reconnaissance.

Mathias sourit.

— Je ne t'aurais pas rencontré si j'avais pris une autre route.

— C'est vrai. Tu veux encore du vin ?

— Oui, répondit Mathias. Tu as parlé de randonnée et de canoë. Et bien entendu, je suis au courant pour tes livres, mais que fais-tu d'autre pendant ton temps libre ?

— Je travaille. Pendant dix mois de l'année, je travaille autant que possible tout en restant raisonnable, puis je passe les deux autres mois à voyager. Parfois, je pars un mois, comme je l'ai fait pour l'Inde. D'autres fois, je pars une semaine à un endroit et une semaine à un autre.

— Sérieusement ? Je parie que tu as visité de superbes endroits !

— Quelques-uns. Cela ne fait que quelques années que j'ai la liberté et l'argent pour voyager autant que je le souhaite.

— Quelle est la destination que tu as préférée ?

— C'est une question difficile. J'aime tous les endroits où je me suis rendu pour différentes raisons.

La lueur dans les yeux de Pascal lorsqu'il parlait attira Mathias. Il se pencha plus près, souhaitant en entendre davantage.

— Alors, où es-tu allé la dernière fois ? demanda Mathias.

— Au Pérou. J'y suis allé l'hiver dernier. C'était l'été là-bas, un répit bienvenu face à la neige de Montréal.

— As-tu visité le Machu Picchu ? J'ai toujours voulu y aller.

— Oui. Tu veux regarder quelques photos ?

— J'adorerais ! s'exclama Mathias. Je suis nul en photographie, alors je suis jaloux des personnes capables de prendre de jolies photos.

— Je suis quasiment sûr qu'il n'y a rien de plus barbant que de regarder les photos de voyage des autres, mais je vais aller chercher mon ordinateur portable. Nous pouvons en regarder quelques-unes, proposa Pascal. Je n'ai pas encore pris le temps de les faire développer et les mettre dans un album. C'est l'inconvénient des photos numériques.

— Peut-être, oui, mais il y aussi de nombreux avantages. Je ne mens pas quand je dis que j'aimerais vraiment les voir.

Mathias n'ajouta pas que cela lui permettrait de s'asseoir plus près de Pascal.

— Entre à l'intérieur, alors, dit Pascal. Aussi agréable que soit le temps aujourd'hui, le reflet sur l'écran de l'ordinateur nous empêchera de voir les images.

Mathias suivit Pascal à l'intérieur, apportant ses couverts jusqu'à la cuisine. Il était peut-être un invité, mais il ne serait pas un invité malpoli. Pascal le remercia tout en rangeant la salade de pâtes et il partit chercher son ordinateur. Mathias s'installa sur le canapé, se disant que c'était la meilleure option pour visionner les photos et se rapprocher de Pascal.

Si l'autre homme se laissait approcher, bien entendu. Pascal avait soufflé le froid et le chaud, se renfermant dès que Mathias était un peu trop entreprenant. Son intérêt était accepté. Sa séduction ne l'était pas. Mathias se demanda s'il avait mal interprété les motifs pour lesquels Pascal l'avait invité à déjeuner. Il avait cru qu'il s'agissait d'un rendez-vous, mais ce n'était peut-être pas le cas. Pascal était clairement le seul habitant de cet appartement, mais Mathias l'avait vu plus d'une fois avec deux autres hommes au Salon. L'un d'eux pouvait-il être son amant ? Cette pensée piqua sa jalousie, mais il la repoussa. Donner rendez-vous à quelqu'un dans un bar ne signifiait pas forcément quelque chose de spécial. C'était le problème de Mathias, pas celui de Pascal, et il refusait de laisser sa jalousie gâcher une relation qui commençait parfaitement bien avant même qu'ils n'aient la chance de mieux se connaître. Il refusait de devenir le plan cul secret d'un homme, mais faire une scène maintenant à propos d'une chose inexistante n'apporterait rien.

— Est-ce que tu voyages seul ? demanda Mathias lorsque Pascal revint avec son ordinateur.

— Je pars généralement en voyage organisé parce qu'ils obtiennent souvent de meilleurs prix et organisent mieux le voyage que je ne pourrais le faire moi-même, mais je fais ces voyages pour m'éloigner de tout le monde et de tout ce qu'il y a ici. Mes amis sont géniaux et j'apprécie mes collègues, mais parfois, j'ai besoin d'un peu de solitude.

— Je comprends, dit Mathias. Montre-moi tes photos.

Ils passèrent l'heure suivante à regarder des photos du Pérou, et ensuite de la France, de l'Italie, du Japon. Mathias s'était assis aussi près de Pascal que possible et ce dernier ne s'était pas écarté. L'heure pour Mathias de partir travailler approchant, il se pencha plus près avec l'intention de donner un baiser à Pascal avant de partir, mais ce dernier s'éloigna à nouveau.

— Est-ce que je me suis fait des idées ? demanda Mathias, exaspéré. Je croyais que c'était un rendez-vous.

— C'en est un, répondit Pascal.

— Alors pourquoi tu n'arrêtes pas de t'écarter ?

— Parce que je ne suis pas intéressé par un plan cul.

Mathias fronça les sourcils.

— Je n'étais pas au courant que je t'en offrais un. Un baiser peut n'être qu'un baiser. Ce n'est pas forcément un prélude au sexe.

— Je sais, mais je ne voulais pas te donner de faux espoirs.

— Alors tu préfères me faire fuir ? demanda Mathias. Pour ce que ça vaut, je t'apprécie. J'ai apprécié notre rendez-vous. J'aimerais te revoir, mais je ne veux pas avoir la sensation que tu vas paniquer à chaque fois que je te touche ou que je te drague.

— Désolé, dit Pascal. Ça fait un moment que je n'ai pas fait ça.

— Que tu n'as pas eu de rendez-vous ? Je trouve ça difficile à croire.

— Que je n'ai pas eu un rendez-vous qui a de l'importance pour moi.

— Alors tu n'es pas opposé aux plans cul de manière générale, seulement à un plan cul avec moi ? le taquina Mathias.

Ses paroles ne contenaient aucune véhémence, pas alors que Pascal venait d'admettre que Mathias était différent de tous les hommes qu'il avait fréquentés récemment.

Pascal était assez âgé pour que Mathias ne se fasse pas d'illusion sur le fait qu'il soit sa première relation sérieuse, mais il était fin prêt à devenir sa prochaine relation sérieuse si c'était ce que Pascal souhaitait.

— Je n'ai plus vingt ans, dit Pascal. Je ne suis pas assez en forme pour avoir des aventures. Ce n'était pas un problème quand j'étais plus jeune, mais ça remonte à loin.

— Tu n'es pas si vieux que ça, souligna Mathias.

— J'ai eu quarante-huit ans en avril dernier. Je ne suis pas si jeune que ça non plus.

Mathias sourit et, cette fois, lorsqu'il se pencha en avant pour embrasser Pascal, celui-ci ne se recula pas. Mathias ne s'attarda pas, même s'il en avait très envie. Il se contenterait d'un rapide baiser cette fois-ci en échange de plus – et mieux – dans le futur.

— J'ai un penchant pour les hommes dans la fleur de l'âge, admit Mathias en s'éloignant. Et tu en es le parfait exemple.

— J'ai presque peur de le demander, mais quel âge as-tu ?

— Vingt-quatre ans. J'en aurais vingt-cinq en décembre. Je ne suis pas mineur.

— Non, tu as seulement la moitié de mon âge.

Mathias serra sa main. Il voulait à nouveau embrasser Pascal, mais il avait déjà été entreprenant une fois. Il ne voulait pas tenter le diable.

— Seulement pour encore quelques mois. Ensuite, j'aurais moins de la moitié de ton âge.

Pascal rit, ce qui était la réaction escomptée par Mathias.

— D'accord, tu as gagné, dit Pascal avant de regarder l'horloge. Quand dois-tu partir ?

— Dans quelques minutes. Passe au bar ce soir ?

— Je dois aussi travailler, lui rappela Pascal. Je suis libre mercredi soir. Je pourrais passer à ce moment-là.

— Oui, s'il te plaît. Je t'enverrai un message dès que je saurai quel est mon planning pour les sessions d'apprentissage et nous pourrons organiser un autre déjeuner ou quelque chose.

— Je suis déjà impatient d'y être.

VII

À EXACTEMENT quinze heures, le lendemain après-midi, le téléphone de Pascal sonna.

— Comment c'était ?

— Bonjour à toi aussi, René, dit Pascal en levant les yeux au ciel même s'il savait que René ne pouvait pas le voir. C'était… bien.

— Tu n'as pas l'air convaincu.

— Non, vraiment, c'était bien, dit-il en se rappelant son rendez-vous avec Mathias, comme s'il avait réussi à penser à quoi que ce soit d'autre depuis. Quelques petites gênes, mais c'était un premier rendez-vous. Il y a toujours quelques petites maladresses.

— Vas-tu le revoir ?

— Nous vivons dans le même immeuble. Je suis à peu près certain que nous allons être amenés à nous revoir, que nous le voulions ou non.

— Ce n'est pas ce que je voulais dire et tu le sais très bien. Allez-vous sortir à nouveau ensemble ?

— Nous avons rendez-vous pour prendre rendez-vous.

— Qu'est-ce que ça signifie ?

— Ça signifie que je vais me rendre au bar mercredi pour le voir, et il va m'envoyer un message dès qu'il aura son planning pour les semaines à venir afin que nous puissions trouver un moment où nous sommes tous les deux libres pour faire quelque chose. Qu'est-ce que tu croyais ?

— Avec toi, qui sait ? répliqua René. Alors, tu en as fini avec cette connerie de te croire trop vieux pour lui ?

— Non, mais je lui ai dit mon âge et ça ne l'a pas dérangé, alors j'essaie de ne pas laisser la différence d'âge me gêner. Je sais ce que tu dois penser, mais je fais vraiment de mon mieux. Je suis célibataire depuis longtemps. Je suis prêt à ne plus l'être.

— Tu sais que Benjamin et moi te soutiendrons, peu importe ce que tu décides, *right* ? Il nous arrive de t'en faire voir de toutes les couleurs, mais nous voulons ce qu'il y a de mieux pour toi.

— Même quand ce n'est pas le cas, tu penses que tu sais ce qu'il y a de mieux pour moi, dit Pascal.

— Ou même quand tu ne le sais pas toi-même, répliqua René. Je sais, c'est facile pour nous de dire ça. Nous n'avons jamais veillé, impuissants, pendant que l'homme avec lequel nous pensions passer notre vie dépérissait et mourait. Nous ne nous sommes jamais tenus devant sa tombe en nous demandant quand notre vie avait pris un tournant tragique. Tu as absolument raison par rapport à ça. Nous n'avons pas eu à le faire et je remercierai chaque dieu du panthéon pour m'avoir épargné cette souffrance, mais ça ne signifie pas que nous ne t'avons pas vu souffrir, seul, allant de rendez-vous décevant en rendez-vous décevant parce que tu recherchais un remplaçant pour Robert ou que tu n'étais pas prêt à t'investir pour faire fonctionner une nouvelle relation. Ce gamin est spécial. Je le sais même après l'avoir seulement vu quelques fois au bar. Il est peut-être ce dont tu as besoin, il ne l'est peut-être pas, mais je ne veux pas que tu le perdes parce que tu n'es pas prêt à prendre un risque.

— Nous nous sommes embrassés. Enfin, il m'a embrassé. J'étais tellement surpris que je ne lui ai pas rendu son baiser.

— Imbécile, répliqua René, mais sa voix trahissait son affection. Pourquoi ne lui as-tu pas rendu son baiser ?

— Je suis si prudent depuis que Robert est décédé, je cherche tellement à ne pas donner de faux espoirs à qui que ce soit, à ne pas laisser croire que je veux autre chose que ce que je suis prêt à donner que j'en ai oublié comment faire passer tout autre signal.

— Je sais que tu as eu des relations sexuelles depuis qu'il est mort.

Cela dépendait de ce qu'il entendait par « relations sexuelles », mais Pascal n'allait pas entamer *cette* conversation avec René. De plus, ce n'était pas le sujet.

— Ce n'était que du sexe. Je te parle d'une relation sérieuse. Il y *a* une différence.

— Je sais qu'il y en a une, mais l'un n'empêche pas l'autre. Est-ce que tu lui as dit tout ça ?

— Seulement que je ne voulais pas d'une aventure.

— Je ne suis pas en train de te dire que tu dois lui raconter toute ta vie la prochaine fois que tu le verras, mais si tu veux que votre relation se développe, il a besoin de comprendre ce que tu as traversé et quels sont tes points faibles. Même les heurts involontaires peuvent blesser de manière irréparable. S'il connaît les sujets sensibles, il ne pourra pas les évoquer par erreur.

— Je sais.

Pascal craignait de devoir parler de Robert à Mathias. René et Benjamin avaient traversé cette période avec lui. Sans que Pascal ait à le leur rappeler,

56

ils savaient quand un anniversaire approchait, douloureux ou non. Ils comprenaient quand il avait besoin de temps pour lui durant ces jours sombres, quand il avait besoin de s'éloigner le temps d'être à nouveau prêt à faire face au monde. Devoir expliquer cela à quelqu'un d'autre serait éprouvant.

— Je dois juste trouver le bon moment pour le faire. Si notre relation ne mène nulle part, s'il ne prévoit pas de rester avec moi, il n'y a aucune raison que je m'inflige cela.

René ne répondit pas immédiatement, mais quand il continua à parler en changeant de sujet, Pascal sut que son ami avait accepté son affirmation.

— Si vous n'avez pas couché ensemble, qu'avez-vous fait?

— Nous avons déjeuné, parlé de son travail à la banque, de mon travail à la Colombe d'Or, et ensuite nous avons regardé des photos de voyage.

— Tu lui as fait regarder tes photos? Ridicule, mon pote. Vraiment ridicule.

— C'est lui qui a demandé à les voir, dit Pascal. Je lui ai dit que je voyageais dès que j'avais du temps libre et il m'a demandé où j'étais allé. Quand je lui ai répondu, il a dit qu'il adorerait voir mes photos. Et comme c'est pendant le visionnage qu'il m'a embrassé, tu ne peux pas trop te plaindre parce que si nous avions passé tout notre temps sur le balcon, il n'aurait jamais pu s'approcher assez pour m'embrasser.

— L'important, c'est que le baiser soit arrivé, répondit René de manière philosophique. Quand est-ce que tu le revois?

— Mercredi soir au bar. C'est ma nuit de repos, mais lui travaille, alors je vais passer au bar pour le voir.

— Adrien va finir par t'adorer avec tout l'argent que tu lui rapportes ces temps-ci, le chambra René.

— Oui, du moment que je ne déconcentre pas ses employés. Je ne veux pas que Mathias ait à nouveau des problèmes à cause de moi.

— N'es-tu pas trop mignon? dit René d'une voix qu'il réservait d'habitude aux chiots adorables et aux bébés avec de grosses joues.

Pascal secoua la tête, mais il ne put retenir le sourire que cette réflexion fit émerger sur son visage.

— TU RESSEMBLES au chat qui vient de manger un canari, remarqua Louis lorsque Mathias arriva au travail le lundi. Tu as passé un bon week-end?

— Plutôt bon, oui.

— Alors, à quoi devons-nous ce sourire ? Tu t'es envoyé en l'air ?

— Non, répondit Mathias. Ce n'est pas ce que tu crois.

— Tu avais rendez-vous, n'est-ce pas ? Avec l'homme puma qui habite dans ton immeuble.

— Ce n'est pas un homme puma, contesta Mathias.

— Il a plus de quarante ans et il sort avec un homme bien plus jeune que lui. Selon moi, il a tout d'un homme puma.

— Oui, mais dit comme ça, on dirait qu'il y a quelque chose de pervers chez lui, ce qui n'est vraiment pas le cas. Nous avons déjeuné. Nous avons discuté. Nous avons regardé des photos qu'il a prises lors de ses voyages. Nous avons discuté de livres. Est-ce que tu savais qu'il était ami avec Martine Caron ? Il m'a donné son adresse e-mail pour que je puisse lui dire à quel point j'aime ses livres !

— Son adresse e-mail est indiquée dans les livres, fit remarquer Louis. Du moins, dans ses livres les plus récents.

— D'accord, mais il a des copies dédicacées de tous ses livres, pas seulement la série Pascal St-Laurent. Il la connaît, car c'est une cliente régulière du restaurant.

— Je dois avouer que c'est plutôt cool. Est-ce que tu as fait ton gros geek devant lui ?

— Oui, un peu, avoua Mathias. Mais ça ne l'a pas gêné. J'ai l'impression qu'il a apprécié que j'arrête d'essayer d'être suave et sophistiqué et que je sois simplement moi-même.

— C'est une très bonne chose. Cela ne veut pas dire que tu n'es pas suave et sophistiqué, mais tu as besoin d'un endroit où tu peux te laisser aller et te détendre. Et si cette relation évolue comme tu le souhaites, il faudra que cet endroit soit à son côté.

— Il a aussi dit qu'il ne recherchait pas une aventure, ajouta Mathias. Ce qui est prometteur, mais il est… eh bien, il est tout ce que je ne suis pas, Louis, et je ne sais toujours pas ce qu'il me trouve ou pourquoi il voudrait être avec moi si ce n'est pour un peu de distraction et de séduction. Il n'en parle pas, mais son regard s'assombrit parfois, comme s'il avait été blessé par le passé et ne s'en était toujours pas remis.

— Et pourtant, il ne veut pas d'une aventure, dit Louis. Alors, soit il a été blessé par une aventure passée, soit il est prêt à se lancer dans une nouvelle relation sérieuse malgré les blessures du passé.

— Je ne suis pas sûr d'avoir les épaules pour être la personne qui l'aide à reprendre goût à la vie, rétorqua Mathias.

— Est-ce qu'il t'a demandé de l'être ?

— Eh bien, non.

— Alors tu es en train de projeter tes pensées et tes sentiments sur lui. Vous vous êtes rencontrés, avez déjeuné, parlé de livres et de travail et de voyages. On ne dirait pas qu'il essaie de reprendre goût à la vie. Vous êtes simplement deux hommes qui essaient d'apprendre à se connaître un peu mieux. Et *cela* ressemble au commencement d'une relation.

— Tu penses que je devrais nous donner une chance ?

— Je pense que tu ne devrais pas simplement abandonner parce que ce n'est pas la chose la plus évidente ou la plus simple que tu aies jamais faite. Tu n'es pas du genre à fuir les difficultés. Si c'était le cas, tu n'aurais pas choisi cette voie professionnelle. Tu ne vivrais pas à l'endroit où tu vis et tu n'aurais pas un petit boulot qui t'aide à payer ton loyer. Tu serais à La Tuque et tu travaillerais dans un moulin à papier ou en tant que professeur de canoë. Tu m'as dit que c'était ce que tes collègues de lycée faisaient de leur vie ?

— Plus ou moins, oui. Enfin, certains d'entre eux obtiendront un poste dans les infrastructures locales. La Tuque a besoin de professeurs, d'employés municipaux et ce genre de choses, mais la croissance est faible, alors il n'y a que peu d'offres d'emploi chaque année.

— Pourtant, tu n'as pas choisi cette voie. Fais la même chose avec ta vie personnelle. S'il vaut la peine que tu t'intéresses à lui, il vaut la peine de faire face aux obstacles.

Mathias hocha la tête. Il était plutôt d'accord avec Louis. Il ne s'inquiétait pas des efforts qu'une relation avec Pascal lui demanderait. Il s'inquiétait que Pascal se lasse de leurs différences. Mathias ne pourrait pas se permettre de voyager avec Pascal, même s'il pouvait obtenir du temps pour le faire, mais Pascal aimait manifestement trop cela pour vouloir arrêter de le faire. Il avait besoin de quelqu'un possédant l'argent et le temps pour voyager avec lui, pas de quelqu'un qui n'irait sûrement nulle part d'autre qu'à La Tuque ces prochaines années, et ce, pour des réunions de famille.

Cependant, il pouvait profiter de cette relation le temps qu'elle durerait, et peut-être accumuler assez d'expérience pour ne pas se sentir aussi innocent la prochaine fois qu'il rencontrerait quelqu'un qui l'intéresse.

UNE FOIS que Pascal eut terminé ses courses, son shopping, mis son linge dans le lave-linge et nettoyé son appartement, il était déjà l'heure du dîner, il n'était pas allé à la salle de sport et il était exténué.

Serais-tu horriblement déçu si je ne passais pas au bar ce soir? demanda-t-il à Mathias par message. *Je suis épuisé et je n'ai pas encore dîné.*

Rejoins-moi au Café Champlain pour dîner. Nous allons devoir nous presser, mais au moins, ça me donnera l'occasion de te voir, répondit Mathias un instant plus tard.

Pascal aurait dû refuser, mais l'idée que Mathias ait attendu avec impatience de le revoir fut assez stimulante pour le pousser hors du canapé et lui faire enfiler une chemise plus belle que le tee-shirt qu'il avait porté toute la journée.

Quand?

Maintenant. Je t'attendrai en bas.

J'arrive tout de suite.

Pascal vérifia qu'il avait bien son portefeuille et descendit rapidement rejoindre Mathias pour aller dîner. Comme il s'y était attendu, Mathias était prêt pour son service au bar : cheveux en épis, jeans très moulant, tee-shirt épousant les courbes de son torse. Il était diablement séduisant.

— Salut, dit Mathias lorsque Pascal le rejoignit sur le pas de la porte.

Il se pencha et déposa un baiser sur la joue de Pascal.

— Merci d'avoir accepté ma proposition.

— Je suis quasiment sûr que tout le monde au Café Champlain va penser que c'est toi qui as accepté ma proposition. Tu es beau à croquer.

Mathias lui adressa un sourire coquin.

— Ils vont penser que j'ai de la chance d'avoir décroché un homme aussi séduisant pour m'entretenir.

— Je ne serais pas capable de t'entretenir, dit Pascal alors qu'ils marchaient le long de la rue pour se rendre au café. Je ne gagne pas assez d'argent pour ça. Et ne te rabaisse pas de cette façon.

— Tu es assez charmant pour paraître riche et ils peuvent penser ce qu'ils veulent de moi. Toi et moi, nous savons qu'il ne s'agit pas de ça. Qui s'intéresse à ce qu'ils pensent? C'est comme les clients du bar. S'ils pensent qu'il y a une chance que je puisse être intéressé par eux, ils laissent de meilleurs pourboires. Ils n'ont pas besoin de savoir que je jette tous les numéros qu'ils me donnent à la poubelle une fois la nuit terminée.

— Tu n'as pas jeté le mien à la poubelle, releva Pascal.

— Tu n'es pas un simple client du bar, répondit Mathias. J'ai… euh… Aujourd'hui, j'ai envoyé un e-mail à Martine Caron pendant ma pause déjeuner. Je lui ai dit que tu m'avais donné son adresse parce que j'étais un très grand fan. J'espère que ça ne te dérange pas.

— Bien sûr que non.

En soi, cela ne dérangeait pas Pascal, mais il était sûr d'en entendre parler lorsque ses dames viendraient au restaurant dans deux semaines.

Ils arrivèrent au café et commandèrent rapidement.

— Samedi, je suis en formation toute la journée et dimanche, je vais devoir faire mes « devoirs », dit Mathias pendant qu'ils attendaient leurs plats. Mais je suis libre mardi, la semaine prochaine. Si tu ne travailles pas, je me suis dit que nous pourrions dîner ensemble.

— Malheureusement, je travaille. Je peux essayer d'échanger avec quelqu'un, mais je ne suis pas sûr qu'un de mes collègues puisse le faire. Que dirais-tu de se voir samedi, la semaine prochaine ?

— Je suis en formation les quatre week-ends qui viennent. Je ne cesse de me dire que cela finira par payer.

— C'est vrai, tu m'avais déjà prévenu. Sur quoi va porter la formation cette fois-ci ? demanda Pascal.

— La gestion des biens, dans le service des crédits. Ce n'est pas le domaine dans lequel je veux exercer, mais une partie de cette formation consiste à acquérir de l'expérience dans tous les services, et je reste entre deux et quatre mois dans chaque service.

— Une fois que tu auras terminé, auras-tu ton mot à dire sur le service dans lequel tu veux travailler ?

— Eh bien, je vais quand même devoir postuler dans tous les services, et il faudra que la banque ait besoin de quelqu'un, mais j'aurais de meilleures chances d'obtenir ce que je veux en ayant suivi cette formation.

— Alors ça va finir par payer, conclut Pascal. Tu dois seulement rester concentré sur ton objectif.

— C'est ce que Louis n'arrête pas de me répéter. C'est mon tuteur. Il a terminé sa formation il y a deux ans et désormais, il m'aide à en venir à bout. Il est aussi devenu un bon ami.

Le serveur apporta leurs plats, ce qui empêcha Pascal de répondre. Pascal se dit que c'était une bonne chose puisque sa première réaction était la jalousie, un sentiment qu'il n'avait pas encore le droit d'exprimer.

— Est-ce que tu as ton planning du bar ? Pas pour la semaine prochaine, mais la suivante ? demanda Pascal quand ils commencèrent à manger.

— Je vais l'avoir ce soir. Pourquoi ?

— Parce que si j'ai des demandes spécifiques à faire concernant mon emploi du temps, je dois le faire savoir demain. Si je sais quand tu es libre, je peux demander à avoir mon soir de repos, et nous pourrons dîner ensemble. Si tu es d'accord, bien entendu.

— Je serais ravi de dîner avec toi. J'étais en train de me demander comment je pourrais passer quatre semaines sans te voir plus de quelques minutes par-ci, par-là.

— Envoie-moi un message dès que tu as ton planning. Je demanderai mon soir de repos dès demain matin.

— Que vas-tu faire ce soir, comme tu es de repos ?

— En toute sincérité ? demanda Pascal.

Mathias hocha la tête.

— Lire le dernier livre d'Hélène et aller me coucher tôt. Je ne sais pas pourquoi je suis si fatigué, mais je ne vais pas veiller tard.

— Petit chanceux, dit Mathias avec un sourire. Je serai au bar jusqu'à une heure du matin et au travail à huit heures demain matin.

Pascal ne demanda pas à Mathias combien de temps il pourrait supporter un tel rythme de vie. Mathias était jeune et Pascal se souvenait avoir eu plus d'énergie à cet âge qu'il n'en avait maintenant.

— Nous dînerons ensemble dans deux semaines et nous passerons une journée à faire du canoë une fois que tu auras terminé ta formation. Qu'en dis-tu ?

— J'en dis que c'est un super programme, dit Mathias en terminant son assiette. Je déteste manger et m'échapper, mais je ne veux pas être en retard.

Il sortit quelques billets de son portefeuille.

— Cela devrait suffire à payer ma part. Est-ce que cela te dérangerait d'attendre l'addition ?

— Non, file, dit Pascal. Mais quand nous sortirons dîner dans deux semaines, c'est moi qui paierai l'addition.

Mathias sourit.

— D'accord, mais alors c'est moi qui choisirai le restaurant. Et la fois suivante, nous échangerons.

Pascal se dit que ce devrait être le contraire, mais il n'en dit rien. Si Mathias voulait choisir le restaurant, Pascal le laisserait faire. Il pouvait se permettre de payer n'importe quel restaurant que Mathias choisirait et ferait en sorte de choisir un endroit agréable, mais abordable lorsque ce serait au tour de Mathias de payer l'addition.

VIII

Dès qu'il approcha de leur table, Pascal sut que ses dames préparaient quelque chose. Le sourire de Camille était juste un peu plus visible que d'habitude et Martine lui adressa un regard entendu qui révélait beaucoup de leur petite conspiration. Enfin, du moins, de l'existence de leur conspiration.

— *Good evening*, mesdames, dit-il avec le sourire le plus sincère qu'il avait adressé de la soirée.

Le sourire « sincère » qu'il leur adressait était un sourire malicieux qui, avec n'importe quel autre client, aurait suffi à le faire licencier. Elles l'embêtaient autant qu'il les taquinait.

— Une tournée de cosmos, comme d'habitude ?

— Que pourrions-nous boire d'autre ? demanda Hélène dans un léger rire. À moins que tu aies une nouveauté à nous suggérer.

Pascal se rappela brièvement le martini à la poire que Mathias lui avait proposé.

— Justement, il se peut que j'aie quelque chose, dit-il doucement. Par contre, je ne suis pas certain que nous ayons tout ce qu'il faut pour le préparer. Je vais aller vérifier ça au bar. Si ça ne vous plaît pas, ce sera ma tournée.

— Sérieusement ? le taquina Martine. Un nouvel ami et maintenant un nouveau cocktail ? Tu es plein de surprises ce soir, Pascal !

Il se contenta de sourire. Elles ne le laisseraient pas s'en tirer comme ça, mais il pouvait au moins retarder leur interrogatoire de quelques minutes.

Nick, au bar, avait tout ce qu'il fallait pour préparer un martini à la poire et même une idée des bonnes proportions pour les différents ingrédients. Il le fit goûter à Pascal avant d'en verser dans les verres pour les clientes ; ce cocktail ressemblait vraiment à celui que Mathias lui avait servi.

— Et voilà ! dit-il lorsqu'il retourna à leur table. Qui veut être la première à le tester ?

Hélène prit le verre qu'il avait posé en face d'elle et en but une petite gorgée.

— Très bon, dit-elle. Je ne suis pas sûre que quelque chose surpasse un jour ton cosmo mais c'est un agréable changement.

— Bien, dit Pascal. Je suis heureux que tu l'apprécies. Un ami cherche à diversifier mes consommations et ce cocktail fut un succès.

— Parle-nous de cet ami, dit Martine. Est-ce le jeune homme qui m'a envoyé un e-mail très plaisant la semaine dernière ?

Pascal savait comment jouer à ce jeu. Cela faisait un moment qu'ils n'y avaient pas joué, mais il n'en avait pas oublié les règles.

— J'imagine que tu reçois de nombreux e-mails chaque semaine.

— Mais peu mentionnent que tu es la personne grâce à laquelle on a obtenu mon adresse e-mail. Si l'avatar correspondant à cette adresse e-mail est une photo de lui, il est vraiment séduisant, le taquina Martine.

— Je n'ai pas vu sa photo d'avatar, répondit-il naturellement.

Martine laissa échapper un rire exaspéré

— D'accord, je me rends, dit Martine. Il s'appelle Mathias Perras. Qui est-il ?

— Qui est-il *pour toi* ? spécifia Hélène. Et plus important encore, pourquoi es-tu si réticent à parler de lui ?

— Il est…, commença Pascal avant de soupirer, ne sachant pas quoi répondre. C'est compliqué. Désirez-vous des entrées ?

— Les meilleures choses le sont toujours, dit Nicole. Je vais prendre une soupe à l'oignon.

Hélène, Camille et Martine commandèrent aussi une entrée et Pascal se retira rapidement pour placer leur commande et faire le tour de ses autres tables, mais aussi pour se remettre les idées en place et essayer de voir comment il pourrait répondre à ses dames. Il savait déjà qu'elles ne se contenteraient pas de son silence.

En général, les mercredis soir n'étaient pas une soirée chargée à la Colombe d'Or, chose que Pascal appréciait quand ses dames venaient dîner, mais, ce soir-là, cela l'empêchait d'utiliser le travail comme excuse pour ne pas passer à leur table – et esquiver leurs questions.

— Les entrées devraient être prêtes dans une minute, dit-il. Avez-vous décidé ce que vous prendriez en plat principal ?

— Je suis désolée, Pascal, dit Martine. Je n'aurais pas dû insister en voyant que tu ne voulais manifestement pas en discuter. Ne deviens pas froid et professionnel avec nous. Je n'évoquerai plus le sujet.

— C'est simplement que je ne sais pas vraiment quoi en dire, expliqua Pascal. Il vit dans mon immeuble et travaille le soir dans un bar que je fréquente. La journée, il travaille à la banque et, oui, c'est compliqué.

— Il me semble que c'est une bonne sorte de complication, intervint Nicole. Mais Martine a raison. Nous n'allons pas insister. Je vais prendre le chateaubriand, s'il te plaît, à point.

— Le poisson-meunière, dit Hélène.

— Pour moi, ce sera la caille en brochettes, dit Camille.

— Et moi je vais prendre le rôti de porc, dit Martine.

Pascal annonça leur commande en cuisine et fit le tour de ses autres tables. Il n'en avait que deux autres ce soir-là et n'en aurait sûrement pas plus à moins que le restaurant devienne anormalement plein. Simon était habitué à ce que les dames de Pascal viennent manger à la Colombe d'Or et il faisait en sorte de ne pas surcharger Pascal de travail quand elles étaient là pour qu'il puisse discuter avec elles tout en s'occupant de leur servir à dîner.

D'après ce qu'il voyait ce soir-là, ses autres tables étaient occupées par des hommes et femmes d'affaires qui apprécieraient certainement un service moins envahissant. Il apporta des entrées à une table et des plats principaux à l'autre avant de retourner voir si ses dames se portaient bien.

— Une autre tournée ? demanda-t-il. Ou bien désirez-vous boire des cosmos cette fois-ci ?

— Un cosmo, dit Hélène.

— Je vais reprendre ce cocktail, dit Camille.

— Un cosmo.

— Ce cocktail.

— Peu importe combien je l'apprécie – et c'est le cas, je l'apprécie même certainement plus que je le devrais –, il n'en ressortira rien. Nous sommes trop différents, laissa échapper Pascal. Je vais chercher vos boissons.

Une fois les cocktails prêts, leurs entrées l'étaient aussi, et il fut occupé pendant quelques minutes à tout disposer sur leur table.

— Parfois, les différences sont une bonne chose, remarqua Hélène après que tous les plats furent placés au bon endroit. Cela rend la vie quotidienne plus intéressante.

— Cela rend vos livres intéressants, dit Pascal. Mais ça rend la vie quotidienne compliquée.

— Cela peut rendre la vie difficile, approuva Nicole.

Pascal se souvint des photos qu'elle lui avait montrées de son mari et sa famille. Il était asiatique. Elle ne l'était pas. Et le choc des cultures avait causé plus d'un désaccord. Il l'avait entendue s'en plaindre quelques fois au fil des années.

— Cela peut aussi être incroyablement enrichissant, continua-t-elle. Peut-être que le jeu n'en vaut pas la chandelle. Mais peut-être que si. N'abandonne pas seulement parce que c'est compliqué.

Pour l'instant, ce n'était pas compliqué, mais Pascal pouvait voir toutes les manières dont cela pourrait le devenir.

— Je ne vais pas abandonner, dit-il. Mais il ne doit pas abandonner non plus.

— Tu portes du bleu, dit Mathias lorsque Pascal ouvrit la porte.

Il avait envoyé un message à Pascal alors qu'il se trouvait dans le métro, en route vers son appartement après le travail, une habitude qu'il avait prise ces deux dernières semaines, depuis leur déjeuner. Il n'avait peut-être pas la possibilité de voir Pascal chaque jour, mais il était décidé à rester en contact et à envahir les pensées de celui-ci en partageant des moments de sa journée avec lui.

— Tu me l'as demandé, dit Pascal avec ce léger sourire que Mathias adorait déjà provoquer chez lui.

— Cette couleur fait ressortir tes yeux, dit Mathias, comme dans le message qu'il avait envoyé un peu plus tôt.

— Tu devrais t'estimer heureux que j'aie toujours cette chemise. Je n'ai plus porté de bleu depuis… longtemps.

Mathias comprit qu'il y avait une histoire derrière ces mots, mais il lui suffit de jeter un œil vers Pascal pour ne pas trouver la force de lui poser la question. Ce qui – ou celui qui – l'avait convaincu d'arrêter de porter du bleu avait laissé une trace indélébile dans l'esprit de Pascal. Cette pensée éveilla à nouveau les papillons dans le ventre de Mathias. Pascal portait du bleu parce qu'il le lui avait demandé, et ce malgré la chose qui l'avait empêchée de le faire ces derniers temps.

— Tu es prêt ? demanda Mathias. Je me suis dit que nous pourrions prendre un taxi. C'est difficile de se rendre jusqu'à ce restaurant en bus.

— Nous pouvons faire ça ou bien nous pouvons prendre ma voiture. J'envisage parfois de m'en débarrasser puisque je ne m'en sers pas souvent, mais il se passe alors quelque chose comme ce dîner et je suis heureux de l'avoir.

Mathias aurait aimé pouvoir s'offrir le luxe d'avoir une voiture, mais ce n'était pas possible avec son salaire et sa situation actuels.

— Si tu veux conduire, ça ne me dérange pas, mais si nous prenons un taxi, tu n'auras pas à t'inquiéter de devoir nous ramener.

— Est-ce que tu envisages de me faire boire ? demanda Pascal avec malice.

Mathias se rapprocha de lui.

— Aurais-je le droit à davantage qu'un baiser si je le fais ?

— Non, tu dois m'inviter à dîner pour ça, lança Pascal, l'air taquin.

Mathias dégaina son téléphone portable.

— Quand est-ce que tu es en repos ?

Pascal rit et Mathias se détendit en rangeant son portable dans sa poche. La crispation qui avait envahie Pascal chaque fois que Mathias avait flirté avec lui lorsqu'ils avaient déjeuné ensemble ne semblait plus être d'actualité. Il faisait des progrès.

— Où allons-nous ? demanda Pascal.

— À La Petite Ardoise.

Mathias espérait que Pascal approuverait son choix. Il avait essayé de choisir un lieu agréable sans que cela soit cher.

— Puisqu'ils ont une terrasse extérieure, nous pourrons nous y installer et apprécier ce beau temps. Mes parents m'ont invité là-bas lorsque j'ai décroché mon poste à la banque. La nourriture y est très bonne, les prix sont abordables et il y règne une atmosphère agréable.

— Tu n'as pas à m'expliquer ton choix, dit Pascal. Je t'ai dit de choisir un restaurant. Peu importe ton choix, je suis d'accord.

La Petite Ardoise était exactement comme l'avait décrite Mathias, le bois sombre encadrant les fenêtres et soutenant les pots de fleurs donnait un charme rustique au restaurant. Les murs en briques rouges et le patio donnant sur le jardin intérieur ajoutaient à l'ambiance chaleureuse, et l'ardoise sur laquelle était inscrit le menu du jour à la craie couronnait le tout. Ajoutez à cela l'authenticité dont Mathias avait fait preuve depuis qu'il était arrivé sur le pas de sa porte, celle de l'homme mignon et amusant que Pascal avait appris à connaître à travers leurs conversations par message ces deux dernières semaines, et Pascal était quasiment certain que c'était la recette pour une soirée parfaite.

Pascal avait toujours aimé lire les menus des autres restaurants. La Colombe d'Or était connue pour son menu chic et moderne, mais cela signifiait que les plats traditionnels de la cuisine française étaient bien souvent absents du menu, jugés trop « basiques » pour l'établissement. La Petite Ardoise proposait des galettes, des crêpes et de simples plats comme le steak-frites ainsi que de la queue de homard en plat du jour et du filet mignon. Pascal était impatient de déguster un plat simple.

— Que vas-tu commander ? demanda-t-il à Mathias.

— Je pensais prendre une galette. Ça fait longtemps que je n'en ai pas pris une et elles sont toujours très bonnes.

— Alors nous allons prendre une bouteille de rosé ? Ou préfères-tu boire du vin blanc ?

— Tu es l'expert en vins. À toi de me dire lequel convient le mieux.

Pascal sourit face à la volonté qu'avait Mathias de lui faire plaisir.

— Il ne s'agit pas seulement de « bien convenir ». Il s'agit aussi de ce que les personnes aiment boire. Peu importe qu'une personne pense qu'un vin se marie parfaitement avec un produit, si tu n'aimes pas le vin qu'on te sert, tu ne vas pas apprécier le mariage.

— Je comprends, mais tu pars du principe que je sais ce que j'aime, ce qui n'est pas le cas. Au moins, si nous choisissons un vin qui se marie bien avec la nourriture, nous n'aurons pas à nous inquiéter du fait que je n'aime pas le vin parce qu'il ne se marie pas bien avec ce que je mange.

— Tu as aimé le rosé que nous avons bu lors du déjeuner et celui-ci a un goût semblable. Prenons celui-ci.

Il fit part de son choix de vin lorsque le serveur revint puis il fit signe à Mathias de passer sa commande. Il commanda à son tour une salade niçoise et porta de nouveau son attention sur Mathias.

— J'ai réfléchi pour le canoë, poursuivit-il. Je sais qu'il te reste encore deux semaines de formation avant d'avoir un samedi de libre, mais serais-tu d'accord pour faire quelque chose le samedi suivant ? Nous ne serons qu'en septembre. Il ne fera pas trop froid pour passer une journée sur l'eau. Le Parc de la Rivière-des-Mille-Îles se trouve juste après Laval. Nous pourrions nous y rendre pour quelques heures sans que cela ne nous prenne toute la journée du samedi.

— C'est une super idée, dit Mathias. Je n'ai pas fait de canoë depuis l'été dernier et ça me manque vraiment.

Pascal sourit, satisfait. Il aimait l'idée de rendre Mathias heureux.

QUAND ILS furent de retour à leur immeuble un peu plus tard dans la soirée, Pascal avait abandonné l'idée de deviner ce qui lui faisait tourner la tête – le vin ou l'expression joyeuse qu'avait affiché Mathias tout au long de la soirée. Il n'y avait eu aucun faux pas, contrairement à leur premier rendez-vous, aucun d'eux n'ayant fait référence à quelque chose qui puisse rappeler un mauvais souvenir à l'autre. Même le fait de porter la chemise bleue, la seule qu'il avait conservée après le décès de Robert, n'avait pas suffi à faire redescendre l'exaltation que Pascal éprouvait à avoir un rendez-vous avec le plus bel homme du restaurant. Il ne comprenait peut-être pas *pourquoi* Mathias voulait être avec lui, mais il ne pouvait pas nier que Mathias *voulait* être avec lui.

Il raccompagna Mathias jusqu'à son appartement. Il ne voulait pas que ce rendez-vous se termine, mais il ne voulait pas non plus faire pression sur Mathias d'une quelconque façon. Il avait trop insisté pour qu'ils aillent doucement lors de leur premier rendez-vous et ne pouvait désormais que se comporter en gentleman.

Mathias ouvrit la porte et se tourna pour sourire à Pascal.

— Je n'ai pas vraiment de vin chez moi, mais je peux t'offrir une bière.

— Tu n'as pas à m'offrir quoi que ce soit, lui rappela Pascal.

— Et si je veux t'offrir quelque chose ? répliqua Mathias en faisant un pas en arrière, libérant de l'espace pour que Pascal puisse entrer dans le petit appartement.

Pascal prit une inspiration tremblante en pensant à toutes les manières dont il pouvait interpréter ces paroles. Il ne pouvait pas jeter toutes ses bonnes intentions par la fenêtre simplement parce que Mathias le regardait de *cette* manière. Il ne le pouvait pas ! Mathias glissa sa main dans celle de Pascal et le tira. Pascal cessa de résister et se laissa attirer à l'intérieur.

L'appartement de Mathias faisait environ la moitié de la taille de celui de Pascal, comme ce dernier s'y était attendu. Il avait vécu dans l'un des appartements de cet étage lorsqu'il avait emménagé pour la première fois dans cet immeuble, alors le salon de la taille d'un timbre poste n'était pas une surprise. Puis Mathias s'approcha, attirant Pascal à lui pour un baiser, et Pascal oublia le salon de la taille d'un timbre poste et tout ce qui ne concernait pas sa réponse au baiser. Les lèvres de Mathias étaient légèrement rugueuses et gercées, ce qui n'était pas étonnant compte tenu du fait qu'il avait l'habitude de se mordre la lèvre inférieure. Pascal l'avait regardé le faire plus d'une fois au cours du dîner. Mathias l'embrassait avec le même enthousiasme qu'il avait affiché toute la soirée, se blottissant contre Pascal et lui léchant les lèvres comme il léchait les siennes.

Pascal approfondit le baiser, caressant de sa langue la ligne de ses lèvres jusqu'à ce qu'il les ouvre et que Pascal puisse plonger à l'intérieur. Il pouvait distinguer sur la langue de Mathias le goût du café qu'ils avaient pris après le dîner, son arôme se mêlant au soupçon du parfum qu'il portait. Il glissa ses mains autour de la taille de Mathias pour le serrer tout contre lui. Même à travers la chemise de Mathias – sa veste avait été abandonnée sur le sol, à l'endroit où il l'avait jetée quand il avait entrepris d'embrasser Pascal –, il pouvait sentir la chaleur émaner de son corps.

Une partie de lui voulait lui ôter ses vêtements. Cela faisait tellement longtemps qu'il n'avait pas touché quelqu'un et qu'on ne l'avait touché, qu'il n'avait été capable d'établir ce lien avec une autre personne. Robert lui avait fait promettre de ne pas rester éternellement en deuil une fois qu'il ne serait plus de ce monde, mais Pascal n'avait jamais trouvé cela vraiment juste de le laisser partir. Maintenant, avec Mathias dans ses bras, blotti contre lui, sa chaleur l'enveloppant, une partie de cette douleur s'estompa et il avait envie d'aller plus loin.

Il pouvait aller plus loin. Le langage corporel de Mathias le lui faisait bien comprendre. Si Pascal commençait à lui enlever ses vêtements, s'il commençait à le guider vers la chambre, Mathias ne l'en empêcherait pas. Il l'encouragerait probablement tout au long du processus.

Cette pensée donna la force à Pascal de rompre le baiser et de poser son front contre celui de Mathias. Ce dernier s'appuya contre Pascal et lui vola un autre doux baiser, que Pascal lui rendit avant de s'écarter. Il caressa de son pouce la ligne de la mâchoire de son partenaire, sentant la plus légère trace de barbe sous cette peau douce.

— Je ne vais pas t'amener au lit ce soir, dit-il, sa voix pleine de tendresse malgré ces mots.

— Je sais, dit Mathias. Mais tu pourrais m'amener au canapé.

— Et tu pourrais arrêter de me séduire, répliqua Pascal avec un sourire et un autre baiser rapide.

— Pourquoi ferais-je ça? demanda Mathias. Nous avons passé une soirée merveilleuse. Je suis un peu éméché. Tu es horriblement attirant et il se trouve que tu es dans mon appartement.

— Nous avons effectivement passé une soirée merveilleuse. Et je suis impatient de vivre de nombreuses soirées aussi merveilleuses que celle-ci.

— Alors pourquoi ne devrais-je pas tenter de te séduire? demanda Mathias, sa voix toujours rauque et sensuelle.

— Parce que tu représentes plus que du sexe à mes yeux, répondit Pascal sur un ton sérieux. Quand nous irons au lit ensemble, je veux que ce soit important. Nous y arriverons bientôt, mais si je t'emmène dans la chambre maintenant, tu te demanderas toujours si ce n'était qu'une histoire de sexe, si je suis avec toi parce que je veux me faire ton joli petit cul.

Mathias lui adressa un sourire malicieux tout en glissant une main entre leurs corps, et caressa l'entrejambe de Pascal. Ce dernier poussa contre sa main alors même qu'il s'efforçait de s'éloigner.

— Tu veux te taper mon joli petit cul.

— Je n'ai jamais dit que je ne le voulais pas, répliqua Pascal. Mais ce n'est pas la seule chose que je veux, et ce n'est même pas ce que je désire le plus.

— Que désires-tu? demanda Mathias alors qu'il le guidait vers le canapé.

Pascal attendit qu'ils soient installés sur le fin matelas.

— Tout.

— Et depuis quand le sexe ne fait-il plus partie d'un tout?

— J'avais une vingtaine d'années quand on a vraiment commencé à comprendre ce qu'était le VIH, comment il était transmis, à quel point c'était une maladie terrible. En toute sincérité, c'est un miracle que je n'aie pas été infecté. Je ne peux pas te dire combien de personnes j'ai perdues durant ces années où la réalité de cette maladie, ce qu'elle représentait pour notre communauté, est devenue de plus en plus évidente. Ces expériences ont changé ma manière de voir les choses, surtout en matière de sexe. Le sexe *fait* partie d'un tout, mais, pour moi, il s'agit de la dernière pierre que l'on ajoute à l'édifice. La cerise sur le gâteau, si tu veux, pas la totalité du dessert.

— Je comprends parfaitement. Alors comment vois-tu l'avenir de notre relation?

— Je ne sais pas exactement, reconnut Pascal. Cela fait longtemps que je n'ai pas eu de relation sérieuse avec quelqu'un. Nous avons passé une super soirée. Le dîner était fantastique – tu as très bien choisi le restaurant. Avoir la chance d'être assis en face de toi et de te parler était encore mieux. Et t'embrasser… eh bien, tu sais ce que j'en pense. Alors je crois que la réponse, c'est continuer à faire ces mêmes choses jusqu'à ce que le bon moment se présente.

— Et qu'est-ce qui fera du bon moment le bon moment ?

— Nous le saurons quand il se présentera, répondit Pascal. C'est tout ce que je peux te dire.

IX

— Vivement que demain arrive, dit Mathias alors qu'il était assis près de Louis le vendredi, deux semaines plus tard. J'en ai enfin terminé avec la formation au service des crédits et je vais pouvoir revoir Pascal.

— Je pensais que vous aviez essayé de vous voir dès que vous aviez un soir de repos.

— Le mot clé dans cette phrase est « essayer », dit Mathias. Tout ce que nous avons réussi à faire, c'est dîner ensemble il y a deux semaines et, depuis, je ne l'ai presque pas vu. Il est passé au bar un soir alors que je travaillais, mais ce n'est pas la même chose. Je peux le séduire un peu quand je passe à sa table, mais ce n'est pas pareil. Il n'est pas pareil. Il ne réagit pas de la même manière quand je le drague au bar que quand je le drague ailleurs.

— Est-ce que tu lui as demandé pourquoi ?

— Ce n'est pas quelque chose que l'on peut demander par message et nous n'avons pas eu l'opportunité de réellement discuter, si ce n'est quelques brèves paroles.

— Qu'allez-vous faire demain ?

— Nous allons faire du canoë. Je n'en ai pas fait depuis l'été dernier. Et il fait trop froid l'hiver, et je n'ai pas trouvé de temps depuis que j'ai emménagé ici. Ça me manque.

— Était-ce son idée ou la tienne ?

— La sienne. Il l'a mentionné lorsque nous sommes allés dîner. Il a trouvé un endroit où nous pourrions nous rendre et rentrer avant que je commence mon service au bar demain soir. Pourquoi ?

— Parce que c'est quelque chose que tu as visiblement très envie de faire alors s'il a suggéré cette activité, c'est bon signe. Il ne cherche pas seulement un joli minet à exhiber.

— Non, ce n'est pas ce qu'il cherche, dit Mathias, se sentant extrêmement protecteur.

Ils ne s'étaient embrassés que quelques fois. Pascal ne l'avait même pas touché lorsqu'il était venu au bar après leur dernier rendez-vous. Bien entendu, Mathias espérait que leur journée de canoë se terminerait avec davantage de baisers et, avec un peu de chance, un peu de caresses, mais Pascal n'était clairement pas celui qui gérait ce côté de leur relation. Quelles que soient les inquiétudes que Mathias pouvait avoir concernant leur relation, l'idée que Pascal soit seulement à la recherche d'un jeune amant à exhiber n'en faisait pas partie.

MATHIAS ÉTAIT heureux que Pascal ait proposé de les conduire à Laval le jour suivant parce qu'il n'était pas en état de conduire ou de prendre les transports en commun. Il était rentré du bar aux environs de trois heures du matin et, comme cela prenait une heure de se rendre à Laval et qu'ils voulaient avoir assez de temps pour profiter de leur sortie avant qu'ils ne doivent revenir sur Montréal, ils avaient décidé de se rejoindre à huit heures. Quatre heures et demie de repos, ce n'était pas suffisant, du moins pour Mathias. Il avait réussi à se brosser les dents et à s'habiller avant que Pascal frappe à la porte, mais pas plus.

— Café, dit Pascal, tendant à Mathias un gobelet Tim Hortons. Je me suis dit que tu en aurais sûrement besoin.

Mathias prit une gorgée de l'ambroisie revigorante et se pencha pour un baiser. Pascal lui en donna un rapide, ne s'attardant que le temps d'aguicher Mathias en lui léchant les lèvres.

— Enfoiré, marmonna Mathias.

— Nous ne sommes pas obligés d'y aller si tu ne te sens pas d'attaque, offrit Pascal. Tu peux retourner te coucher et nous pouvons prendre le déjeuner ensemble ou faire autre chose cet après-midi.

— Est-ce que tu retournes te coucher avec moi ? demanda Mathias.

— Tu ne dormirais pas si je le faisais.

Le désir s'éveilla soudain en Mathias à l'écoute de ces mots provocateurs.

— C'est une promesse ?

Pascal envahit son espace, si proche que Mathias put sentir les vagues de désir déferler en lui. Le baiser qui suivit fut loin d'être rapide, tandis que Pascal capturait la bouche de Mathias, prenant langoureusement possession de chaque millimètre avec une possessivité qui rendit Mathias fou. *Voilà* ce qu'il aimait chez les hommes plus mûrs : l'assurance née de leurs expériences passées qui leur avaient appris comment s'y prendre et le faire avec conviction. Il se laissa porter par le baiser avec enthousiasme, suçant la langue de Pascal tout en explorant sa bouche de la sienne. Pascal le poussa contre le mur, l'y coinça tout en continuant à l'embrasser et Mathias se dit qu'il serait d'accord pour offrir à Pascal tout ce qu'il désirait. Au moindre signe, Mathias se déshabillerait ici même ou se mettrait à genoux et déshabillerait Pascal.

— Tu vas provoquer ma mort, grommela Pascal en rompant le baiser avant de faire un pas en arrière. Nous allons faire du canoë, nous n'allons pas dans ta chambre.

— C'est toi qui as commencé.

Mathias entendit le tremblement dans sa voix et les yeux dilatés de Pascal indiquèrent qu'il l'avait aussi entendu. Pendant un instant, Mathias crut qu'il avait réussi à faire oublier ses réticences à Pascal et qu'il allait obtenir ce qu'il voulait depuis le moment où il avait posé les yeux sur cet homme. Cependant, ce dernier se contenta de lui donner un rapide baiser et n'alla pas plus loin.

— Si nous allons faire du canoë, nous devrions partir. Si tu as besoin de dormir, je partirai pour que tu puisses te reposer.

— Je n'arriverai pas à me rendormir, dit Mathias. Une fois réveillé, c'est foutu. Je ferai la grasse matinée demain matin.

— Tu seras épuisé ce soir.

— Dans tous les cas, je serai épuisé ce soir, insista Mathias. Je veux passer la journée avec toi.

À son grand soulagement, Pascal ne discuta pas.

Bien qu'il ait dit qu'il ne pourrait pas se rendormir, Mathias piqua du nez dans la voiture en se rendant à Laval, mais une fois qu'ils sortirent de la voiture et commencèrent à s'activer par ce temps frais de septembre, son énergie lui revint. Le café dans son gobelet avait refroidi depuis longtemps, alors il le jeta et acheta un autre café dans la boutique de location de canoë. Pascal en prit aussi un pendant qu'ils attendaient que les guides préparent leur équipement.

— Depuis combien de temps n'as-tu pas fait de canoë? demanda Mathias.

— Quelques années, répondit Pascal. Mais ce n'est pas quelque chose que l'on oublie après avoir appris à le faire.

— Je ne m'inquiétais pas pour ça, dit rapidement Mathias. J'étais seulement curieux. Il y a encore tellement de choses que je ne sais pas à ton sujet.

— Désolé. Il y a des choses dont je n'aime pas me rappeler, et encore moins discuter.

— Alors, parle-moi de choses dont tu aimes te rappeler, le poussa Mathias. Tous tes souvenirs ne peuvent pas être de mauvais souvenirs.

— Non, ils ne le sont pas tous. Mais même les bons souvenirs sont tellement liés aux mauvais qu'il est parfois difficile de faire la différence.

Mathias essaya d'imaginer ce qui avait bien pu arriver à Pascal pour qu'il ait de tels souvenirs. Ses conclusions n'étaient pas joyeuses.

— Veux-tu que j'arrête de te poser des questions ? Je ne veux pas t'obliger à te rappeler de mauvais souvenirs.

— Non. Il se peut que je ne te réponde pas, mais cela ne devrait pas t'empêcher de me poser la question. Il y a des périodes sombres dans mon passé vers lesquelles je ne veux pas retourner, mais c'est mon problème, pas le tien.

— Ma mère dit toujours qu'une peine partagée est une peine réduite de moitié. Je sais que je suis jeune et que je n'ai pas beaucoup d'expérience, mais… eh bien, si un jour tu veux en parler, je serai là pour t'écouter.

— Merci. J'apprécie vraiment ton offre, même s'il se peut que je n'y réponde jamais.

Mathias espérait que Pascal finirait par accepter son offre un jour. S'il ne le faisait pas, Mathias serait toujours inquiet d'aborder des sujets sensibles de manière involontaire et de créer des problèmes entre eux. Cependant, il n'insista pas, car ce n'était ni l'endroit ni le moment pour le faire.

— Tu veux t'installer à l'avant ou à l'arrière ?

Pascal eut un sourire en coin, l'expression de son visage devenant à nouveau intense alors qu'il déshabillait Mathias du regard.

— Les deux présentent un avantage, mais, de manière générale, je préfère être à l'arrière.

Mathias déglutit péniblement, essayant d'humidifier sa bouche devenue soudain sèche. Les mots de Pascal étaient innocents, mais la manière dont il regardait Mathias leur donnait un tout autre sens. Il sentit son fessier se contracter en réponse.

La journée était tout à coup devenue bien plus intéressante.

— DEVONS-NOUS VRAIMENT repartir ? demanda Mathias alors qu'ils effectuaient une pause près de la berge de la rivière deux heures plus tard. Ne pouvons-nous pas simplement rester ici, sur la rivière ?

— Adrien n'apprécierait certainement pas. D'ailleurs, Simon n'apprécierait pas non plus que je ne revienne pas à la Colombe d'Or. Je fais l'ouverture aujourd'hui alors je dois y être pour seize heures.

— Nous devons nous libérer un week-end, décida Mathias. Deux journées entières où aucun de nous ne doit aller travailler, rendre visite à sa famille ou faire quoi que ce soit d'autre que de passer du temps ensemble.

— Aussi charmante que soit l'idée, dit Pascal – et elle était vraiment charmante ! –, je ne suis pas certain que ce soit réalisable, pas sans une bonne raison à donner à nos patrons respectifs. Surtout pour toi. Je travaille à la Colombe d'Or depuis assez longtemps pour pouvoir simplement dire à Simon que j'ai besoin d'un week-end de repos, mais Adrien ne te connaît pas très bien et n'a pas encore cette forme de loyauté envers toi.

— Oui, les jolis minets courent la rue Sainte-Catherine, approuva Mathias dans un soupir. Et c'est tout ce que je représente pour lui.

— Pour lui, acquiesça Pascal. Mais seulement pour lui. Tu représentes bien plus que ça pour moi.

Mathias pivota sur le siège du canoë pour pouvoir regarder Pascal dans les yeux. L'intensité de son regard brun le surprit. Comme il avait passé la matinée à regarder Mathias de dos alors qu'ils faisaient du canoë, Pascal s'était retrouvé à parler plus qu'il ne l'avait fait depuis des années, éprouvant un faux sentiment de sécurité du fait qu'il ne pouvait pas voir le visage de son partenaire. Mais tout cela disparut lorsque Mathias le regarda à nouveau.

— Qu'est-ce que je représente pour toi ? demanda Mathias, le souffle court.

— Je ne le sais pas encore, répondit Pascal en toute honnêteté. Il est encore trop tôt pour le dire, mais nous passons notre temps à discuter. J'aime passer du temps avec toi. Tu me fais rire et me fais sortir de ma routine quotidienne et…

Il prit une grande inspiration.

— Je n'ai pas encore compris ce que tu me trouvais, mais quand je te regarde, je vois ma seconde chance, termina-t-il.

— Peut-être que nous devrions rentrer à Montréal, maintenant, dit Mathias d'une voix rauque.

Pascal était tenté, *tellement* tenté par cette proposition, mais il n'était pas encore tout à fait prêt.

— Nous pouvons rentrer, mais je dois te parler de certaines choses. Si tu veux toujours de moi après, nous en parlerons.

— Tu dis ça comme si tu t'attendais à ce que je prenne mes jambes à mon cou.

— Tu ne serais pas le premier à le faire et je ne t'en voudrais pas si tu le faisais, comme je ne leur en ai pas voulu.

— Et si je ne fuis pas? demanda Mathias.

S'il ne fuyait pas, Pascal était quasiment sûr qu'il offrirait son cœur à Mathias et ne pourrait plus faire marche arrière.

APRÈS AVOIR quitté la rivière, déposé leur canoë à la boutique de location et effectué le trajet retour jusqu'à Montréal, il était quasiment quatorze heures trente, assez tard pour que Mathias doive immédiatement aller se préparer pour se rendre au bar.

— Nous nous verrons samedi prochain, promit Mathias alors que Pascal garait la voiture. Et tu peux passer au bar mardi soir, quand tu seras en repos. Ce n'est pas comme quand nous passons du temps ensemble à discuter, mais au moins, ça nous permet de nous voir. Ça nous donnera une raison d'attendre mardi avec impatience.

Pascal n'aurait pas utilisé ces mots, sachant qu'il devrait avoir cette fameuse conversation avec Mathias. Il devait lui raconter son histoire avec Robert, son passé et tout ce qui allait avec, mais ils n'avaient pas le temps de le faire maintenant, alors ça devrait attendre.

— Je te verrai mardi, promit Pascal. Même si je ne viens que pour quelques minutes.

Ils se rendirent jusqu'à l'appartement de Mathias et ce dernier se pencha pour offrir un baiser d'au revoir à Pascal. Cela aurait dû être un bref baiser pour marquer la séparation, mais Pascal ne pouvait pas se contenter de ça. Il avait besoin de plus, et il en avait besoin maintenant. Heureusement, Mathias n'hésita pas à s'abandonner dans le baiser avec la même exubérance qui avait qualifié leur journée sur la rivière. Pascal se sentit sombrer une fois encore, cédant à la passion qui les submergea tous les deux. Ce serait tellement facile de passer la porte, de suivre Mathias jusque sous la douche et de le faire arriver en retard au travail. Seule la pensée de ce qui pourrait en découler lui donna la force de s'écarter. Il ne serait pas la raison pour laquelle Mathias rencontrait des problèmes au travail, pas tant que Mathias aurait besoin de ce travail au bar pour pouvoir joindre les deux bouts.

— Nous nous reverrons mardi.

— Nous nous parlerons demain, répliqua Mathias. Je sais que tu dois passer la journée avec tes parents, mais nous pouvons discuter avant que tu te rendes au travail.

— Je t'appellerai dès que je serai à la maison, lui promit Pascal. Sois prudent au bar ce soir.

— Je le suis toujours, répondit Mathias naturellement.

Pascal n'en était pas si sûr, compte tenu de la manière dont ils s'étaient rencontrés la première fois, mais il garda ses réflexions pour lui. Mathias était un adulte. Il pouvait prendre ses propres décisions.

X

C'ÉTAIT LE mardi et cela faisait deux heures que Mathias se trouvait au Salon sans qu'aucun client ne s'installe dans sa section. C'était un mauvais soir. Cela aurait été encore pire si qui que ce soit d'autre avait eu plus de chance que lui, mais le bar était vide.

— Mathias, l'appela Adrien.

Mathias se dirigea vers le patron du bar, espérant ne pas avoir fait quelque chose de mal sans s'en rendre compte. Il avait fait de son mieux pour rester occupé, mais avec si peu de clients, il n'y avait pas grand-chose à faire.

— Tu n'es pas obligé de rester, dit Adrien. Tu ne gagnes aucun pourboire parce qu'il n'y a personne. Prends ta soirée, repose-toi un peu. Je sais que tu brûles la chandelle par les deux bouts.

Mathias réfléchit à l'argent qu'il allait perdre s'il n'était pas payé pour la soirée. La majorité de son salaire provenait des pourboires, pas d'Adrien, donc il ne perdrait pas tant d'argent que ça s'il partait et, ce soir-là, Pascal était de repos. Ce dernier n'était pas encore passé au bar, mais Mathias pourrait l'intercepter s'il était en chemin vers Le Salon et ils pourraient passer la soirée chez lui bien au chaud.

Avec Pascal bien au chaud *en lui* s'il avait son mot à dire.

Il se rendit jusqu'à son immeuble en courant et gravit les marches deux par deux jusqu'à l'appartement de Pascal. Il était un peu essoufflé une fois arrivé devant sa porte, son cœur battant fort dans sa poitrine, mais cette réaction était autant causée par l'anticipation que par l'effort physique. Il frappa à la porte et patienta, espérant que Pascal était chez lui. Pascal n'avait pas mentionné de dîner avec ses amis quand ils s'étaient envoyé des messages un peu plus tôt dans la journée, mais ses projets avaient pu changer, et comme Mathias était censé travailler, Pascal ne lui aurait pas nécessairement fait part de ses changements de plan. Il n'avait plus qu'à croiser les doigts.

Pascal ouvrit la porte une minute plus tard et Mathias s'accorda un moment pour le fixer du regard, salivant en le regardant de la tête aux pieds. Mathias s'était habitué à le voir en pantalon bien coupé et en jolie chemise, et Pascal avait porté un jean et un sweatshirt lorsqu'ils étaient allés faire du canoë, mais rien ne l'avait préparé à cette incroyable montée de désir provoquée par la vue de Pascal en pantalon de pyjama et tee-shirt usé qui devait être deux tailles trop petites pour épouser son corps de cette façon.

— Puis-je entrer?

Pascal fit un pas en arrière et Mathias prit cela comme une invitation. En passant, il referma la porte à l'aide de son pied et se jeta sur Pascal, l'embrasant avec toute la ferveur qui n'avait été que faiblement présente dix secondes plus tôt, mais qui était maintenant brûlante.

— Je croyais que tu travaillais ce soir, haleta Pascal entre deux baisers.

— Je travaillais, confirma Mathias. Il n'y avait personne au bar. Adrien m'a donné ma soirée.

D'après Mathias, c'était tout ce qu'ils avaient besoin de se dire. Il se frotta contre Pascal, la friction contre son érection le rendant dingue, et lorsqu'il sentit l'érection naissante de son partenaire durcir contre sa hanche, il se déplaça pour qu'elles se retrouvent l'une contre l'autre. Pascal grogna et ondula contre lui, donnant à Mathias le signal qu'il attendait.

Il glissa ses mains sous l'ourlet du tee-shirt de Pascal. Le doux coton ne faisait pas vraiment barrage à son toucher, se soulevant alors que Mathias caressait la peau douce et chaude du dos de Pascal. Il aimait le corps de cet homme, tout en muscles durs et fins, sans aucune trace de gras. Il avait de larges épaules, le corps d'un homme, pas celui d'un garçon à peine sorti de l'adolescence. Un jour, Mathias dépasserait ce stade.

Mathias lui retira son tee-shirt par la tête et il s'arrêta un instant pour le regarder. Il ne pouvait faire autrement que de voir le doute s'immiscer dans l'esprit de Pascal face à cet arrêt soudain, alors il ne fixa pas la toison poivre et sel qui couvrait son torse aussi longtemps qu'il l'aurait souhaité. Au lieu de ça, il « regarderait » avec ses doigts, parce qu'il ne voulait pas que Pascal ait le moindre doute sur le désir qu'il éprouvait pour lui.

Avec une main, il attira Pascal contre lui pour l'embrasser, léchant ses lèvres jusqu'à ce qu'elles s'ouvrent à lui. Aussitôt qu'elles le firent, il plongea à l'intérieur, cherchant la langue de Pascal à l'aide de la sienne et l'incitant à sortir et jouer. Comme il l'avait espéré, Pascal reprit rapidement le contrôle du baiser, laissant Mathias libre d'en profiter et de le toucher. Il céda avec empressement lorsque la langue de Pascal envahit sa bouche; Mathias se dit qu'il aimerait que cette invasion de sa bouche se répète avant que la nuit se termine, mais, cette fois-ci, avec le pénis de son partenaire. Il geignit de plaisir et passa ses doigts à travers les cheveux courts de

Pascal, les décoiffant, mais il ne rompit pas le baiser pour admirer la vue qui devait être délicieuse. Il aurait l'occasion de regarder plus tard, une fois qu'ils auraient complètement terminé de se décoiffer l'un l'autre. Pascal se rua contre lui en l'entendant geindre, alors Mathias le fit à nouveau. Lorsque Pascal eut la même réaction, Mathias le nota dans un coin de sa tête pour s'en servir plus tard. Pascal aimait manifestement les bruits que faisait Mathias pour exprimer son plaisir, ce qui lui convenait parfaitement. Il n'avait jamais été doué pour rester silencieux au lit. Se demandant s'il pourrait obtenir quelques bruits de Pascal, il suça la langue de celui-ci. Le grondement qu'il provoqua chez son partenaire parcourut son corps jusqu'à ses pieds.

Même si Mathias adorait embrasser, cela ne suffirait pas ce soir-là. Il était déjà trop excité pour se contenter d'une séance de pelotage sur le canapé. Il avait besoin de plus, et ce, dès maintenant. Décidé à faire avancer les choses plus rapidement, il fit glisser ses mains le long du torse de Pascal, appréciant la douce friction des poils contre les muscles.

Pascal se cambra avec un léger cri de surprise. Mathias sourit tout en continuant à l'embrasser et répéta sa caresse. Presque immédiatement, Pascal s'écarta, et Mathias se demanda s'il avait touché une sorte de zone interdite. Mais Pascal attrapa simplement l'ourlet du tee-shirt rouge que Mathias avait porté au bar pour la nuit et le lui retira.

Mathias leva les bras pour faciliter la manœuvre. Bien qu'il ne veuille pas cesser de toucher Pascal, se déshabiller était une étape nécessaire s'ils comptaient faire plus que s'embrasser. Dès que ses mains furent libérées de son tee-shirt, Mathias attrapa Pascal par la taille et l'attira à lui, ondulant contre lui. Le frottement des poils du torse de Pascal contre ses tétons sensibles le fit haleter. Pascal se positionna de la même façon que lui et prit le contrôle de leurs mouvements, frottant son torse de haut en bas contre celui de Mathias.

— Je suis baisé, haleta Mathias.

— N'est-ce pas pour ça que tu es venu ?

— Je ne suis pas encore *venu*.

Mathias se rua contre la hanche de Pascal pour souligner ses paroles, provoquant un grondement chez Pascal auquel il répondit de plus belle.

— Tu devrais faire quelque chose pour arranger ça, suggéra-t-il.

Pascal dessina de sa main la courbe des fesses de Mathias enveloppées dans un jean.

— Je le ferais si je pouvais glisser ma main à l'intérieur de ce pantalon. Il est si serré que je me suis demandé s'il était peint à même ta peau.

Mathias n'hésita pas une seconde, déboutonnant son denim et se trémoussant pour le faire descendre le long de ses hanches.

— C'est mieux ?

Pascal glissa ses mains à l'intérieur du jean de Mathias et à travers l'élastique de son suspensoir pour finalement trouver sa peau nue. Mathias ne retint pas le gémissement qui lui échappa face à cette sensation. Les mains de Pascal étaient chaudes et puissantes, même en étant hésitantes. Mathias ne voulait pas d'hésitation. Il voulait que Pascal prenne les commandes, le jette sur le lit et le prenne jusqu'à ce qu'il voie des étoiles. Cependant, si cela ne se produisait pas, il se contenterait de pousser Pascal sur le lit et de le chevaucher jusqu'à ce qu'eux deux voient des étoiles.

Avec cet objectif en tête, il se tortilla à nouveau jusqu'à ce que son jean se retrouve au niveau de ses genoux. Il retira ses chaussures et son pantalon. Puis il attrapa le pantalon de pyjama de Pascal et le lui retira aussi.

— La chambre ? suggéra-t-il.

Pascal sembla surpris par la question, mais Mathias lui prit la main et le tira plus loin dans l'appartement, vers la porte ouverte de la chambre. Pascal le suivit sans vraiment résister. Quand Mathias jeta un œil par-dessus son épaule, Pascal avait le regard fixé sur son derrière nu, encadré par les bandes noires de son suspensoir. Mathias ne se priva pas d'ajouter un léger mouvement de hanches dans ses pas pour que l'attention de Pascal reste focalisée à l'endroit où il la voulait.

Il pouvait voir la faim dans les yeux de son partenaire quand ils entrèrent dans la chambre et qu'il fit face à son futur amant, mais celui-ci ne fit aucun mouvement. En ayant assez, Mathias le poussa jusqu'à ce qu'il soit allongé sur le lit et se plaça à califourchon sur lui.

— Que doit faire un homme pour obtenir un peu d'attention ? le taquina-t-il en ondulant contre le sexe de Pascal. Supplier ?

Pascal se cambra sous lui, son pénis se glissant de manière aguicheuse entre les fesses de Mathias. Il tendit la main vers Mathias et fit claquer la bande de son suspensoir.

— Débarrasse-toi de ça et nous pourrons en discuter.

Mathias se souleva assez pour retirer son dernier vêtement, les deux hommes désormais complètement nus, puis il s'installa à nouveau au-dessus de Pascal.

— Mmh… Parfait, dit Mathias.

Il parcourut le torse de Pascal de ses mains, prenant le temps de le regarder tout en le touchant maintenant qu'il était nu et coincé sous lui. Pascal n'avait aucune intention de s'échapper, à en juger par la manière dont il caressait la peau de Mathias en retour.

Bientôt, regarder et toucher ne lui suffit plus. Mathias recula un peu pour pouvoir pencher sa tête au-dessus du torse de Pascal et lécher le téton qui pointait sous sa toison. Pascal ondula sous lui, l'incitant à continuer. Mathias souleva assez ses hanches pour passer une main entre leurs deux corps et caresser la verge de Pascal. Il sentit une odeur de musc qui le fit saliver, alors il abandonna une gourmandise pour une autre. Pascal se rua dans sa bouche lorsqu'il referma ses lèvres autour de son gland, mais Mathias avait anticipé ce mouvement et l'avait suivi pour ne pas que Pascal l'étouffe. Il avait un goût salé et un peu amer, mais pas assez pour que Mathias s'arrête, pas tant que Pascal haletait et gémissait, ses mains cherchant à s'accrocher aux draps.

Mathias prit son temps, s'attardant sur le gland et jouant avec le prépuce à l'aide de sa langue. Pascal se cambra à nouveau et cette fois, Mathias le laissa s'enfoncer plus profondément, appréciant la sensation de ce membre dur contre sa langue et la manière dont le gland poussait contre le fond de sa gorge. Il se retira légèrement, prit une profonde inspiration et plongea sa tête en avant, avalant entièrement le membre de Pascal.

Pascal geignit et poussa dans la bouche de Mathias, le pénétrant plus profondément. Mathias suivit le mouvement et déglutit lorsque le gland de Pascal entra dans sa gorge. Pascal hurla son plaisir. Mathias aurait souri si sa bouche n'avait pas été occupée. Vu la situation, il se contenta de prendre les testicules de Pascal en coupe et de les faire rouler dans sa paume tout en effectuant un va-et-vient au rythme des pénétrations de Pascal. Avec son autre main, il pressa la base de sa propre érection pour ne pas perdre le contrôle. Il ne voulait pas éjaculer comme un adolescent avec son premier amoureux. Il voulait que Pascal le voie comme un adulte, comme son égal, en ne faisant pas attention à la différence d'âge.

Il procura le plus de plaisir possible à Pascal jusqu'à ce qu'il sente les cuisses de son partenaire commencer à trembler des deux côtés de son visage. C'est seulement à cet instant qu'il s'arrêta et rampa le long du corps de son partenaire.

— Est-ce que tu as ce qu'il faut ?

— C'est le bon moment pour le demander, dit Pascal en tremblant.

Mathias frotta son nez contre la courbe de son épaule. Il avait un préservatif dans son portefeuille, mais cela faisait trop longtemps qu'il n'avait pas été passif pour que Pascal le pénètre sans rien d'autre que de la salive comme lubrifiant. Avec un peu de chance, Pascal aurait ce qu'il fallait. Même s'il n'appréciait pas les aventures d'un soir, il en avait peut-être pour son usage personnel. Et s'il n'en avait pas, Mathias pourrait recommencer ce qu'il avait été en train de faire. Ce ne serait pas la même chose que d'avoir Pascal en lui, mais cela suffirait pour ce soir-là.

— Jamais je n'aurais pensé que la soirée se terminerait comme ça quand je me suis préparé pour aller au travail ce soir. Je peux me rhabiller et…

— Il y a du lubrifiant dans le tiroir et je pense que j'ai toujours une boîte de préservatifs dans la salle de bain. Je ne sais pas de quand elle date, mais ça ne fait pas plus de deux ans que je l'ai.

Celui qui se trouvait dans le portefeuille de Mathias était plus récent.

— Sors le lubrifiant. Je vais chercher un préservatif.

Il retourna dans le salon pour sortir son portefeuille de son jean. Il pouvait sentir le regard de Pascal sur lui lorsqu'il marchait, ce qui provoqua une bouffée d'énergie en lui. Cet homme incroyablement attirant ne pouvait pas détacher son regard de lui. Il fouilla dans son portefeuille et trouva le paquet en aluminium. Il vérifia rapidement qu'il n'avait pas été déchiré ou percé, mais il semblait intact, donc il le ramena dans la chambre.

Pascal s'était déplacé pendant que Mathias était hors de la chambre. Il était affalé contre la tête de lit, ses yeux assombris par le désir tandis qu'il regardait Mathias revenir vers le lit. Mathias commença à ramper au-dessus de lui pour se remettre dans la même position, mais Pascal attrapa son bras et le retourna sur le dos.

— C'est à mon tour, murmura Pascal.

Mathias s'étendit et lui sourit.

— Avec plaisir.

— Je vais t'en donner.

Mathias retint un gémissement face à l'excitation qu'il ressentit en entendant la promesse dans la voix de Pascal. Il avait poussé son partenaire à prendre le contrôle. Maintenant, il profiterait du fait d'avoir un amant plus âgé et plus expérimenté. Pascal l'immobilisa avec un baiser profond, avide, possessif, jusqu'à ce que Mathias geigne légèrement de pur désespoir : il en voulait plus. Sa poitrine était douloureuse de désir et ses jambes tressaillaient sans cesse, essayant de trouver un endroit où se planter, mais Pascal les bloqua en posant les siennes sur ses genoux. La passion bouillonnait dans son bassin et lui serrait la gorge, à tel point qu'il avait envie de hurler, et Pascal n'avait fait que l'embrasser. Il ne survivrait jamais à la suite.

— Détends-toi, murmura Pascal contre son oreille.

Comment diable était-il censé faire ça? Il était aussi tendu que la corde de l'arc de chasse de son père, celui que Mathias n'avait jamais réussi à tirer jusqu'au bout. Mathias cria lorsque Pascal effleura son gland de ses doigts.

— Je vais jouir, haleta Mathias. Contente-toi... Contente-toi de... me préparer.

Pascal secoua la tête et s'empara de la bouche de Mathias dans un baiser profond et brûlant alors qu'il trouvait l'endroit sous la verge de Mathias qui lui faisait perdre tout contrôle. Il jouit dans un cri qui se perdit dans les profondeurs de la bouche de Pascal, sa semence jaillissant sur tout son abdomen. Ses joues étaient brûlantes d'embarras, mais aussi de désir renouvelé. Il avait voulu se contrôler, mais un seul contact de la main de Pascal avait suffi.

— Je suis désolé, dit-il lorsque Pascal rompit le baiser.

— Je ne le suis pas, dit langoureusement Pascal. Tu es jeune. Tu peux jouir plusieurs fois. Et comme ça, je peux prendre mon temps et jouer.

Mathias déglutit à cette pensée.

— Que pensais-tu faire?

Le sourire espiègle de Pascal envoya une nouvelle vague de désir déferler dans l'estomac de Mathias. Pascal mouilla ses doigts et donna un coup contre la hanche de Mathias.

— Mets-toi sur le ventre. Je rêve de tes fesses.

Mathias gémit légèrement à cette idée et se positionna sur le ventre. Les draps étaient froids contre sa peau brûlante. Il se souleva sur un bras pour voir le visage de Pascal. Le regard de son partenaire était fixé sur la courbe de ses fesses. D'après Mathias, c'était la plus belle partie de son corps. Son buste était encore trop mince, plus enfantin que masculin, mais il avait été assez peloté au bar pour savoir que son fessier attirait l'attention des hommes. Pascal se pencha et frotta la courbe de sa fesse à l'aide de son nez avant de mordre vivement la peau sensible qui se trouvait là où sa cuisse rencontrait sa fesse. Mathias poussa un cri de surprise, mais lorsque Pascal le regarda avec une question dans le regard, Mathias sourit. Il avait été surpris, mais le pincement s'estompait, laissant place à une douce sensation de picotement. Pascal lui adressa un sourire en coin avant de reporter à nouveau son attention sur cette zone sensible. Mathias se tint prêt pour une nouvelle morsure, mais Pascal n'en fit rien, se contentant d'embrasser cette douce surface. Il avait finalement réussi à se détendre quand Pascal glissa un doigt entre ses fesses et poussa contre son orifice. Mathias se cambra sur le lit et prit une vive inspiration.

— Détends-toi, répéta Pascal.

Comment veut-il que je me détende? se dit Mathias. Ce serait impossible tant que la bouche de celui-ci se trouverait sur lui et son doigt en lui. Aucune chance.

Pascal laissa son doigt là où il se trouvait, à l'intérieur de Mathias, jusqu'à ce que ce dernier se détende à nouveau. Même une fois détendu, Pascal laissa le bout de son doigt en lui, juste pour que Mathias s'habitue à cette présence en lui. Mathias se trémoussa, essayant d'obtenir une quelconque friction sur son pénis ou que le doigt de Pascal s'enfonce plus profondément jusque sa prostate, n'importe quoi.

Pascal se mit à genoux pour libérer sa main libre et commença à pétrir doucement les fesses de Mathias. Mais cela n'arrangeait rien pour Mathias. Il voulait que Pascal bouge, qu'il l'écarte à l'aide de ses doigts pour pouvoir le pénétrer avec sa verge. Il tourna la tête de manière à voir Pascal. Son partenaire avait-il perdu tout intérêt pour lui maintenant que Mathias ne le touchait plus? Apparemment non, le sexe de Pascal était encore dur contre son corps. Il ne savait pas à quoi était dû ce délai, mais il n'était pas causé par un manque de désir.

— Qu'est-ce que tu attends? geignit Mathias.

— Que tu te détendes. Nous ne sommes pas pressés.

Mathias fut tenté de le contredire sur ce point, mais il voulait que Pascal le prenne, pas qu'il s'arrête pour discuter, alors il se laissa retomber sur le lit, faisant de son mieux pour se détendre malgré le désir qui l'habitait. S'ils venaient de commencer, il apprécierait peut-être le geste. Ou bien si les effets de son premier orgasme s'étaient estompés avant que Pascal commence à travailler sur le deuxième. Mais ce n'était pas le cas. Il était toujours aussi nerveux, toujours aussi désireux de ce qui allait suivre qu'il l'avait été en entrant dans l'appartement. Son premier orgasme ne l'avait même pas calmé. Il avait désespérément besoin de plus.

Il ne savait pas quel signe Pascal attendait, mais Mathias dut le donner parce que le doigt de son partenaire se mit finalement à bouger, effectuant le plus léger des mouvements, à peine perceptible avec le lubrifiant qui lui facilitait l'accès. Mathias écarta davantage les jambes pour donner un meilleur accès à Pascal. Quand cela ne l'encouragea pas à aller plus vite, il posa sa propre main sur ses fesses pour les écarter davantage, afin que Pascal puisse voir et sentir ce que Mathias était en train de faire.

— Arrête de me tenter, dit Pascal en lui mettant une légère fessée.

— Pourquoi ? Tu en as envie. J'en ai envie. Pourquoi devrais-je prétendre que ce n'est pas le cas ?

Pascal ne répondit pas, mais il enfonça son doigt plus profondément en Mathias, bien qu'il n'aille pas assez loin pour atteindre sa prostate. Mathias se tortilla sur le lit, souhaitant pouvoir se mettre à genoux pour ainsi pousser contre la main de Pascal. Il siffla entre ses dents face à la sensation du lubrifiant froid lorsque Pascal inséra un deuxième doigt en lui, la fraîcheur étant une nouvelle sensation ajoutée à celle d'être dilaté, qu'il savourait en pensant à la promesse qu'elle contenait. Pascal ne prendrait pas autant de précautions pour le préparer s'il ne comptait pas lui donner ce qu'il voulait avant que la nuit se termine.

Pascal fit tourner ses doigts à l'intérieur de Mathias, détendant encore plus son muscle. Mathias s'arqua sur le matelas et poussa contre les doigts de Pascal. Son partenaire se mouvant avec lui, ses doigts ne le pénétrèrent pas plus profondément.

— Fais quelque chose ! s'exclama Mathias dans un sanglot.

Immédiatement, Pascal introduisit ses doigts aussi profond que possible et les pressa immanquablement contre sa prostate. Mathias hurla face à l'explosion de désir qui parcourut son système nerveux. Il avait connu des amants qui avaient joué avec son derrière. Il était loin d'être vierge, mais il n'avait jamais rien ressenti d'aussi intense. Comment diable Pascal faisait-il pour rendre chaque chose bien plus puissante ? Il devrait attendre pour avoir la réponse à cette question parce que Pascal ne cessait de jouer avec sa prostate, faisant monter son désir jusqu'à ce qu'il n'arrive plus à respirer, incapable de faire autre chose que de gémir à chaque fois que Pascal l'effleurait.

Mathias poussa contre la main de Pascal, le suppliant sans un mot de lui en donner plus. Au lieu de ça, sa prostate fut abandonnée. Mathias geignit pour protester, mais Pascal lui caressa le dos de manière rassurante.

— Nous n'en avons pas terminé, dit-il d'une voix qui semblait être aussi pleine de désir que l'était Mathias.

Ce ne fut qu'une maigre consolation pour Mathias, étendu là, haletant, et se demandant ce qui allait suivre. Pascal détendit l'entrée de Mathias en écartant ses doigts jusqu'à ce que cela devienne presque douloureux, mais juste au moment où Mathias s'apprêtait à se plaindre, Pascal relâcha la pression et continua à pénétrer Mathias avec ses doigts. Lorsqu'il se détendit à nouveau sous le plaisir, Pascal recommença à l'écarter. Cette fois-ci, dès qu'il commença, Mathias siffla entre ses dents pour protester. Pascal cessa presque immédiatement et introduisit trois doigts pour titiller la prostate de Mathias. Ce dernier laissa échapper un cri, étonné de sentir qu'un second orgasme se préparait à la base de sa colonne vertébrale.

— Maintenant, supplia-t-il. Je ne vais pas pouvoir jouir trois fois.

Pascal retira ses doigts. Dès qu'il le fit, Mathias commença à se retourner pour se positionner sur le dos. Pascal l'arrêta d'une main ferme.

— Ne bouge pas.

Mathias fronça les sourcils. Il voulait voir le visage de Pascal, mais il avait entendu l'ordre dans le ton implacable de son partenaire. S'il contestait, il pourrait ne pas obtenir ce qu'il désirait, et il en avait trop envie pour prendre ce risque. D'autres nuits suivraient celle-ci; il pourrait alors voir le visage de Pascal. Il remonta ses genoux sous lui et cambra le dos. Si Pascal voulait voir ses fesses en le prenant, il lui offrirait la plus belle vue possible.

À son grand soulagement, Pascal lui tomba dessus comme un homme affamé et le pénétra en une forte poussée. Mathias hurla de plaisir lorsqu'il fut envahi par la verge longue et dure de Pascal. Il ne savait pas s'il aurait pu supporter un autre moment de l'interminable préparation de Pascal. Il avait dû utiliser toute sa maîtrise de lui-même pour ne pas jouir à cause des mouvements de doigts de Pascal. Maintenant que ses doigts avaient été remplacés par sa verge, il ne tiendrait plus longtemps.

Pascal heurtait sa prostate à chaque pénétration, privant les poumons de Mathias d'air et sa tête de toute pensée cohérente. Il était comme suspendu, la tête baissée, la respiration saccadée alors que Pascal avait pris le contrôle total de son corps. Il geignit, du fond de sa gorge, mais il fut incapable de traduire sa plainte en mots. Il avait besoin de jouir. Il avait besoin de respirer. Il avait besoin…

Son orgasme le prit par surprise et il sa vision se remplit de blanc alors que ses forces le quittaient. Ses coudes se dérobèrent sous lui et il tomba face contre le matelas, seules ses hanches, bloquées par les mains de Pascal, étaient toujours surélevées. Il continua à haleter alors que Pascal continuait de le pénétrer jusqu'à se dire qu'il allait devenir fou face à ce mélange de plaisir provoqué par sa prostate et de douleur causée par les spasmes de ses muscles. Au moment où il se dit qu'il ne pourrait plus le supporter une seconde de plus, Pascal le pénétra une dernière fois et s'immobilisa. Il relâcha sa prise sur les hanches de Mathias et le laissa tomber sur le lit. Mathias eut cette vague pensée lui disant qu'il ne devrait pas s'endormir, mais il était trop rassasié pour bouger. Il se lèverait dans un moment et retournerait à son appartement.

XI

La sonnerie de l'alarme de son téléphone sortit Mathias d'un sommeil profond et d'un rêve des plus plaisants. Il s'était rendu à l'appartement de Pascal et ce dernier l'avait emmené dans la chambre et…

Il se retourna pour attraper son téléphone, seulement pour entrer en contact avec un corps musclé qui se trouvait dans ce même lit. Oh, mon Dieu, il n'avait pas rêvé. La douleur dans ses fesses était la seule preuve dont il avait besoin, sans avoir besoin d'ouvrir les yeux pour voir Pascal allongé près de lui. Il se précipita hors du lit, essayant de trouver son téléphone avant que l'alarme réveille aussi Pascal, mais il n'arrivait pas à se rappeler où il l'avait laissé dans leur course vers le lit la nuit précédente. Le son de l'alarme le mena jusque dans le salon. Il finit enfin par faire taire l'alarme avec un gémissement. Non seulement il était venu à l'improviste la veille et avait sauté sur Pascal – quoique ce dernier ne s'en était pas plaint –, mais il s'était endormi dans le lit de son amant et l'avait réveillé de bonne heure avec son alarme. Pas vraiment prometteur.

Il récupérerait ses affaires et s'éclipserait. Avec un peu de chance, Pascal pourrait se rendormir, et ils pourraient en parler ce soir-là quand il sortirait du travail ou bien le week-end suivant s'ils ne trouvaient pas le temps de parler d'ici là. Cela ne devait pas forcément être un désastre. Pascal aurait pu le réveiller la nuit précédente et le renvoyer chez lui s'il avait vraiment voulu que Mathias parte.

Son suspensoir se trouvait dans la chambre. Il pourrait le laisser ici, mais cela serait à la fois impoli et pas très pratique. Avec un jean classique, il aurait pu s'en sortir, mais pas avec les jeans qu'il portait au bar. Il n'arriverait jamais à fermer la braguette sans érafler son pénis. Il aurait déjà une démarche assez étrange au travail ce jour-là pour ne pas y ajouter une autre gêne. Il n'y avait pas d'autre option. Il devait aller le récupérer.

Il prit une profonde inspiration et retourna dans la chambre. Si la chance était avec lui, Pascal s'était déjà rendormi. Il se dirigea vers le lit sur la pointe des pieds. Il avait jeté son suspensoir lorsqu'il se trouvait sur le lit ; il ne savait pas où il était, mais il fallait bien commencer quelque part.

91

À peine avait-il fait quatre pas dans la chambre que Pascal alluma la lampe qui se trouvait près du lit.

Mathias sursauta lorsque la lumière s'alluma.

— Désolé. Je n'avais pas prévu de m'endormir ici la nuit dernière et de te réveiller ce matin. Je dois seulement retrouver mon suspensoir et je ne serai plus dans tes pattes.

Pascal hocha la tête, guère réveillé manifestement, mais il ne dit rien. Il suivit Mathias du regard alors qu'il cherchait son suspensoir, mais Mathias ne put déchiffrer son expression. Bien que la nuit précédente fût agréable, il se demandait maintenant si cela avait été une erreur. Pascal ne lui criait pas dessus en lui disant de se dépêcher, mais il ne souriait pas non plus, il ne faisait rien pour rendre cette situation gênante plus facile.

Mathias finit par trouver son suspensoir dans un coin reculé de la chambre, à moitié caché en dessous d'un coffre à tiroirs. Comment avait-il atterri là? Cela n'avait aucune importance. Il l'avait trouvé. Il pouvait s'habiller et se rendre au travail.

— Je dois y aller. Je vais être en retard au travail si je n'accélère pas le mouvement. Je t'appelle plus tard?

Il devait limiter les dégâts.

— Je fais l'ouverture ce soir. Je serai déjà au restaurant quand tu finiras.

— Je t'appellerai pendant ma pause déjeuner, proposa Mathias.

— Si tu veux.

Les nœuds dans le ventre de Mathias se serrèrent face à l'indifférence contenue dans la voix de Pascal. Avait-il fait quelque chose de mal la nuit précédente? Avait-il été un si mauvais coup? Ou avait-il offert à Pascal ce qu'il avait réellement voulu et se retrouvait maintenant congédié?

Il n'avait pas de temps à perdre avec ça pour le moment. Il était déjà en retard – en temps normal, il aurait déjà pris sa douche. Il voulait au moins offrir un baiser d'au revoir à Pascal, mais le visage fermé de celui-ci rendit cela moins tentant que d'habitude. Abandonnant cette idée, il se dirigea vers le salon, enfila ses vêtements et partit. Il s'assura que la porte se refermait bien derrière lui, mais Pascal devrait la verrouiller de l'intérieur s'il voulait qu'elle soit bien fermée.

Mathias se précipita dans les escaliers jusqu'à son appartement et entra dans la douche. Il pouvait sauter le petit-déjeuner et prendre un café dans la salle de repos de la banque. Cela lui ferait gagner quelques minutes.

Mais même en faisant cela, il devrait croiser les doigts pour attraper le bon métro.

L'eau chaude le brûla en coulant le long de son dos, mais il en avait besoin pour se réveiller puisqu'il n'avait pas le temps de faire du café. Son derrière lui faisait mal, un rappel de tout ce que lui avait fait Pascal la nuit dernière. S'ils ne s'étaient pas quittés si bizarrement ce matin-là, il apprécierait ce souvenir de la nuit précédente. Elle avait répondu à toutes les attentes de Mathias. Pascal était un amant aussi magistral qu'il se l'était imaginé et chacune de ses caresses avait été parfaite.

Alors que diable s'était-il passé ?

Il n'avait pas le temps d'y penser. Il devait sortir de la douche, s'habiller et se rendre au travail, parce que ce serait la cerise sur le gâteau s'il était en retard. Il termina de prendre sa douche et quitta son appartement aussi rapidement que possible.

Sa chance ne le quitta pas – sa malchance, bien entendu – et il manqua de peu le métro qui lui aurait permis d'arriver au travail à l'heure. Il se balança anxieusement d'une jambe sur l'autre en attendant le suivant. Son esprit se mit à fuser malgré ses efforts pour ne pas penser à Pascal et à tout ce qui s'était passé la nuit précédente et ce matin-là. Si la matinée s'était déroulée d'une autre manière, les souvenirs de la nuit ne l'inquiéteraient pas. C'était cette fichue gêne et le mutisme étrange de Pascal qui entachaient ces souvenirs agréables.

Le métro suivant arriva enfin, mais approcher de son lieu de travail ne fit rien pour changer l'état d'esprit de Mathias. Il espérait qu'il arriverait à reprendre ses esprits une fois au travail, car il n'aiderait personne s'il continuait à être aussi distrait tout la journée. Il ne comprenait simplement pas. Le sexe avait été extraordinaire. Pascal avait réussi à provoquer chez lui deux orgasmes comme si c'était un jeu d'enfants. Mathias ne pouvait pas se rappeler la dernière fois qu'il avait eu une relation sexuelle aussi satisfaisante.

Il avait peut-être fait preuve d'un peu d'égoïsme en s'endormant comme il l'avait fait, mais Pascal ne l'avait pas mis dehors non plus, pourtant, il avait dû rester éveillé le temps de jeter le préservatif, alors il aurait pu le réveiller.

Avait-il été égoïste en ne donnant pas davantage pour retourner le plaisir dont l'avait couvert Pascal ? Il avait essayé de le faire au début, jusqu'à ce que Pascal le positionne sur le ventre et prenne la situation en mains. Il n'avait pas donné à Mathias le temps de respirer après cela.

Aurait-il dû faire plus d'efforts pour essayer ? Il aurait pu, mais Pascal l'en avait empêché la seule fois où il avait tenté de le faire. Non pas que ça l'ait vraiment dérangé. Il aurait aimé voir le visage de Pascal quand il avait jou…

Oh merde. Pascal avait-il joui ? Il s'était arrêté, mais Mathias n'avait fait que le supposer. Il ne se serait pas arrêté s'il n'avait pas joui, n'est-ce pas ? Sauf que Mathias ne lui avait pas vraiment laissé le choix en venant à son appartement et en lui sautant dessus dès que la porte s'était ouverte, tout en sachant que Pascal n'était pas prêt pour qu'ils aient une relation sexuelle. Il ne l'avait pas repoussé. Il avait répondu aux avances de Mathias, mais ce n'était pas la même chose, pas quand il avait été clair sur le fait qu'il ne voulait pas se précipiter.

Oh mon Dieu, qu'avait-il fait ?

Il se précipita hors du métro et monta les escaliers qui menaient vers son lieu de travail, ne faisant pas vraiment attention à ce qui l'entourait. Personne ne l'arrêta sur le chemin de son bureau ; ce fut le seul bon point de sa matinée.

— Qu'est-ce qui t'arrive ? demanda Louis lorsqu'il coinça Mathias à l'heure du déjeuner.

Mathias avait réussi à éviter de lui parler toute la matinée, utilisant les appels et les réunions comme excuses pour reporter l'inévitable. Son patron ne l'avait pas vu arriver en retard, mais cela n'avait pas échappé à Louis et il allait au moins demander une explication pour ce retard.

Mathias haussa les épaules.

— Ce n'est pas une très bonne journée.

C'était l'euphémisme de l'année, mais il n'était pas prêt à en révéler davantage. S'il avait eu une meilleure idée de ce qui s'était passé dans l'esprit de Pascal ce matin-là, il aurait peut-être réagi différemment. Louis avait toujours été un bon ami et une personne à l'écoute, même en dehors du travail, mais Mathias ne pouvait pas vraiment expliquer une situation qu'il ne comprenait pas lui-même.

— Tu as été occupé, mais je ne pensais pas que ces missions seraient trop difficiles à gérer pour toi, dit Louis.

— Ça n'a rien à voir avec le travail, répliqua Mathias. Si on oublie que je suis arrivé en retard ce matin.

Louis fronça les sourcils.

— En parlant de ça… Si travailler au bar te fait arriver en retard ici, tu vas devoir sérieusement revoir tes priorités. Je sais pour quelles raisons tu as besoin de ce petit boulot et que c'est seulement temporaire, mais tu ne veux pas mettre en danger ton travail à la banque, qui risque lui aussi de devenir temporaire si tu ne fais pas attention.

— Je n'étais pas au bar la nuit dernière. Enfin, si, mais Adrien m'a renvoyé chez moi assez tôt parce qu'il n'y avait personne.

— Alors quel est le problème? En général, tu es éveillé et plein d'énergie après un soir de repos.

C'était le problème d'avoir un tuteur qui faisait vraiment attention à vous. Mathias ne pouvait pas se cacher derrière une fatigue persistante parce que Louis saurait immédiatement qu'il était en train de mentir.

— J'ai bien dormi.

Il avait même très bien dormi, sa meilleure nuit depuis qu'il avait emménagé à Montréal. Entre le sexe et l'épuisement, il était tombé de fatigue et n'avait pas bougé jusqu'à ce que son alarme sonne. Le lit de Pascal était confortable et la présence de Pascal avait été réconfortante la nuit dernière. Ce matin, en revanche…

— C'est ce matin que ça n'a pas été.

— Je ne peux pas t'aider si tu ne me parles pas.

— Je ne suis pas certain que tu puisses m'aider même si je te parle. Ça n'a rien à voir avec le travail, que ce soit ici ou au bar.

— Est-ce que Pascal et toi vous êtes disputés? insista Louis.

Mathias soupira. Tant pis pour ce qui était de ne pas en parler à Louis.

— Je ne sais pas. Il était de repos la nuit dernière alors, quand Adrien m'a laissé partir plus tôt, je suis allé le voir. Une chose en amenant une autre, eh bien…

Il cessa de parler, ne sachant pas comment expliquer tout ce qui s'était passé et toutes ses inquiétudes concernant la manière dont avait pu le vivre Pascal.

— Disons simplement que je ne suis pas rentré chez moi hier soir.

Louis eut un sourire en coin et joua des sourcils en regardant Mathias.

— Cela me paraît prometteur. Tu as eu une panne d'oreiller?

— Non, mon alarme a sonné, mais c'était bizarre. Très bizarre. Ce n'est pas lui qui m'a demandé de rester dormir. Je suis en quelque sorte tombé de fatigue dans son lit. Bon sang, je ne sais même pas s'il voulait que je sois chez lui pour commencer. Tout semblait tellement simple quand je marchais vers chez lui la nuit dernière. Et ce matin, plus rien n'était simple.

Et je n'avais pas le temps de lui parler ou j'aurais été encore plus en retard que je ne l'étais déjà.

— Tu peux lui parler ce soir. Je suis sûr que tu te fais du souci pour rien.

Mathias afficha un sourire pour répondre à la remarque de Louis et n'alla pas plus loin. Il ne se faisait pas de souci pour rien, mais il ne pouvait pas expliquer cela à Louis.

— Je lui ai dit que je l'appellerai pendant ma pause déjeuner. Je devrais le faire avant que le temps me manque.

— Oh, bien sûr, dit Louis.

Mathias s'échappa de la salle de repos et sortit à l'extérieur. Il ne voulait pas que quelqu'un entende la conversation qui allait suivre, mais si cela arrivait, il préférait que ce soit un inconnu plutôt que l'un de ses collègues. Le soleil brillait au-dessus de lui, un contraste saisissant avec son humeur, mais cela avait au moins le mérite de réchauffer assez l'air pour ne pas qu'il ait à porter un manteau par-dessus sa veste de costume.

— Allô?

— Je n'étais pas sûr que tu répondrais, lâcha Mathias lorsqu'il entendit la voix de son amant.

— Je ne suis pas si mesquin, répondit Pascal.

Sa réponse ne rassura pas vraiment Mathias, mais, du moment qu'ils parlaient, il garderait espoir.

— Je suis désolé pour ce matin, dit Mathias. J'aurais dû retourner à mon appartement hier soir pour ne pas te réveiller.

— J'aurais pu te réveiller hier soir. Il n'y a pas de mal.

Mathias aurait pu le croire si sa voix n'avait pas sonné si creux.

— Je sais que tu seras déjà au travail quand je rentrerai à la maison, mais à quelle heure termines-tu ce soir? J'aimerais te voir.

— Trop tard pour toi. Tu dois être à la banque de bonne heure. Tu devrais aller te coucher dès que tu auras terminé au Salon. Je te verrai samedi, comme prévu.

Mathias était heureux que Pascal n'ait pas annulé leur rendez-vous du samedi, mais ce n'était que peu rassurant face à tous ses doutes. Il ne pouvait pas avoir cette conversation avec Pascal au téléphone. Il avait besoin de voir le visage de Pascal.

— Oui, nous nous verrons à ce moment-là, dit Mathias. Mais j'essaierai de t'appeler ou de t'envoyer des messages avant samedi.

— Si ton emploi du temps le permet.

Les mots qui avaient toujours semblé bienveillants lorsque Pascal faisait référence à sa vie de dingue semblaient soudain le congédier.

Il voulut s'emporter et pousser un coup de gueule, mais cela ne mènerait à rien tant qu'il ne pouvait pas voir l'expression de Pascal. Peut-être était-ce toujours la même bienveillance ou peut-être était-ce un rejet. La veille, il aurait dit qu'il s'agissait de bienveillance, mais c'était avant que Mathias oublie de prendre en compte les souhaits de Pascal et entre dans son appartement à l'improviste. Il espérait y être encore le bienvenu, mais, maintenant, il n'en était même plus sûr.

XII

Pascal fixa le téléphone dans sa main, comme s'il pouvait trouver toutes les réponses à ses questions dans l'univers qui se cachait dans ses profondeurs, mais l'écran resta résolument noir après l'appel de Mathias. L'appel extrêmement étrange et tendu avec Mathias qui allait de pair avec le lendemain matin étrange et tendu. Il aurait dû tout stopper à la minute où Mathias avait frappé à sa porte la nuit précédente. Il aurait dû insister pour que Mathias rentre chez lui et passe une bonne nuit dans son propre lit au lieu de céder à la tentation qu'il représentait. Mais ce sentiment d'être désiré de cette manière avait été tellement plaisant – trop plaisant, mais c'était un problème d'une tout autre nature. Mathias était cette jeune chose lumineuse et rayonnante avec assez de passion pour les réduire tous les deux en poussière et Pascal s'était laissé faire sans résister. Cela aurait pu ne pas devenir un problème si Pascal avait eu une stratégie de repli, mais alors Mathias s'était endormi, si clairement épuisé que Pascal n'avait pas réussi à se résoudre à le réveiller. Il n'aurait pas dû laisser les choses aller si loin. Il aurait dû s'arrêter après l'avoir masturbé, laisser Mathias lui rendre la pareille, et cela aurait suffi.

Il avait brisé chaque principe qu'il avait mis en place pour leur relation et il l'avait fait au plus léger signe de provocation. Oui, Mathias lui avait paru délicieux dans son tee-shirt moulant et son jean encore plus moulant, mais Pascal avait passé son temps à résister à ce genre de tentations depuis que Robert et lui avaient décidé de s'installer dans une relation exclusive. Il n'aurait pas dû céder si facilement. C'était trop, trop vite. Il avait cru que Mathias comprenait cela. Sans forcément être d'accord avec lui, mais qu'il l'avait accepté. Apparemment, il avait eu tort, et son propre contrôle lui avait échappé à la vue du fessier de Mathias dans son suspensoir. Il n'était qu'un homme et certaines tentations étaient trop fortes pour ne pas y céder.

Il ferma les yeux et prit plaisir à se rappeler les mains et la bouche de Mathias sur son corps, la manière dont Mathias l'avait accueilli en lui et encouragé. Il avait commencé à penser à lui-même comme à une personne trop âgée pour recommencer à zéro – le gris sur ses tempes allait de pair avec le gris sur son torse –, mais Mathias ne l'avait pas regardé comme s'il était vieux. Mathias l'avait attrapé comme un homme affamé à un banquet et Pascal avait donné et donné et donné. Que pouvait-il faire d'autre quand il était aussi affamé que Mathias l'avait été ?

Cela ne faisait pas de cette idée une bonne idée. Rien de ce qui s'était passé n'avait été une bonne idée. Depuis qu'il avait laissé Mathias le convaincre d'essayer un nouveau cocktail, il n'avait fait qu'enchaîner les mauvaises idées. On pouvait lui pardonner sa faiblesse. Mathias avait été persévérant dans sa poursuite, quand il n'était pas d'une maladresse adorable à cause de sa jeunesse, et Pascal devait admettre qu'il avait été flatté par l'intérêt qu'il suscitait chez lui. Quel homme ne serait pas flatté d'être l'objet de l'attention d'un homme bien plus jeune qui pouvait avoir n'importe qui ? Cependant, Mathias méritait tellement plus que ce que Pascal pouvait lui offrir. Il n'était pas jeune, suave et plein de vie. Il était d'âge mûr – presque vieux, si l'on écoutait René –, usé et glacé à l'intérieur.

La seule chose qu'ils avaient en commun, mis à part leur adresse, c'était qu'ils travaillaient comme serveurs. Mais même cela ne comptait pas vraiment quand il pensait aux différences entre les lieux dans lesquels ils travaillaient, à leurs raisons d'y travailler et à la voie que Mathias comptait réellement prendre dans sa vie. Il avait su ce qu'il se passerait s'ils avaient une relation sexuelle. Il se connaissait assez bien pour savoir qu'une aventure entre eux n'était pas une option ; Mathias brillait tellement fort de ce que Pascal ne possédait plus aujourd'hui. Il avait repoussé ce moment, espérant que leur relation s'essoufflerait de manière inévitable avant qu'ils ne terminent au lit ensemble. Il pouvait supporter quelques baisers, même les caresses sur le canapé, mais il n'avait jamais été le genre d'homme à avoir des aventures sans lendemain, pas même lorsqu'il avait l'âge de Mathias. Bien entendu, il s'était un peu amusé, embrassant et caressant des hommes dans les coins sombres des bars et bains publics, mais son acharnement à vouloir réellement apprécier son partenaire avant d'avoir une relation sexuelle lui avait probablement sauvé la vie, contrairement à beaucoup de ses amis qui avaient succombé au SIDA. Il pouvait compter sur les doigts d'une main les hommes avec lesquels il était allé jusqu'au bout, et cela incluait Mathias.

La vibration soudaine de son téléphone le fit sursauter. Pendant une seconde, il espéra – eut peur – que ce soit Mathias qui le rappelait pour lui demander une explication ou pour lui crier dessus en lui disant qu'il n'était qu'un abruti, mais alors le nom de la personne s'afficha et il jura doucement. Il était censé rejoindre René et Benjamin à midi. Il était midi et demi, et il était toujours dans son appartement.

Il pourrait s'excuser et ne pas y aller, mais ils voudraient savoir quelle était la raison de son absence. Bien sûr, s'ils devaient se prendre la tête là-dessus, il vaudrait mieux le faire à son appartement qu'à l'extérieur, en public.

Je ne vais pas pouvoir venir aujourd'hui. Désolé, répondit-il par message.

Son téléphone vibra quelques instants plus tard.

Tu n'as pas le choix. Tu viens à nous ou nous venons à toi.

Il jura à nouveau, plus fort cette fois. Il n'avait pas la tête à ça aujourd'hui.

Bien. Venez chez moi quand vous aurez fini de déjeuner.

Cela lui donnerait le temps de se doucher pour ne pas sentir le sexe quand ils entreraient. D'un autre côté, ils le connaissaient si bien qu'il leur suffirait certainement d'un seul coup d'œil pour savoir ce que Mathias et lui avaient fait.

Il était complètement foutu.

Il avait eu le temps de se doucher et de s'habiller quand il entendit frapper à sa porte. Il l'ouvrit pour laisser entrer René et Benjamin, ignorant leurs regards inquisiteurs.

— Nous t'avons apporté le déjeuner, dit René. Nous nous sommes dit que tu n'avais sûrement pas mangé et que tu voudrais quelque chose avant de te rendre au travail ce soir.

— Merci.

Pascal prit le plat à emporter et le déposa sur la table, mais il ne l'ouvrit pas. Il n'avait pas faim.

— Que se passe-t-il ? demanda Benjamin quand Pascal ne dit rien de plus.

Pascal haussa les épaules.

— Tu n'as pas eu de rendez-vous avec Mathias donc vous n'avez pas pu vous disputer, sauf si c'était par téléphone, dit René. Est-ce que la condition de ta mère s'est détériorée ?

— Pas que je sache. C'était au tour de Sylvie de passer du temps avec eux la semaine dernière, mais elle me l'aurait dit si les choses avaient empiré.

— Tu étais tellement heureux ces derniers temps, dit Benjamin. Tu commençais enfin à te libérer des griffes du deuil et voilà que tu es à nouveau abattu. Peu importe ce que c'est, tu peux nous en parler. Nous ne pouvons pas t'aider si nous ne savons pas ce qui se passe.

— J'ai couché avec Mathias, lâcha-t-il.

Les sourcils de ses amis se soulevèrent haut sur leurs fronts. Pascal aurait pu rire de leur expression s'il ne se sentait pas si mal.

— Est-ce que c'était si mauvais que ça ? plaisanta René.

Benjamin lui asséna un coup de coude, ce qui fit rire Pascal.

— Ce n'était pas mauvais. C'était simplement une mauvaise idée.

— J'ai vu ton petit ami, insista René. Il n'y a aucune chance que le sexe avec lui soit une mauvaise idée, à moins qu'il soit un mauvais coup.

Il n'avait pas été un mauvais amant. Il avait été tout ce que Pascal aurait pu espérer chez un amant – avide, passionné, généreux, mais tout aussi disposé à recevoir. L'image du visage rougi de Mathias à la suite de son premier orgasme était gravée dans l'esprit de Pascal, et rien que la manière dont il s'était placé sur le ventre, donnant à Pascal un accès illimité pour jouer avec son corps, suffit à redonner un début d'érection à Pascal. Rien de tout cela ne rendait l'idée meilleure.

— Ce n'est pas lui le problème. C'est moi, dit Pascal.

— Pourquoi tu dis ça ? demanda sérieusement Benjamin, assénant un nouveau coup de coude à René quand il voulut intervenir.

— Je ne sais même pas par où commencer.

René ouvrit à nouveau sa bouche, mais la referma lorsqu'il vit le regard meurtrier de Benjamin. Pascal passa une main sur ses cheveux courts, essayant de trouver les mots pour exprimer tous les doutes qui l'avaient assailli.

— Pour l'instant, il a vingt-quatre ans et j'en ai quarante-huit. C'est une sacrée différence d'âge, mais je suis encore assez jeune pour suivre son rythme. Qu'arrivera-t-il dans quelques années quand il sera encore jeune et qu'il se rendra compte qu'il doit se farcir ce vieil homme ?

— Harrison Ford a vingt-cinq ans de plus que toi. Ce n'est pas pour autant que je le jetterai de mon lit, dit René.

Benjamin lui lança un regard noir.

— Je ne fais que donner un avis.

— Tu n'es pas d'une grande aide, dit Benjamin. Avez-vous discuté de votre différence d'âge ?

— Pas en détail, même s'il a répété plus d'une fois aimer les hommes plus mûrs, admit Pascal.

La comparaison qu'avait faite René l'avait un peu rassuré parce que, mine de rien, il avait tout à fait raison.

— Il est tellement jeune. Parfois je me sens vieux rien qu'en le regardant.

— Vois les choses d'une autre manière, dit Benjamin. Il te permettra de rester jeune.

Pascal rit. Il n'avait pas eu l'impression d'avoir son âge la nuit précédente lorsqu'il avait pénétré Mathias jusqu'à la garde. Il n'arrivait pas à se souvenir la dernière fois qu'il s'était senti aussi bien. Puis ils s'étaient endormis, et le matin était venu. Il n'arrivait pas à se rappeler la dernière fois qu'il s'était senti si mal.

— Ou il m'enverra rapidement au cimetière.

— Et de la meilleure des manières !

Pascal pouffa de rire. Il pouvait sans problème penser à de bien pires manières de mourir qu'en essayant de suivre le rythme d'un amant ayant la moitié de son âge, mais cela supposait que Mathias veuille rester avec lui jusque-là. Il avait tout pour lui. Il n'avait pas besoin que Pascal le retienne.

— Je sais que nous avons fait sa connaissance au Salon, mais il est tellement plus qu'un simple serveur, dit Pascal. Je le regarde et je vois ce gamin intelligent avec ce brillant avenir devant lui. Il a une voie toute tracée. Peut-être qu'il ne finira pas à l'endroit où il souhaite pour l'instant faire carrière, mais il n'y a aucune chance pour qu'il se satisfasse de servir des tables toute sa vie. Et lorsqu'il deviendra cadre moyen ou supérieur d'une grande banque ou d'une société, il ne voudra pas de moi comme compagnon.

— Qu'y a-t-il de mal chez toi ? dit René, loyal. Tu aides à faire tourner ce restaurant. Tu es au moins cadre moyen.

— Merci, mais personne d'autre ne le verra de cet œil, dit Pascal avec un sourire triste. Même Robert ne le voyait pas de cette façon la moitié du temps alors que c'est lui qui m'a aidé à obtenir ce poste en premier lieu.

— Mathias a-t-il dit quoi que ce soit pour te laisser penser qu'il réfléchit de cette façon ? demanda Benjamin.

Pascal essaya de trouver un exemple particulier, mais il n'y arriva pas.

— Non.

— Alors ne lui fais pas dire ce qu'il n'a pas dit.

— Tu devrais mettre autre chose dans sa bouche, suggéra René.

Pascal s'empourpra au souvenir des lèvres de Mathias se refermant autour de son sexe. Mon Dieu, il était pitoyable. Il était trop vieux pour porter une érection à chaque sous-entendu sortant de la bouche de René.

— Je crois que c'est déjà fait, fit doucement remarquer Benjamin. Mais ça ne l'a pas empêché de rester assis là à se tourmenter.

— Tu me fais passer pour une adolescente, grommela Pascal.

— C'est toi qui l'as dit...

— Je ne lui ai pas parlé de Robert.

Benjamin soupira.

— Tu as quarante-huit ans. Il est impossible qu'il croie que tu n'as pas eu de relations avant lui. Es-tu obnubilé par ses précédents amants ? Parce que ce n'est pas un petit cul vierge que tu t'es tapé hier soir.

— Comment peux-tu le savoir ? répliqua automatiquement Pascal.

Mathias n'avait pas été vierge. Il avait fait preuve de bien trop d'assurance pour que ce soit le cas, mais ce n'étaient pas les affaires de Benjamin.

— Tu ne vis pas rue Sainte-Catherine et tu ne travailles pas dans un bar gay si tu n'es pas à l'aise avec la personne que tu es, et tu n'es pas à l'aise avec la personne que tu es sans avoir tâté le terrain, dit Benjamin avec un haussement d'épaules. Tu n'as pas répondu à ma question.

— Non, il est avec moi maintenant, pas avec eux. C'est tout ce qui m'importe, dit Pascal.

— Alors pourquoi penses-tu que si tu lui parles de Robert, ça va le déranger ? demanda Benjamin.

— Peut-être que ça ne le dérangera pas, mais je dois lui en parler, insista Pascal. Il doit comprendre dans quoi il s'engage.

— Oh, pour l'amour du ciel, tu arriverais presque à nous faire croire que tu as une maladie contagieuse parce que Robert est décédé des suites d'un cancer ! dit brusquement René. Et ne me regarde pas comme ça. Il était aussi mon ami et il me manque terriblement. Pas de la même manière qu'à toi, mais il me manque. Mais ton deuil a assez duré. Il y a un jeune homme mignon, apparemment intelligent et intéressant, qui est attiré par toi. Alors plutôt mourir que de rester assis là à te regarder bousiller cette relation en t'inventant des problèmes.

— Et comment vas-tu m'empêcher de faire ça ? demanda Pascal, souriant pour ce qui semblait être la première fois depuis que l'alarme de Mathias avait retenti ce matin-là.

— Je n'en ai pas la moindre idée, mais je vais trouver, marmonna René.

103

Cela ne serait pas si simple, peu importe ce qu'en pensait René. Il devait parler à Mathias, avoir une vraie conversation avec lui, pas comme les bêtises qu'ils s'étaient dites ce matin-là ou leur appel durant la pause déjeuner de Mathias. Son estomac se retourna de crainte à cette idée. Il ne voyait vraiment pas ce qui pourrait ressortir de bon de cette relation, de leur relation. Ils étaient trop différents, mais il devait respecter Mathias en résolvant cela en personne plutôt qu'en laissant leur relation s'éteindre sans un mot.

— Je connais ce regard, dit Benjamin avant que les pensées de Pascal ne puissent s'assombrir de nouveau. Tu t'es déjà débarrassé de lui dans ton esprit. Tu es tellement convaincu que ça ne va pas fonctionner que tu ne vas même pas te battre pour que ça fonctionne. Je ne pensais pas que tu étais ce genre de personne.

La déception dans la voix de Benjamin le piqua à vif.

— Que puis-je faire d'autre ? Je ne peux rien changer de tout cela.

— Rien de cela n'est obligé de changer, dit Benjamin. Ce qui doit changer, c'est ton attitude vis-à-vis de tout cela. La différence d'âge est réelle. Tu ne vas pas rajeunir. Il ne va pas soudain devenir plus vieux. C'est un fait. Ce qui n'est pas un fait, c'est que la différence d'âge doive forcément être un problème. Il veut entrer dans le monde de la finance. Tu aides à faire tourner un restaurant quatre étoiles dans le quartier des affaires. C'est un fait. Ça ne signifie pas qu'il a honte de toi ou que tu vas le freiner dans son évolution professionnelle d'une quelconque façon. Tu as eu une relation longue et sérieuse avec un homme qui s'est seulement terminée lorsque Robert est décédé. C'est un fait. Rien ne t'empêche d'aimer à nouveau. Ce n'est pas non plus une raison pour que quelqu'un d'autre ne puisse pas t'aimer. Au contraire, c'est plutôt touchant de voir que tu tiens toujours profondément à lui.

Cela semblait si simple quand Benjamin en parlait, mais Pascal avait assez de bon sens pour ne pas croire que la réalité serait simple.

— Qu'as-tu à perdre ? demanda Benjamin plus doucement.

Tout, voulut-il répondre, mais c'était une réponse trop banale parce qu'il ne connaissait pas Mathias depuis assez longtemps pour que celui-ci ait laissé une telle empreinte dans sa vie. L'intérêt de Mathias, quel que soit le temps qu'il durerait, était indéniablement réel. C'était lui qui avait sauté sur Pascal la nuit précédente, pas l'inverse. Il avait clairement voulu terminer exactement là où ils avaient terminé. Il avait joui à deux reprises, alors son plaisir n'était pas à remettre en question. Le problème était de s'être investi encore plus qu'il ne l'avait déjà été dans une relation dont il ne pouvait garantir la longévité. Il avait déjà eu le cœur brisé lorsque Robert avait quitté ce monde. Même si pour le moment Mathias voulait les morceaux recollés qu'il pouvait lui offrir, lorsqu'il passerait à autre chose, cela détruirait le peu de paix que Pascal avait réussi à conserver.

— Je connais ce regard, râla René. Tu rumines encore. Arrête.

— Je vois trop de façons dont tout cela pourrait mal se passer et trop peu de façons dont cela pourrait fonctionner, avoua Pascal.

— Je n'ai jamais connu de relation qui commençait d'une autre manière, dit Benjamin. Personne n'a dit que ce serait simple et peut-être même que ça ne fonctionnera pas, mais et si ça fonctionnait ? Et si au lieu de rentrer du travail pour te retrouver dans un appartement vide, tu rentrais du travail pour retrouver Mathias ? Et si au lieu de vivre indirectement à travers tes romans à l'eau de rose – oui, nous savons que tu as une réserve secrète –, tu vivais une réelle romance dont tu pourrais jouir ? Réfléchis-y, d'accord ? Et parles-en à Mathias. Peut-être que tu as raison et que vous ne pourrez pas surmonter les obstacles, mais peut-être que j'ai raison et que tu peux à nouveau être heureux.

— Nous avions prévu de sortir samedi, dit Pascal.

— Bien, répliqua Benjamin. Appelle-le maintenant et dis-lui que c'est toujours d'actualité.

— Il est au travail. Je ne peux pas l'appeler maintenant.

— Alors envoie-lui un message, dit René. Tu n'es pas idiot, même si tu agis comme si tu l'étais. Parce que tu as raison : il *est* jeune, ce qui veut dire qu'il va dramatiser la situation encore plus que tu le fais et, s'il en conclut que tu ne veux plus de lui, il va tellement s'en faire que votre rendez-vous de samedi sera un vrai fiasco.

Pascal n'était pas sûr de ce qu'il devait dire pour l'aider à ne pas s'en faire.

— Dis-lui que tu es impatient de le voir. Fais une suggestion sur ce que vous pourriez faire durant votre rendez-vous. Quelque chose qui n'a rien à voir avec la conversation que vous devez avoir.

— Nous avons évoqué la possibilité d'aller à vélo jusqu'à Mont-Royal, dit Pascal.

— Bien. Dis-lui ça.

Pascal prit son téléphone et fixa l'écran pendant un moment avant d'afficher le dernier message de Mathias. Il prit une profonde inspiration et en rédigea un nouveau. *Tu veux aller faire du vélo ce week-end? Les feuilles commenceront sûrement à changer de couleur.*

Ils pourraient parler sur le chemin du retour, si Mathias acceptait sa suggestion.

— Satisfait? demanda Pascal à Benjamin.

— Aussi satisfait que je vais pouvoir l'être jusqu'à ce que tu aies réglé cette situation, dit Benjamin. Écoute-moi bien : d'ici à samedi, ne transforme pas cette situation en un obstacle insurmontable dans ton esprit. Ne t'avoue pas vaincu par une chose sans importance.

Cela avait de l'importance, mais Benjamin ne capitulerait pas et Pascal était fatigué d'en parler.

— Je vais faire de mon mieux.

MATHIAS JETA un œil vers son portable lorsqu'il vibra. Il n'était pas censé envoyer ou lire des messages personnels pendant ses heures de travail, mais il ne put s'empêcher d'attraper son téléphone. Le prénom de Pascal était affiché alors il ouvrit sa messagerie et lut le message. Ce n'était ni long, ni romantique, ni même rien de bien nouveau, en tout cas pas vraiment. Ils s'étaient déjà mis d'accord pour se rendre à leur rendez-vous, ce samedi-là, mais cela semblait néanmoins important. Pascal voulait encore faire une activité avec lui, pas seulement lui dire de le laisser tranquille. Cela rassura assez Mathias pour qu'un sourire se dessine sur son visage et qu'il lui réponde.

Ce sera agréable de faire du vélo si la météo reste bonne.

Il rangea son téléphone dans la poche de sa veste et continua à écrire l'e-mail qu'il avait commencé à rédiger, un sourire sur le visage.

XIII

LE JEUDI soir, Pascal sortit de la cuisine avec la commande d'une table qui était arrivée tôt et vérifia immédiatement s'il y avait de nouveaux clients. Il n'y avait pas beaucoup de réservations, soit à cause de la tempête qui avait soufflé sur la ville toute la journée, soit parce que c'était jeudi, mais en temps normal, la clientèle des hôtels voisins affluait lors de ces soirées. La navette gratuite avait un grand succès quand la météo était aussi mauvaise. À sa grande surprise, Martine, Hélène, Camille et Nicole s'étaient installées pendant qu'il était en cuisine. Il servit le plat qui se trouvait dans ses mains avec son plus joli sourire professionnel, puis il se tourna vers ses dames, son professionnalisme se changeant en malice.

Hélène leva les yeux quand il commença à traverser la salle et lui rendit son sourire malicieux. Elle portait un rouge à lèvres rouge ce soir-là, ce qui contrastait avec sa palette habituellement pastel. Il se demanda ce qui avait amené ce changement. Il devrait s'assurer de la complimenter sur cela, qu'elle qu'en soit la raison, parce que cette couleur vive se mariait parfaitement avec sa chevelure noire.

— Comment se porte notre serveur préféré? demanda-t-elle lorsque Pascal fut assez proche pour les entendre.

Son sourire s'estompa malgré sa volonté de continuer à sourire. Il n'espéra même pas qu'elles ne le remarqueraient pas.

Camille poussa la chaise supplémentaire de la table.

— Tu veux t'asseoir et nous en parler?

— Je ne devrais pas, dit Pascal. J'ai d'autres tables que la vôtre ce soir. Je n'ai pas vu vos noms sur le cahier des réservations.

— Nous n'avons pas fait de réservation, dit Martine. Nous en avions fait une pour la semaine prochaine, mais il y a eu un empêchement de dernière minute et je n'aurais pas pu être présente, alors nous avons tenté notre chance en venant ce soir. Et tu n'es pas obligé de t'asseoir avec nous maintenant, mais tu vas devoir tout nous raconter. Nous ne pouvons pas te conseiller si nous ne savons pas ce qui cloche.

Il doutait qu'elles puissent l'aider même s'il leur racontait les moindres détails, mais cela ne les découragerait pas.

— Je ne saurais même pas par où commencer.

— Pourquoi pas par la raison pour laquelle tu n'es plus sur ton petit nuage, amoureux de ce jeune homme, comme tu l'étais la dernière fois que nous sommes venues ici? dit Nicole. Tu peux y réfléchir pendant que tu nous amènes une tournée de cosmos. Tu étais si heureux ces derniers temps. Nous détestons te voir triste maintenant.

Cela fit apparaître un sourire sur son visage, même s'il était sous le choc des mots employés par Nicole, parce qu'il ne pouvait pas les entendre dire à quel point elles s'inquiétaient qu'il ne sourie plus. Elles avaient été à ses côtés à travers tant d'épreuves.

— Je vous apporte vos cosmos tout de suite. Réfléchissez à vos entrées et vos plats principaux pendant que je vais vous chercher ça.

Il passa leur commande au bar et se réfugia dans les toilettes pendant un moment. S'il était allé ailleurs, quelqu'un aurait pu venir le voir pour lui poser une question. En temps normal, il prenait plaisir à exercer sa fonction de chef de rang et appréciait l'opportunité d'encadrer les serveurs plus jeunes, mais il avait besoin de respirer – et de réfléchir – sans être dérangé, assez longtemps pour remettre ses idées en ordre.

Amoureux. Nicole avait utilisé le mot « amoureux » pour parler de Mathias, mais Pascal avait été amoureux dans le passé, et ce n'était pas le même sentiment. Robert et lui avaient connu des hauts et des bas, bien entendu, mais Pascal ne s'était jamais demandé s'ils étaient faits pour être ensemble ou s'ils pouvaient faire fonctionner les choses entre eux. Il s'était demandé si Robert pourrait vaincre le cancer qui avait fini par l'emporter, il s'était demandé comment il était censé aller de l'avant sans son amant, mais il ne s'était jamais demandé s'ils étaient faits l'un pour l'autre.

Avec Mathias, il ne pouvait pas s'empêcher de se poser cette question. Il prit une profonde inspiration et se lava les mains avant de retourner au restaurant. Il ne savait toujours pas ce qu'il allait dire à ses dames, mais il ne pouvait pas retarder ce moment plus longtemps ou il serait obligé de prendre une pause officielle.

Leurs cosmos étaient prêts. Il les plaça sur son plateau et les emmena jusqu'à leur table.

— J'ai demandé à Nick de vous préparer un pichet pour qu'il soit prêt à vous resservir dès que vous en aurez envie, les taquina-t-il alors qu'il plaçait un verre devant chacune d'elles.

— Tu pourrais tout simplement ramener le pichet à notre table, répondit Hélène. Mais apporte un verre pour toi si tu fais ça.

Pascal se mit à rire.

— Qu'avez-vous décidé de prendre pour votre dîner ?

Elles commandèrent rapidement et il alla indiquer leur commande en cuisine. En sortant, l'énorme verre de martini en exposition qui pourrait facilement contenir trois ou quatre litres de liquide attira son attention. Il le prit en passant et se rendit à leur table.

— J'ai ramené un verre, annonça-t-il en s'installant dans la chaise que Camille avait poussée pour lui un peu plus tôt.

Ses dames explosèrent de rire et, de cette simple façon, la tension contenue dans sa poitrine s'évapora. Il ne pouvait pas être assis avec elles, entouré par leurs rires, et ne pas se sentir soutenu.

Toutes les quatre levèrent leur verre pour trinquer avec celui qu'il tenait dans sa main.

— À quoi buvons-nous ? demanda Martine.

— Ou que voulons-nous oublier en buvant ? ajouta Camille.

— Les choses avec Mathias sont devenues… compliquées.

— Pourquoi ça ? demanda Nicole.

Pascal haussa les épaules.

— Nous sommes juste tellement différents.

— Tu ne t'ennuieras jamais, fit remarquer Nicole.

Pascal grimaça.

— Blague à part, ce n'est pas un hasard si le dicton « les opposés s'attirent » est devenu si populaire dans les romances, tu sais.

— Peut-être, oui, mais la réalité n'est pas aussi simple que vos livres.

— En quoi êtes-vous différents ? demanda Nicole. Je veux parler des différences importantes, pas des choses comme « il est blond et je suis brun ».

Il savait quel était son point de vue sur les différences dans un couple. Même s'il n'avait pas su que son mari était asiatique, ses livres incluaient quasiment toujours des couples dans lesquels deux cultures se rencontraient.

— Je n'allais pas donner cet exemple. J'ai un peu de jugeote.

Il prit une profonde inspiration et essaya de décider par où commencer.

— Je ne pense pas que nous voulons la même chose.

— Du tout, ou y a-t-il quelque chose en particulier qui te gêne ? demanda Camille.

Pascal tenta de mettre des mots sur le malaise qui ne l'avait pas vraiment quitté depuis qu'il s'était réveillé avec Mathias à ses côtés le jour précédent.

— Je me souviens de ce que c'était d'avoir une vingtaine d'années, quand il ne me fallait rien de plus qu'une pointe d'intérêt chez mon partenaire pour que je sois prêt à y aller.

— Tu dis ça comme si c'était une mauvaise chose, le taquina Hélène.

Pascal ne fut pas surpris que cette remarque vienne d'elle. Même si les livres d'Hélène se terminaient toujours de manière romantique, il n'était pas rare que ses personnages commencent leur histoire sur un plan purement sexuel avant de développer des sentiments plus profonds l'un envers l'autre.

— Ça ne l'était pas quand j'avais la vingtaine, que j'étais en couple avec Robert et que nous voulions tous les deux la même chose, approuva Pascal.

— Que veut-il que tu ne veuilles pas ? demanda Martine.

Du sexe, faillit-il répondre, mais ce n'était pas vrai. Il voulait avoir des relations sexuelles avec Mathias. Il aurait simplement voulu attendre que leur relation puisse le supporter.

— Je ne sais pas, mais j'ai l'impression qu'il a toujours dix longueurs d'avance sur moi, qu'il se précipite dans tout ce qu'il fait, qu'il se précipite dans une relation, qu'il se précipite dans la chambre, qu'il ne fait que se précipiter.

— Il est jeune. C'est tout à fait normal, je pense. Combien de temps cela vous a-t-il pris, à Robert et toi, pour passer à l'acte ? demanda Nicole.

Pascal haussa les épaules.

— Je ne me rappelle pas. Sûrement pas assez longtemps.

— Pourquoi auriez-vous dû attendre plus longtemps ? poursuivit Nicole. Si vous vous aimiez l'un l'autre – ce qui était manifestement le cas –, pourquoi cela aurait-il fait une différence d'attendre ?

— Parce que je ne suis pas sûr d'avoir su que je l'aimais quand c'est arrivé, répondit Pascal. Et non, je ne suis pas coincé au point de penser que nous ne devons avoir des relations sexuelles qu'avec les personnes que nous aimons, mais je ne suis pas non plus du genre à vouloir coucher juste pour coucher.

— Quelle est l'opinion de Mathias sur ce sujet ?

Il détourna le regard, incapable de soutenir celui de Nicole sous le poids de cette question.

— Tu n'as pas vu sa manière de draguer au bar.

— J'ai vu ta manière de flirter ici, intervint Martine. Tu flirtes avec nous tout au long de nos dîners. Cela ne veut pas dire que tu as ramené l'une de *nous* chez toi.

— C'est parce que je suis gay et que vous êtes mariées.

— Là n'est pas la question. Ce n'est pas parce qu'il flirte pour satisfaire les clients et s'assurer qu'ils laissent de bons pourboires que ça veut dire qu'il couche à droite et à gauche, ni même qu'il souhaite le faire. Fais-lui un peu confiance.

— J'essaie, mais j'ai déjà eu le droit à ma belle histoire d'amour. J'ai eu mon âme sœur. N'est-ce pas comme ça que vous les appelez dans vos livres ? Cette personne que nous sommes destinés à aimer plus que toutes les autres ?

Camille, qui était assise près de lui, lui tapota la main.

— Les âmes sœurs sont créées, pas destinées.

— Et une seconde chance en amour est le deuxième plus ancien cliché des livres, ajouta Hélène.

— Quel est le premier ?

— Le coup de foudre, répondirent-elles à l'unisson.

Il se mit à rire.

— Au moins, j'ai évité celui-là, dit-il avant de se lever. Je dois aller vérifier si vos entrées sont prêtes et faire le tour de mes autres tables. Mais je vais réfléchir à ce que vous avez dit et je serai de retour dans un petit moment.

— Pascal, l'interpella Hélène alors qu'il commençait à s'éloigner.

Il se retourna pour la regarder.

— Est-ce que tu as couché avec Mathias ?

Il hocha la tête.

— Est-ce que tu *voulais* coucher avec lui ?

Il lui lança un sourire malicieux.

— Est-ce que tu as vraiment besoin de poser la question ?

— OK, laisse-moi reformuler ma question. Avais-tu l'intention de coucher avec lui quand ça s'est passé ?

Cette question le prit de court.

— Non, je n'en avais pas l'intention.

— Est-ce cela qui te dérange ?

— Je ne veux pas que cela ait moins de signification pour lui que ça en a pour moi, dit-il si doucement qu'il n'était pas sûr qu'elles puissent l'entendre.

111

—Alors, peut-être que tu devrais le lui dire.

Pascal hocha la tête pour lui montrer qu'il l'avait entendue, mais il fut incapable de lui répondre, réalisant soudain ce qu'il venait de dire et tout ce que cela impliquait. Il leur servit de manière mécanique leurs entrées, apporta l'addition à des clients arrivés plus tôt, et vérifia ce qui se passait à l'arrière pour s'assurer que tout se déroulait sans incident, non qu'il aurait remarqué s'il y avait eu un incendie en cuisine. Son esprit tournait à cent à l'heure et il semblait incapable de se reprendre. Malgré toutes ses inquiétudes et ses peurs, il avait commencé à tomber amoureux de Mathias, ce qui l'effrayait encore plus. Si les choses ne fonctionnaient pas entre eux, si Mathias le quittait... Il se débarrassa de cette pensée. Il avait promis à Benjamin de ne pas condamner cette relation avant qu'elle n'ait une chance de débuter. Il pouvait le faire. Il parlerait à Mathias le samedi, comme un adulte, et ils arrangeraient cette situation. S'il s'avérait qu'ils n'avaient pas la même vision des choses, il ferait face. Et s'il s'avérait qu'ils avaient la même vision des choses, peut-être pourrait-il enfin arrêter de se sentir comme Damoclès attendant que l'épée tombe.

XIV

LE SAMEDI matin, Mathias se réveilla avec la tête dans le cirage. Pascal et lui avaient échangé quelques messages depuis qu'il l'avait invité à aller faire une balade à vélo, assez pour déterminer qu'ils finissaient tous les deux tard le vendredi soir et qu'ils ne devraient pas se réveiller tôt le lendemain matin pour sortir. Ils s'étaient entendus pour se retrouver à treize heures et voir ce qu'ils feraient à partir de là. Son horloge lui indiqua qu'il était onze heures et quart, ce qui lui laissait bien assez de temps pour prendre une douche et se préparer à aller voir Pascal. Il ouvrit les rideaux pour voir quel temps il faisait dehors; il fit face à des trombes d'eau qui tombaient dans ce que l'on appelait généreusement le côté « cour » de son appartement. Tant pis pour le vélo. Il attrapa son téléphone pour envoyer un message à Pascal afin de lui demander ce qu'ils allaient faire, mais il changea d'avis après avoir rédigé la moitié du message. Il détestait cette hésitation dont il n'arrivait pas à se débarrasser, mais il avait fait une telle erreur la dernière fois qu'il avait essayé de prendre une initiative avec Pascal qu'il était désormais bloqué. Il reposa le téléphone et se rendit dans la salle de bain. Quoi qu'ils finissent par faire, il devrait prendre une douche avant d'y aller. Il pouvait se doucher et espérer que Pascal lui écrive d'ici à ce qu'il en sorte.

Il répéta dans sa tête ce qu'il devrait dire à Pascal, tandis qu'il mettait en route l'eau chaude de la douche et attendait qu'elle se réchauffe avant de la faire passer du robinet au pommeau de douche. Avant toute chose, il devrait s'excuser pour s'assurer que Pascal comprenne qu'il ne ferait plus l'erreur de prendre son silence comme un consentement. Ensuite, il devrait s'assurer que Pascal ait pris du plaisir, même s'il ne souhaitait pas réitérer l'expérience de sitôt. Et finalement, il devrait voir où ils en étaient dans leur relation. Il comprendrait que Pascal ne veuille plus de lui, même si, avec un peu de chance, sa suggestion de faire autre chose que parler signifiait qu'il n'était pas encore prêt à rompre avec lui. Quel serait l'intérêt d'aller se balader à vélo dans le parc s'il avait l'intention de rompre avec Mathias? Bien évidemment, ce n'était pas une garantie, mais il se raccrocha à cet espoir pendant qu'il se lavait les cheveux et éliminait les odeurs de transpiration et d'alcool qui persistaient suite à son service de la nuit dernière.

Le bar avait été rempli, ce qui était une bonne chose pour les pourboires, mais il avait eu plus que son quota habituel de mains baladeuses et cela le faisait se sentir doublement sale. Si ces mains avaient appartenu à Pascal, cela ne l'aurait pas dérangé, mais il en avait eu assez de sentir des inconnus le peloter. Il portait toujours ses jeans serrés et ses tee-shirts qui remontaient pour dévoiler un peu sa peau, il leur souriait toujours sans pour autant être engageant, parce que c'était ce que les clients venaient chercher dans un endroit comme Le Salon. Cependant, la petite excitation qu'il avait ressentie quand il avait commencé à travailler au Salon, en se disant qu'il était assez attirant pour que quelqu'un veuille le peloter, s'était depuis longtemps estompée.

D'un autre côté, si Pascal voulait le peloter...

Mathias stoppa cette pensée avant qu'il ne puisse l'achever. Il avait déjà dépassé les limites d'un comportement acceptable avec Pascal. Il ne recommencerait pas. Il attendrait que Pascal aille sur ce terrain même si ça le tuait.

Il arrêta l'eau et attrapa sa serviette, refusant de s'appesantir sur les souvenirs du plaisir qu'il avait ressenti lorsque les mains de Pascal l'avaient caressé. Cela n'avait pas d'importance, peu importe combien elles avaient été agréables. Désormais, il devrait vivre sans.

Une fois habillé, il attrapa son téléphone de manière instinctive pour vérifier ses messages, non pas qu'il s'attende à avoir déjà un message de Pascal. Il n'était même pas encore midi et ils n'étaient pas censés se retrouver avant treize heures. À sa grande surprise, le prénom de Pascal était affiché dans ses messages.

J'ai bien peur qu'on ne puisse pas faire de vélo aujourd'hui. Monte dès que tu es prêt. Nous pouvons déjeuner ensemble et discuter.

Dès que tu es prêt... Mathias n'était pas certain d'être un jour prêt, mais c'était un tout autre problème.

Je dois me doucher et me préparer. Je serai là d'ici une demi-heure.

Cela lui donnerait un peu plus de temps pour remettre ses idées en ordre et il ne paraîtrait pas trop impatient de voir Pascal. Cette pensée faisait mal, car, une semaine plus tôt, il aurait sauté sur l'occasion d'avoir un peu plus de temps à passer avec lui, mais il avait tout chamboulé parce qu'il n'avait pas été capable de la garder dans son pantalon.

Prends ton temps. Je ne bouge pas.

Mathias posa son téléphone et fit les cent pas dans sa chambre. Il avait gagné du temps, mais maintenant, il devait trouver de quoi s'occuper. Il pourrait manger, mais Pascal avait parlé de déjeuner. S'il mangeait quelque chose maintenant, il n'aurait plus faim pour le déjeuner. Il ne savait pas ce qu'avait préparé Pascal, puisqu'ils avaient parlé d'aller faire du vélo et non de prendre le déjeuner ensemble, mais il serait malpoli de refuser.

Il passa les mains dans ses cheveux et se demanda s'il devrait les coiffer. Il devrait le faire avant de se rendre au Salon ce soir-là. S'il le faisait maintenant, cela lui permettrait de gagner du temps plus tard, mais lorsqu'il s'était rendu chez Pascal le mardi, il était arrivé tout droit du Salon en vêtements moulants, cheveux en épis, avec une libido hors de contrôle. Il ferait peut-être mieux de ressembler le moins possible à ce personnage pour un certain temps, du moins jusqu'à ce qu'il sache où il en était avec Pascal.

Il se rendit dans la cuisine pour se préparer une tasse de café. Cela lui permettrait de tuer le temps et la caféine le réveillerait un peu. Il était déjà tendu, mais cela ne pouvait pas être pire, avec ou sans caféine. Une fois son café prêt, il s'obligea à s'asseoir à table et à le boire par petites gorgées jusqu'à ce qu'une demi-heure passe.

Il posa sa tasse dans l'évier pour la nettoyer plus tard, enfila ses chaussures, prit une grande inspiration et se dirigea vers le quatrième étage. Il sentit son pouls battre dans ses oreilles lorsqu'il frappa à la porte de Pascal et patienta. Il enfonça ses mains dans ses poches, essayant de paraître nonchalant, même si, avec sa chance, cela devait le faire ressembler à un enfant. En tout cas, il se sentait tel un enfant.

Pascal ouvrit rapidement la porte, toujours aussi beau que d'habitude dans sa chemise à manches longues et son pantalon gris. Mathias se mordit la lèvre pour se rappeler à l'ordre et garder le contrôle.

— Entre. Comment était l'ambiance au bar hier soir ?

— Il y avait beaucoup de monde, répondit Mathias. Je ne m'en plains pas. Je me fais plus d'argent quand il y a du monde.

Il entra dans l'appartement pour que Pascal puisse fermer la porte derrière lui.

— Et toi, le restaurant ?

— Jeudi, il n'y a pas eu foule à cause de la météo, mais nous avons eu du monde hier soir. Je ne suis pas rentré avant une heure du matin.

Pascal indiqua à Mathias d'entrer dans le salon. Mathias s'installa dans le fauteuil, n'étant pas sûr que Pascal voudrait s'asseoir près de lui sur le canapé. La tension dans la pièce augmenta jusqu'à ce que Mathias ne puisse plus le supporter.

— Je suis désolé pour mardi soir, lâcha-t-il. J'ai dépassé les bornes. Je ne t'ai même pas laissé la possibilité de dire non.

Ce n'était pas les plus belles excuses qu'il aurait pu lui faire, mais, au moins, cela lui permit de tout mettre sur le tapis.

Pascal parut surpris par ses excuses.

— Je crois me rappeler que c'est toi qui avais les fesses en l'air et non le contraire. Tu es loin de m'avoir forcé à te prendre.

Les joues de Mathias s'empourprèrent face à ces paroles directes, sa peau en feu. Il se rappelait bien trop clairement ce qu'il avait ressenti en ayant Pascal derrière lui, en train de le préparer jusqu'à lui en faire perdre le souffle. Il se tortilla sur le canapé.

— Peut-être pas, mais je ne t'ai pas vraiment demandé ton avis avant de commencer à retirer tes vêtements.

Pascal haussa les épaules.

— Ce qui est fait est fait. Nous avons couché ensemble. Ça arrive.

Son estomac se noua. Il n'avait pas imaginé que cette conversation serait facile, mais il avait espéré… autre chose que de l'indifférence.

— Et maintenant ?

Pascal soupira et passa ses mains dans ses cheveux, les décoiffant d'une façon que Mathias aurait trouvé irrésistible en d'autres circonstances.

— Je ne sais pas. C'est la raison pour laquelle tu es là. Pour que nous trouvions une solution. Du moins, j'espère que c'est la raison pour laquelle tu es ici.

— Oui, bien entendu.

Un sentiment de soulagement déferla en Mathias, accélérant son rythme cardiaque et lui coupant le souffle. Pascal n'avait peut-être pas de réponses, mais il ne souhaitait pas non plus rompre avec lui.

— Je n'étais pas sûr que tu veuilles encore de moi. Après que j'ai…

— Après être entré chez moi en ne pensant qu'au sexe alors que tu savais que je n'étais pas prêt pour franchir cette étape, termina-t-il pour lui.

Il leva la main quand Mathias commença à nouveau à s'excuser.

— Tu ne m'as forcé à rien. J'aurais pu t'arrêter et je ne l'ai pas fait. Ce n'est pas le problème.

— Mais il y a un problème, dit Mathias. S'il n'y en avait pas, tu n'aurais pas agi de manière étrange le lendemain matin ou lorsque nous nous sommes parlés au téléphone.

Pascal laissa échapper un rire dénué d'humour.

— Il y a trop de problèmes pour que je puisse les compter. Je ne sais même pas par où commencer. Arrête de t'excuser. Tu n'as fait qu'accélérer les choses. Il y aurait eu des problèmes de toute manière.

Ce n'était pas prometteur. Mathias se renfonça dans le fauteuil, sentant le fossé se creuser un peu plus entre eux à chaque seconde.

— Tu veux que je parte ?

— Tu veux partir ? répliqua Pascal.

Mathias secoua la tête, mais Pascal continua à le regarder avec impatience, alors il tenta de remettre ses idées à peu près dans l'ordre.

— Te rencontrer était un coup de chance que je pensais ne jamais avoir, commença-t-il avant de prendre une profonde inspiration tout en se demandant ce qu'il allait dire ensuite. Je travaille dans une banque durant la journée, où les occasions de parler avec des personnes sont rares. La nuit, je travaille dans un bar où je flirte avec les clients pour obtenir de meilleurs pourboires. Ce sont les affaires, rien de plus. Je m'étais convaincu que je n'aurais pas la chance de trouver un partenaire jusqu'à ce que ma formation à la banque soit terminée et que j'obtienne une augmentation assez conséquente pour pouvoir arrêter de travailler au bar. Ensuite, j'aurais pu sortir et essayer de rencontrer des personnes me correspondant. Puis tu as débarqué, et tous ces plans se sont envolés, mais pourquoi serais-tu attiré par moi ? Je ne suis qu'un gamin et tu es…

— Je suis quoi ?

— En train d'aller à la pêche aux compliments ?

Sa blague tomba à l'eau. Il soupira.

— Tu es tout ce que je ne suis pas. Tu es plein d'assurance. Tu sais où tu veux aller. Tu as déjà une carrière. Tu as un appartement génial. Tu ne t'inquiètes pas de savoir si tu peux ou ne peux pas atteindre tes objectifs parce que tu les as déjà atteints.

— Tu me vois vraiment de cette manière ? demanda Pascal.

— Bien évidemment. Tu penses que je te vois comment ?

Pascal renifla.

— Comme un vieil homme voulant à tout prix retrouver sa jeunesse en couchant avec quelqu'un qui a la moitié de son âge ? Comme un serveur qui n'a jamais aspiré à devenir quelqu'un de plus important ? Comme un idiot qui a peur de trop s'investir dans une nouvelle relation parce que la seule relation importante qu'il ait connue s'est terminée bien trop tôt ? Il y a plein d'autres manières dont tu peux me voir et aucune d'elle n'est très valorisante.

Mathias fixa Pascal alors que son cerveau traitait à toute allure les mots qui venaient de se déverser de la bouche de Pascal. La douleur que cet homme cachait sous la surface le toucha profondément. Il voulait faire quelque chose, n'importe quoi, pour effacer cette expression du visage de Pascal, mais il ne savait pas si cela serait bien reçu.

— Je ne te vois pas comme ça, dit-il enfin, parce qu'il devait dire quelque chose.

— Je suppose que c'est une bonne chose, mais c'est ce que tu entendras à notre sujet. Je serai toujours plus vieux que toi. Tu seras ce grand directeur de banque et je ne serais toujours qu'un serveur. Tu ne me vois peut-être pas de cette façon maintenant, mais combien de temps cela durera-t-il ? demanda Pascal amèrement.

— Si j'ai dit ou fait quoi que ce soit qui te laisse croire que je réfléchis de cette façon ou même que je me soucie de ce genre de choses, j'en suis désolé, dit doucement Mathias.

Il ne se rappelait pas avoir dit ou fait quoi que ce soit, mais, ne sachant pas que Pascal doutait ainsi de lui-même, il n'avait pas fait attention à éviter ces sujets.

— Je sais que j'agis parfois sans réfléchir, mais je n'ai jamais eu l'intention de te faire ressentir cela.

— J'ai été marié, du moins c'est ainsi que nous le voyions, dit Pascal.

Mathias cligna des yeux face à ce changement soudain de sujet, mais il était prêt à le suivre.

— À ce moment-là, nous ne pouvions pas appeler ça un mariage. Le mariage homosexuel n'avait pas encore été légalisé à Québec, mais nous nous étions promis de passer notre vie l'un près de l'autre.

— Que s'est-il passé ? demanda Mathias, ne sachant pas s'il voulait vraiment connaître la réponse.

Désormais, Pascal vivait manifestement seul, mais cela n'expliquait pas comment il avait terminé célibataire.

— Il est mort.

Mathias tressaillit. Québec avait légalisé le mariage homosexuel en 2004. S'ils avaient eu le même âge, cela signifiait que le partenaire de Pascal avait eu une trentaine d'années quand il était décédé. Mathias était alors un enfant, mais il connaissait l'histoire de l'épidémie du SIDA et la manière dont des milliers d'hommes étaient morts dans les années quatre-vingt-dix avant que l'on découvre les traitements actuels. Le partenaire de Pascal avait-il été l'un de ces hommes ? Était-ce pour cela qu'il était tellement à cheval sur l'acte sexuel ?

— Je suis navré de l'apprendre.

— Robert avait un cancer des os. Nous avons essayé tout ce à quoi ont pu penser les médecins, mais nous l'avons découvert trop tard. Il était mon monde et, soudain, il était parti. Je n'ai jamais cru que j'aurais une seconde chance.

Mathias ne pouvait plus le supporter. Il se leva du fauteuil et voulut prendre Pascal dans ses bras. Ce dernier eut un mouvement de recul, mais, avant que Mathias puisse laisser retomber ses bras et s'éclipser, Pascal se blottit contre lui. Mathias posa ses bras sur les hanches de Pascal et s'appuya contre lui. Il ne savait pas quel réconfort sa présence pouvait offrir, mais il resterait là, debout, tant que Pascal en aurait besoin. Il ne serait pas le premier à s'éloigner.

Il savait que cette étreinte ne résolvait rien, mais c'était agréable. Il espérait que Pascal partageait cet avis et qu'il prenait cela comme une preuve tangible que Mathias était toujours là, qu'il avait l'intention de toujours être à ses côtés si Pascal lui en laissait l'opportunité.

XV

PASCAL SE blottit dans les bras de Mathias. À quand remontait la dernière fois qu'il avait laissé quelqu'un le réconforter ? Il avait dû être la personne forte lorsque Robert était décédé. Il avait été la personne forte chaque fois qu'ils avaient perdu un ami. Il était le roc sur lequel tout le monde se reposait, même lorsqu'il avait été brisé à l'intérieur. L'idée que Mathias puisse voir au-delà de sa façade était inattendue, mais pas malvenue. Pas malvenue du tout.

Il respira l'odeur de l'après-rasage de Mathias et la laissa calmer ses nerfs à vif. Il avait su que la conversation serait tendue, même s'il ne s'était pas attendu à ce que Mathias soit si inquiet. Au moins, il pouvait résoudre l'un de leurs soucis, même si le reste était un amas de problèmes et d'émotions. Aussi agréable soit-il de se tenir debout ainsi, ils ne résoudraient rien avec une étreinte.

Il releva la tête et s'arma d'un sourire pour Mathias. Son sourire était fragile, mais c'était mieux que l'air renfrogné qu'il avait eu un instant plus tôt.

— Tu as faim ? Je t'ai promis un déjeuner.

Mathias parut étonné de cette remarque. Pascal lui serra la taille.

— Nous pourrons continuer à discuter après avoir mangé, mais je pense que nous avons tous les deux besoin d'une pause.

Mathias semblait vouloir continuer cette conversation, mais il suivit Pascal dans la petite cuisine et l'aida à transporter les bols et une soupière sur la table.

— Je ne savais pas que les gens avaient encore ce genre de choses, dit Mathias en indiquant la soupière.

— Elle appartenait à ma grand-mère. Elle a cédé son service en porcelaine à ma sœur, mais Sylvie ne s'en est jamais servi. Elle me l'a donné deux ans après le décès de Mamie. Je n'ai pas beaucoup l'occasion de m'en servir, mais je pense qu'elle aimerait que je l'utilise, même si ce n'est pas lors de fêtes mondaines.

Pascal servit le potage à la louche dans les bols et remit le couvercle sur la soupière. Mathias prit une cuillerée de soupe pour la goûter et un grand sourire se dessina sur son visage.

— C'est vraiment délicieux.

— Ne sois pas si surpris, le taquina Pascal, cherchant à revenir à la normale. Je sais cuisiner.

Mathias rit.

— Alors tu t'en sors mieux que moi. Je ne me laisse pas mourir de faim, mais mes repas ne sont pas aussi bons que celui-ci.

Pascal faillit lui proposer de lui apprendre à cuisiner, mais cela supposait un avenir commun, et il n'était pas sûr que ce soit toujours d'actualité. Mathias n'avait pas pris ses jambes à son cou lorsque Pascal avait déversé le ressentiment qui s'était accumulé en lui, mais cela ne voulait pas dire qu'il était prêt à rester à ses côtés sur le long terme. Il prit une cuillerée de soupe et essaya de trouver un sujet à aborder le temps du déjeuner. Il devrait discuter davantage après avoir mangé, mais il voulait que le repas soit un havre de paix avant qu'ils reprennent une discussion sérieuse.

— Tu vas bientôt avoir une nouvelle session d'apprentissage à la banque ?

S'intéresser à la carrière de Mathias était un sujet sûr.

— Le mois prochain, répondit Mathias. Ensuite, je n'en aurais plus pendant un moment. Je crois que je suis censé en faire quelques-unes l'année prochaine. Je ne me rappelle pas parfaitement du programme sur les deux années.

— C'est bien. Tu as besoin de faire une pause. Au moins, tu auras l'opportunité de faire la grasse matinée le samedi et le dimanche.

— Ou de les passer avec toi, dit Mathias.

Pascal baissa les yeux sur sa soupe devenue soudain fascinante. Peut-être que parler de l'avenir de Mathias n'était pas une si bonne idée pour éviter de parler de *leur* avenir.

— Si c'est quelque chose que tu veux toujours faire, ajouta Mathias d'une voix si peu audible que Pascal releva brusquement la tête.

— Je dois encore passer quelques dimanches avec mes parents.

Pascal se dit qu'il était un vrai enfoiré quand le visage de Mathias se décomposa encore davantage.

— Termine ton déjeuner. Nous allons trouver des solutions.

Mathias hocha la tête et continua à manger sa soupe, mais Pascal pouvait sentir le fossé se creuser entre eux à chaque nouvelle seconde de silence. Mathias termina son bol et regarda Pascal avec impatience ; Pascal n'avait pas réussi à avaler plus de deux ou trois cuillerées de plus. Avec un bref soupir, il ramena la soupière dans la cuisine et retourna à l'endroit où l'attendait Mathias.

Cette fois-ci, il s'assit, même s'il ne savait pas combien de temps il le resterait. Mathias s'assit près de lui sur le canapé. Pascal prit une profonde inspiration et fit face à Mathias.

— Qu'attends-tu de ça ? demanda Pascal en les désignant tour à tour du doigt.

— Tout ce que tu es prêt à me donner, répondit Mathias.

Pascal secoua la tête.

— Ça ne m'aide pas et ce n'est pas ce que je t'ai demandé. Qu'est-ce que *tu* attends ?

— Tout ce que tu me laisseras avoir… Avant que tu me dises que ça ne t'aide pas non plus, réfléchis-y de mon point de vue. Si je te dis que je veux passer ma vie avec toi et que tu ne cherches qu'une aventure, qu'adviendra-t-il de moi ?

— Tu sais pertinemment que je ne veux pas qu'une aventure, fit remarquer Pascal.

— Mais je ne sais pas vraiment ce que tu veux. Tu ne m'as rien donné à quoi je puisse me raccrocher. Je sais que tu me regardes et que tu vois un gamin et, par rapport à toi, j'en suis un. Je comprends. Mais ce n'est pas parce que je suis jeune que tu dois ne pas me prendre au sérieux. J'ai travaillé très dur pour en arriver là et je travaille encore plus dur pour y rester. Je ne suis pas un enfant de riches qui joue au banquier. Je viens de la campagne québécoise. Mes parents parlent à peine le français. Mon père travaille dans les moulins à papier et ma mère n'a jamais travaillé. J'ai grandi dans la pauvreté et je suis l'aîné de la famille, celui que l'on veut voir travailler dès qu'il a l'âge légal. Et peut-être que cela me rend inférieur à toi, tout comme être serveur dans un bar, mais ce n'est pas tout ce que je suis ni tout ce que je serai.

— Je le sais bien, se dépêcha de répondre Pascal. Je ne connais personne qui travaille plus dur que toi.

— Mais tu ne crois pas que je travaillerais aussi dur pour que les choses fonctionnent entre nous.

Pascal voulut le contredire, mais il ne mentirait pas à Mathias. Il avait lui-même creusé sa tombe.

— Je dirais plutôt que j'ai du mal à croire que tu veuilles investir tant d'énergie en moi. Je te regarde et je vois une personne avec un énorme potentiel, une personne qui a une voie toute tracée. Tu ne veux pas d'une personne qui te tire vers le bas.

— Pourrais-tu nous faire une faveur, à tous les deux, et arrêter de supposer ce que je veux ou ne veux pas? Parce que je ne te vois manifestement pas de la manière dont tu te vois, alors je ne pense pas de cette manière. Tu ne peux pas croire que je ne veux pas de toi après ce qui s'est passé mardi soir.

— Tu avais envie de coucher et j'étais disponible.

— Au moins, tu as en partie raison, dit Mathias. J'avais envie de coucher. Tu as cet effet-là sur moi. Mais tu sembles dire que tu étais une solution de facilité, voire ma seule option. Ce n'était pas le cas. Même si le bar était vide mardi soir, j'aurais pu trouver quelqu'un et le ramener à la maison si j'en avais eu envie. Ou bien j'aurais pu aller chercher quelqu'un dans un autre bar. Je ne l'ai pas fait. Je suis venu ici parce que tu étais ici, et je ne voulais pas d'un simple coup d'un soir. Je te voulais toi. C'était un peu présomptueux de ma part, puisque tu avais été très clair sur ce sujet, mais cela ne changeait rien à ce que je ressentais pour toi.

Pascal ne put retenir le frisson que les mots de Mathias provoquèrent en lui parce qu'il savait combien il aurait été facile pour Mathias de trouver quelqu'un d'autre.

— Nous devrions probablement parler de cette présomption.

Mathias soupira.

— Je suis désolé. Je l'ai déjà dit, mais je le répéterai autant de fois qu'il le faudra.

— Ce n'est pas le sexe en lui-même qui me dérange. C'est que tu connaissais ma position sur ce sujet, mais que cela ne t'a pas empêché de foncer. Il est maintenant difficile pour moi de croire que mon avis compte pour toi.

Mathias s'affala contre le dos du canapé.

— Je n'ai pas vraiment réfléchi. Je suis désolé. Tu aurais dû m'arrêter.

— Oui, j'aurais dû, mais ce qui est fait est fait. Le sexe change la dynamique d'un couple et je n'étais pas prêt à ce que cela arrive parce que je n'étais pas certain que cela ait autant de signification pour toi que cela en avait pour moi.

— Es-tu en train de dire que, maintenant, nous pouvons faire l'amour ?

Pascal rit.

— Peut-être pas dans la seconde, mais il est inutile de refermer la porte de la grange une fois que le cheval s'est échappé. Nous ne pouvons pas défaire ce qui a été fait. Nous ne pouvons que décider comment aller de l'avant. Si tu pensais vraiment ce que tu as dit quand tu parlais d'être sérieux dans ta volonté de faire fonctionner les choses entre nous, je vais devoir te croire sur parole. Et si je fais cela, alors mes raisons pour vouloir patienter pour faire l'amour ne sont plus valides. Mais, Mathias… commença-t-il, attendant que Mathias le regarde. Si je te fais à nouveau part de mon point de vue sur quelque chose, prends-le au sérieux. Si je ne peux pas te faire confiance, ce n'est même pas la peine d'essayer.

Mathias parut tellement triste que Pascal en regretta presque ses paroles, mais ce point était important. Ils devaient pouvoir se faire confiance et les actes de Mathias avaient été une violation directe de cela.

— Tu peux me faire confiance, finit par dire Mathias. Ça ne se reproduira plus.

Pascal sourit tout en espérant que Mathias avait raison. Il tendit le bras vers lui et referma sa main sur celle de Mathias. Celui-ci tourna la sienne pour pouvoir entrelacer leurs doigts.

— Peut-on appeler pour prévenir que nous sommes malades et rester ici ce soir ? demanda Mathias.

Pascal rit légèrement.

— Je pense que nous pourrions, mais je ne suis pas certain que nos budgets respectifs apprécieraient.

Pascal aurait pu se permettre de prendre un soir de repos, mais pas Mathias, et il ne voulait pas enfoncer le clou.

— Ne m'en parle pas. Encore six mois. Je peux supporter six mois de plus dans cette situation.

— Que se passe-t-il dans six mois ?

— Je vais avoir une augmentation. Pas une grande augmentation, mais certainement assez importante pour que je puisse ne travailler que les week-ends au Salon.

Encore au moins six mois à jongler entre les soirs de repos et les plannings déments du week-end. Il était trop âgé pour ce genre de choses, mais si Mathias était prêt à le rencontrer à mi-chemin, Pascal n'allait pas renoncer maintenant. Il fit passer la main de Mathias dans son autre main pour pouvoir poser son bras autour des épaules de Mathias. Ce dernier se rapprocha et appuya sa tête contre Pascal.

— Lorsque j'étais carrément anxieux à l'idée d'avoir tout gâché entre nous, j'ai réalisé que c'était ce qui me manquerait le plus, dit Mathias d'une voix douce.

— Quoi ?

— Être avec toi, comme ça. Pas d'exigences, pas de pression, pas de masques à porter pour le travail ou pour un rôle. Être tout simplement ensemble. Même si le sexe était fantastique – t'ai-je dit que c'était vraiment fantastique ?

Pascal hocha la tête. Cela avait été une relation sexuelle des plus agréables.

— Enfin bref, même si le sexe était fantastique, ce n'était pas ce qui m'aurait le plus manqué.

Pascal déposa un baiser sur la tête de Mathias, le seul endroit qu'il pouvait atteindre facilement. Mathias leva la tête pour faire se rencontrer leurs lèvres. Pascal l'embrassa à nouveau et se déplaça légèrement pour être plus à l'aise.

— Ça ne veut pas non plus dire que je refuserais de réitérer l'expérience, ajouta Mathias. Si tu pensais réellement ce que tu as dit sur le fait que ce n'était maintenant plus un problème.

Pascal jeta un œil à l'horloge. Il leur restait du temps avant qu'il doive se rendre au travail, mais il ne voulait pas se précipiter la prochaine fois qu'ils coucheraient ensemble. Il voulait faire l'amour à Mathias comme il se devait.

— Je le pensais, mais ce ne sera pas pour aujourd'hui. Attendons un soir où nous aurons le temps de nous détendre et d'en profiter plutôt que de nous inquiéter de devoir le faire dans la précipitation.

— Tu as une bien trop grande opinion de mon endurance, dit Mathias.

— Ou tu as une bien trop piètre opinion de la mienne, ronronna Pascal.

Mathias trembla dans ses bras, au plus grand plaisir de Pascal. Quelque chose de bien ressortirait de son âge. Il frotta son nez contre la joue de Mathias tout en se déplaçant à nouveau sur le canapé pour que Mathias soit adossé contre le canapé avec Pascal penché au-dessus de lui. Mathias leva le menton, quémandant un baiser, mais Pascal esquiva ses lèvres, préférant faire durer le plaisir. Le mardi précédent, ils s'étaient précipités durant les préliminaires. Pascal avait la ferme intention de faire découvrir les bienfaits de la patience à Mathias. La peau de son partenaire était comme de la soie sous ses lèvres, douce et lisse avec un brin d'après-rasage qui attirait le nez de Pascal. Il effleura une pommette de ses lèvres tout en caressant la paume de Mathias à l'aide de son pouce.

Mathias se mordilla la lèvre inférieure, attirant l'attention de Pascal sur ses lèvres charnues et pulpeuses. Il caressa la chair malmenée de son doigt, soutenant le regard de Mathias tout en le faisant. Le visage de Mathias ne reflétait que son entrain innocent, mais la manière dont il suça le doigt de Pascal après l'avoir pris dans sa bouche n'eut rien d'innocent. Pascal prit une vive inspiration, subjugué pas l'expression de Mathias qui le provoquait. Il ne savait pas ce qu'il avait fait pour être si chanceux, mais l'idée même que cet homme jeune, plein de vie et magnifique veuille de lui comme partenaire lui coupa le souffle et le laissa étourdi de plaisir et de désir. Il baissa la tête pour frotter son nez contre la mâchoire de Mathias. Ce dernier laissa tomber sa tête en arrière, donnant un accès illimité à Pascal. Puis il mordit le bout de son doigt.

— Sale gosse, marmonna Pascal contre la peau de Mathias.

Mathias répondit en réitérant sa morsure. En représailles, Pascal mordit son point de pulsation.

— Oui, dit Mathias dans un sifflement. Laisse une marque. Fais comprendre à tous ceux qui me verront au bar ce soir que je suis pris.

— Et si elle est toujours visible lundi, quand tu devras te rendre à la banque?

Mathias haussa les épaules.

— Alors eux aussi sauront que je suis pris.

Il ne devrait pas le faire. Adrien du Salon s'en ficherait, mais le lundi, si Mathias se rendait à la banque avec son cou couvert de suçons, son patron pourrait lui faire une remarque sur son apparence peu professionnelle. Il ne devrait pas le faire, mais, alors même qu'il se le disait, il enfonça ses dents dans la chair tendre et suça fortement. La respiration de Mathias se fit saccadée et un léger gémissement lui échappa. Pascal commença à lever la tête pour vérifier la réaction de Mathias, mais ce dernier le tint en place.

— Continue.

Cela répondait à son interrogation. Pascal installa Mathias un peu plus à l'horizontale sur le canapé et l'attaqua à nouveau, un peu plus bas cette fois, plus près du col de son tee-shirt, endroit qui pourrait être recouvert par la chemise qu'il porterait à la banque. Il le mordit à nouveau, pas assez fort pour percer sa peau, mais bien assez pour lui couper à nouveau le souffle et le faire gémir.

Il descendit encore plus bas jusqu'à ce qu'il entre en contact avec le col du tee-shirt de Mathias. Il le tira un peu et mordit la courbe de son épaule. Le corps entier de Mathias frissonna sous lui.

— Il va falloir que je me souvienne de ça, murmura Pascal contre la peau de Mathias, sa voix pleine de promesses.

Mathias attrapa l'ourlet de son tee-shirt, mais Pascal lui prit la main et la porta à ses lèvres.

— Je m'en souviendrai. Nous ne sommes pas obligés de tout faire aujourd'hui.

Il retourna la main de Mathias dans la sienne et mordilla l'intérieur de son poignet. Mathias se cambra sous lui avec un cri de surprise.

— Comment diable fais-tu pour transformer chaque parcelle de mon corps en un canal direct vers mon sexe ?

Pascal lui adressa un sourire en coin.

— C'est le talent.

Mathias lui fit un sourire malicieux.

— Tu vas devoir me l'apprendre un jour.

Pascal lui rendit son sourire, plus qu'heureux de la réaction de son partenaire.

— Ce sera avec plaisir.

XVI

MATHIAS RETIRA son pull et l'accrocha dans la salle de repos du Salon. Il passa distraitement les mains sur son tee-shirt pour s'assurer qu'il n'était pas froissé, puis se dirigea vers le bar pour retrouver Michel et voir avec lui s'il y avait des cocktails spéciaux ou des modifications sur la carte ce soir-là. Adrien faisait en sorte que les stocks soient toujours à jour, mais parfois, il leur arrivait de manquer de quelque chose durant le week-end, moment où il était plus difficile de se faire livrer.

Michel l'inspecta furtivement, son regard s'arrêtant sur son cou et sa ligne d'ecchymoses un centimètre au-dessus de son col.

— Ils sont tout frais.

Mathias afficha un sourire en coin.

— Quelqu'un était d'humeur possessive cet après-midi, révéla-t-il.

— Quelqu'un ?

— Pascal. Et je ne m'en suis pas plaint.

— Adrien sait que tu récupères ses clients ? demanda Michel.

— Ce n'est pas ce que je fais.

Adrien avait été très clair sur ce point dès le départ.

— Nous vivons dans le même immeuble. Nous nous sommes croisés là-bas. Enfin, je le vois quand il vient ici, bien entendu, mais nous sortons ensemble depuis un moment.

— Sérieusement ? Les rumeurs disent qu'il est allergique aux relations sérieuses, fit remarquer Michel.

Mathias haussa les épaules. Les rumeurs n'étaient pas totalement fausses, mais Mathias n'allait pas jeter de l'huile sur le feu, surtout qu'il devait plus que jamais montrer à Pascal qu'il était digne de sa confiance. Pascal ne passerait pas ce soir-là, mais c'était un habitué du bar, au point que les employés connaissaient son nom. La prochaine fois qu'il viendrait, quelqu'u lui répéterait tout ce que Mathias avait dit.

— Dois-je savoir quelque chose à propos de la carte de ce soir ?

— Pas de cocktails spéciaux, rien ne manque dans le stock, alors tu n'as plus qu'à faire ton travail et prévenir quelqu'un si tu rencontres des problèmes.

Michel avait répété cela souvent durant les premières semaines de Mathias au bar, mais il n'en avait encore jamais ressenti le besoin. Quelque chose avait-il changé ?

— Devrais-je m'attendre à rencontrer des problèmes ?

— Peut-être, répondit Michel. Quelques clients vont remarquer ces suçons et comprendre que tu es pris. D'autres peuvent les voir et en conclure que tu es un homme facile.

— Je sais comment dire non et les clients de ce bar écoutent.

— Préviens quelqu'un s'ils ne le font pas, répéta Michel.

Adrien avait tenu à peu près le même discours quand il l'avait engagé : *Sois amusant, sois aguicheur, mais ne laisse pas les clients dépasser les limites.* Les vigiles n'étaient pas seulement là pour protéger les clients. Ils étaient aussi là pour venir en aide aux employés.

— Je vais faire attention, dit-il quand il se rendit compte que Michel attendait une réponse.

— Tu ferais mieux, oui. Adrien serait contrarié si Pascal arrêtait de venir ici parce que son petit ami a été blessé au travail.

Mathias sourit. Petit ami. Il adorait la manière dont ça sonnait. Il était le petit ami de Pascal et les marques sur son cou le proclamaient à qui voulait bien les voir. Il se dirigea vers la salle pour nettoyer les tables et se rendre utile jusqu'à ce que des clients arrivent dans sa section. Quand il y avait du monde – et un samedi, il ne tarderait pas à y en avoir – tout le monde donnait un coup de main là où il y en avait besoin au lieu de rester dans une section, mais il n'allait pas envahir la section de quelqu'un d'autre tant que les clients n'arrivaient pas.

Il adressa des hochements de tête aux autres serveurs tout en travaillant, remarquant que certains jetaient un œil à son cou. Il leur souriait alors d'un air suffisant. Il ne savait pas grand-chose de leurs vies personnelles, mais il parierait sur le fait qu'aucun d'eux ne rentrait à la maison pour retrouver un homme comme Pascal. Ils pouvaient ne pas le voir comme le bon parti qu'il était – Pascal ne se voyait lui-même pas comme un bon parti –, mais Mathias se rendait compte de la chance qu'il avait d'avoir attiré l'attention de cet homme. Il devrait continuer de le dire jusqu'à ce que Pascal le croie. Ou encore mieux, il devrait le séduire à chaque fois qu'il le pourrait. Cela permettrait à Pascal d'arrêter de penser qu'il n'avait rien à offrir à Mathias. Son manque de confiance en lui provenait certainement d'autre chose que du domaine sexuel, mais Mathias pourrait commencer par là. Pascal avait beau l'avoir fait se sentir incroyablement bien cet après-midi-là avec quelques baisers et des caresses par-dessus ses vêtements, Mathias était déjà impatient de savoir ce qu'il se passerait la prochaine fois qu'ils auraient le temps de se débarrasser de leurs vêtements. Non pas qu'il sache quand cela se passerait, mais il trouverait le temps. Il n'avait pas de session d'apprentissage le week-end suivant et c'était au tour de la sœur de Pascal de rendre visite à leurs parents. Pascal et lui devraient tous les deux se rendre au travail le soir, mais ils pourraient passer toute la matinée et le début d'après-midi au lit, si Pascal était d'accord.

Mathias ajusta son suspensoir lorsque son train de pensée eut l'effet attendu. Le suspensoir offrait une couche de tissu entre sa verge et son jean, mais pas grand-chose d'autre. Il allait devoir faire attention à ses pensées ou il finirait par servir les clients avec une érection en plus de ses suçons. Pascal l'affectait à ce point-là, et Mathias en était plus qu'heureux.

— On dirait que tu as passé une bonne nuit.

— On peut dire ça, oui, répondit Mathias à Graham, le seul serveur du Salon qui ait été embauché après lui.

— Petit chanceux.

— J'en ai bien conscience.

Un groupe d'hommes entra dans le bar avant que Graham puisse ajouter quelque chose; ils s'installèrent à l'une des tables de Mathias.

— Le devoir m'appelle. À plus tard.

Il vérifia qu'il avait bien son carnet pour prendre leur commande et se dirigea vers ces hommes qu'il ne reconnaissait pas. Ce n'était pas inhabituel, surtout un samedi soir, mais il préférait servir les habitués.

— Hello, bonjour, dit-il. Je suis Mathias. Je m'occuperai de votre table ce soir. Que puis-je vous servir pour commencer?

Les hommes levèrent les yeux vers lui à ces mots. Trois d'entre eux sourirent aimablement, mais le quatrième lui jeta un coup d'œil plus poussé. Mathias continua de sourire, mais n'injecta pas sa chaleur habituelle dans sa voix. L'avertissement de Michel l'en empêcha. Il ne voulait pas créer de problèmes.

— Que nous recommandez-vous? demanda Perturbateur.

— Notre barman est excellent, répondit Mathias. Je suis certain qu'il peut préparer le cocktail de votre choix à la perfection. Cependant, si vous voulez une suggestion, son nouveau martini à la poire est très populaire.

— Ça doit être bon, dit l'un des amis de Perturbateur. Je vais en prendre un.

Les deux autres hochèrent la tête. Mathias retourna son attention sur Perturbateur.

— Fais-en une tournée, demanda-t-il.

Perturbateur se pencha un peu plus près. Mathias ne recula pas, même s'il en avait très envie, mais il ferait en sorte de se tenir du côté opposé de la table quand il reviendrait avec leurs verres.

— Si un minet comme toi le recommande, je suis sûr que ça vaut le détour.

Mathias se retint de peu de lui rire au nez suite à cette tentative de drague lamentable. Pascal savait tellement mieux s'y prendre que cet imbécile.

— Je reviens tout de suite avec vos verres.

Il se dirigea vers le bar pour passer sa commande auprès de Michel. Son expression dut le trahir parce que Michel lui demanda :

— Tout va bien ?

— Ce n'est rien. L'un des clients à ma table pense être délicat alors qu'il est pénible. Rien que je ne puisse gérer seul.

— Souviens-toi de ce que je t'ai dit tout à l'heure. Si tu peux le gérer, tant mieux. Mais tu ne dois pas avoir l'impression de devoir le gérer seul, lui rappela Michel.

Une heure plus tôt, Mathias aurait balayé ce rappel d'un revers de main. Maintenant, il était heureux de la sécurité que cela lui offrait. Il ne pensait pas que Perturbateur se montrerait plus que pénible, mais il trouvait cela rassurant de savoir qu'il n'aurait pas à gérer la situation si elle dégénérait. Il vérifia s'il avait une autre table à servir, mais il était encore tôt. Après que Michel eut préparé les cocktails, Mathias les plaça sur son plateau et retourna à sa table, faisant attention à se tenir face à Perturbateur au lieu de se placer près de lui. Aucune raison de lui permettre d'accéder facilement à ses fesses.

— Et voilà, messieurs, dit-il en leur servant chacun leur verre. Des martinis à la poire.

Il attendit qu'ils en prennent une gorgée avant de demander :

— Qu'en pensez-vous ?

— Délicieux, dit Perturbateur, promenant son regard le long du corps du Mathias.

Les trois autres approuvèrent aussi, mais sans le reluquer. Mathias profita de ce moment pour s'éclipser. Il avait déjà eu affaire à des clients mielleux par le passé. Pourquoi Perturbateur le faisait-il se sentir plus sale que ses anciens clients l'avaient fait par le passé ?

Il se replia derrière le bar, hors de portée de Perturbateur, pendant qu'il attendait qu'une autre de ses tables soit occupée ou que quelqu'un ait besoin de son aide. Il ne fallut pas longtemps avant que de nouveaux clients arrivent… et s'installent juste à côté de Perturbateur. Il étudia l'agencement de l'espace pendant un moment, cherchant un endroit où se tenir pour pouvoir parler à ses nouveaux clients sans que Perturbateur ne puisse le toucher. Il n'était pas certain que Perturbateur le toucherait, mais à en juger par la manière dont il l'avait regardé, c'était plus que probable. Malheureusement, il ne trouva pas le moyen de le faire sans que cela se remarque. Il ne lui rester plus qu'à espérer que Perturbateur se tienne bien.

Il était en train de prendre la commande de sa deuxième table lorsqu'il sentit le pelotage furtif. Il se déplaça légèrement pour se débarrasser de cette main malvenue et se tint prêt pour la confrontation s'il venait à recommencer, mais il termina de prendre leur commande sans être dérangé. Une fois qu'il eut terminé avec eux, il contourna doucement la table de Perturbateur pour se placer à l'opposé de lui avant de vérifier s'ils avaient besoin d'autre chose. Perturbateur voulut dire quelque chose, mais ses amis annoncèrent à Mathias qu'ils n'avaient besoin de rien avant qu'il puisse le faire.

Mathias retourna au bar avec sa deuxième commande.

— Est-ce qu'il t'a touché ? demanda Michel alors que Mathias attendait les cocktails.

— Oui. Ce n'est pas la première fois que ça m'arrive. Et ce ne sera sûrement pas la dernière. Ça ne me plaît pas, mais ça ne vaut pas la peine d'en faire toute une histoire. Pas tant qu'il ne fait que me toucher les fesses de manière inoffensive.

— C'est une pente glissante, l'avertit Michel. Fais attention.

— Je vais faire attention, lui promit Mathias.

Il servit les verres à sa deuxième table et s'éclipsa sans que Perturbateur le touche à nouveau. Il vérifia le reste de sa section et sourit lorsqu'il reconnut les amis de Pascal.

— René et Benjamin, c'est ça ? dit-il en s'approchant de leur table. Comment allez-vous ce soir ?

— Nous allons bien, et toi ? demanda l'un d'eux – René, selon Mathias.

— Je me tiens prêt pour une soirée fatigante, mais, en dehors de ça, je suis en pleine forme.

René regarda avec circonspection le cou de Mathias.

— Je crois que Pascal est d'accord.

Mathias s'empourpra tout en souriant. Il ne savait pas ce que René et Benjamin savaient des problèmes que Pascal et lui avaient rencontrés la semaine précédente, mais il était probable qu'il leur en ait parlé au moins un peu.

— Il ne m'a pas mis à la porte donc je dirais que tu as raison.

— Tu comprends que c'est une décision très importante pour lui, n'est-ce pas? demanda Benjamin.

Mathias hocha la tête.

— Il m'a parlé de Robert. Je suppose que vous le connaissiez aussi?

— Oui, nous le connaissions tous les deux. Pascal et lui étaient tout l'un pour l'autre durant les années qu'ils ont passées ensemble, mais c'était il y a longtemps.

— Est-ce censé me rassurer ou me faire paniquer? demanda Mathias, ne plaisantant pas vraiment.

— Aucun des deux, dit Benjamin en captant son regard et en le soutenant, l'air sérieux. Pascal comparera votre relation à ces souvenirs si tu lui en laisses l'opportunité. Tu ne peux pas le laisser faire ou tu ne pourras pas gagner. Il ne sera pas heureux à quarante-huit ans de la même manière qu'il l'était à vingt-huit ans. Ce n'est pas comme ça que sont constitués les êtres humains. Ce n'est pas une question d'être meilleur ou pire. Arrange-toi pour qu'il reste ancré dans le présent au lieu de le laisser se perdre dans le passé.

— Il aime prendre son partenaire, ajouta René. Cependant, ce dont il a vraiment besoin, c'est de quelqu'un qui n'a pas peur de le prendre aussi.

— René, dit Benjamin dans un soupir. Tu ne peux pas raconter des trucs comme ça.

— Pourquoi pas? C'est vrai et tu le sais très bien.

Benjamin regarda à nouveau Mathias.

— Je vais prendre un bellini, s'il te plaît. N'écoute pas René. Il adore choquer les gens.

— Ce qu'il dit est-il vrai? demanda Mathias.

— C'est une question que tu devras poser à Pascal. Nous sommes amis depuis très longtemps. Nous n'avons jamais été amants.

Mathias s'était posé la question, mais n'avait pas voulu la formuler. Cela ne le regardait pas du moment que c'était dans le passé, même s'ils avaient été amants. Il se concentra à nouveau sur son travail. C'était plus prudent que de penser à Pascal.

— Que veux-tu boire, René ?

— Cette margarita épicée que tu m'as servie la nuit où nous t'avons rencontré, répondit René.

— La *margarita chipotle*.

— Oui, celle-là même.

— Je reviens tout de suite.

Lorsqu'il revint avec leurs verres, le bar était trop animé pour qu'il puisse rester et discuter. D'un autre côté, ils n'étaient pas venus au bar pour le voir. Il continua à s'activer sans cesse jusqu'à environ vingt-deux heures, l'heure de sa pause.

— Fais attention à la table de quatre, avertit-il Graham. Le gars qui nous tourne le dos a les mains baladeuses.

— N'est-ce pas le cas de tous les clients ? dit Graham en secouant la tête.

Mathias haussa les épaules avant de se rendre jusqu'à la salle de repos. Il s'affala sur une chaise et prit une grande inspiration en réfléchissant à la remarque de Graham. Perturbateur était-il pire que la centaine d'autres hommes qui l'avaient peloté à un moment ou à un autre depuis qu'il avait commencé à travailler au Salon ? Ou la différence se trouvait-elle dans sa propre perception de la situation ?

Quand il avait commencé à travailler au bar, l'attention qu'il avait suscitée chez les clients avait flatté son ego. Il avait été le seul homosexuel de son petit lycée, bien qu'il y ait aussi eu deux filles ouvertement lesbiennes. Cela avait changé à l'université, mais, même à cette période, il s'était senti comme un intrus. Par contre, ici, il était l'objet de toutes les convoitises et il faisait tout pour le rester. Tee-shirts moulants, jeans serrés, un peu d'eye-liner, un déhanchement en marchant, il avait fait tout son possible pour attirer leur attention sur son corps et il avait joui de ce sentiment de puissance qu'il ressentait chaque fois que l'un d'eux le touchait. Cela avait été *agréable* d'être désiré de cette façon.

Puis Pascal avait vu au-delà de son apparence au bar, avait vu la personne qu'il était réellement dans son costume de travail, et son monde avait chaviré. Pour les clients du bar, son atout était son fessier. Pascal l'avait lui aussi grandement apprécié une fois qu'ils avaient enfin fini nus, mais il

134

avait été encore plus admiratif de son intelligence, de sa détermination et de sa volonté de faire des heures interminables à la banque pour avancer professionnellement.

Oh merde, il était fou de cet homme.

Comment était-il censé retourner dans la salle – ce soir-là ou n'importe quel autre soir – et laisser des hommes le toucher alors qu'il comprenait maintenant combien il était préférable d'être désiré pour la personne qu'il était plutôt que pour son apparence ? Les actes qui l'avaient échauffé et rendu impatient de rentrer chez lui pour se masturber dans le passé le mettaient aujourd'hui mal à l'aise parce que les mains qui se retrouvaient sur ses fesses n'appartenaient pas à l'homme qu'il désirait. Si Pascal décidait de venir le peloter au bar, Mathias s'installerait sur ses genoux et se blottirait contre lui devant tout le monde, mais aucune autre main n'était la bienvenue.

Il était doué pour adresser un sourire amusé, aguicheur et engageant, et cela avait fonctionné pour lui. Les hommes avaient été réceptifs au fantasme qu'il incarnait et lui avaient laissé des pourboires à la hauteur de son succès, surtout quand il n'avait pas refusé les quelques mains baladeuses. Maintenant, il devrait oublier tout ça et voir s'il pouvait se fabriquer un sourire professionnel qui le protégerait des mains baladeuses sans que cela ne lui coûte ses pourboires, qui lui permettaient de garder son appartement. Même en sachant que ces caresses ne menaient à rien, il frissonna à l'idée de rester l'objet de leurs fantasmes.

— Tu vas bien ?

Mathias leva les yeux ; Adrien se trouvait à la porte.

— Oui, je prends juste une pause. L'un des clients m'a touché les fesses et ça m'a déstabilisé.

— Lequel ? Je vais prendre en charge sa table pour le reste de la soirée.

— Je peux le faire, protesta Mathias. J'ai seulement été surpris.

— Tu auras ton pourboire, dit Adrien. Si ça t'a déstabilisé après tous les mois que tu as passés à travailler ici, c'est qu'il a dépassé les limites.

Ou bien que les limites de Mathias n'étaient plus les mêmes.

Quelque chose dut se lire sur son visage parce qu'Adrien lui tapota l'épaule.

— C'est différent quand quelqu'un t'attend à la maison, hein ?

— Oui. Je ne pensais pas que cela ferait une différence, ou du moins pas une telle différence. Avec lui, c'est réel. Ici, ce n'est que du business.

135

— Non, si ça te dérange, ce n'est pas que du business. Je tiens un bar, pas un sex shop. Je ne peux pas les empêcher de te regarder, mais tu as le droit de les empêcher de te toucher, peu importe ton seuil de tolérance sur le sujet. Et si ton seuil se déplace, ce n'est pas un problème. Chaque personne qui travaille ici possède sa propre vision du harcèlement sexuel. Il y a une raison pour laquelle Michel est derrière le bar et pas en train de servir les clients, et ce n'est pas seulement parce qu'il concocte des cocktails déments. Je n'interviens pas à moins qu'on me le demande, car je ne peux pas savoir où se trouve ce seuil chez les autres, mais je refuse que mes employés soient harcelés par des clients. Si une table ne règle pas l'addition, ça ne me fera pas mettre la clé sous la porte.

— Merci. Cela ne me dérangeait pas avant ce soir, mais…

— J'ai douté de toi quand tu es arrivé, mais tu as prouvé que tu étais un grand bosseur. Les habitués t'apprécient parce que tu fais attention à ce qu'ils commandent et tu te souviens d'eux. Je ne veux pas te perdre maintenant à cause de quelque chose qui se déroule en salle.

— Merci, ça compte vraiment pour moi.

Mathias baissa les yeux et regarda ses vêtements. Il était peut-être temps de trouver quelques jeans qui n'étaient pas si serrés. Il pourrait toujours porter ses jeans serrés pour exciter Pascal.

— Quelle table ?

Les paroles d'Adrien le firent sortir de son petit fantasme. Il s'éclaircit la gorge pour se donner une seconde avant de répondre.

— La seize.

— Je vais m'occuper d'eux pour le reste de la soirée. Viens me voir avant de partir pour que je te donne ton pourboire.

Il partit avant que Mathias puisse à nouveau le remercier. Il se rassit sur la chaise et chercha à comprendre comment cette vie était devenue la sienne.

XVII

PASCAL FRAPPA à la porte de chez ses parents à midi pile le dimanche. Il avait une clé, mais il ne voulait pas faire irruption chez eux sans s'annoncer. Ses parents n'étaient plus aussi vifs qu'ils l'avaient été, mais ils pouvaient encore répondre à leur porte.

— Pascal, entre. Tu sais bien que tu n'as pas à frapper, dit son père en ouvrant grand la porte pour que son fils puisse entrer.

Pascal se pencha et déposa un baiser sur sa joue burinée.

— Bonjour, Papa. Comment vas-tu ?

— Comme d'habitude, répondit Papa. Ta mère est encore en train de se pomponner, mais nous serons bientôt prêts à partir déjeuner. Où nous emmènes-tu aujourd'hui ?

— Où voulez-vous aller ? Nous pouvons retourner au restaurant italien que tu aimes tellement ou nous pouvons essayer le nouveau restaurant de fruits de mer qui a ouvert à Ville-Marie, près du Vieux Port.

— Tu sais que c'est un quartier riche destiné aux touristes ?

— Je sais, oui, mais je sais aussi que ce restaurant a obtenu de très bonnes critiques de la part de personnes en qui j'ai confiance et leurs prix ne semblent pas être exorbitants compte tenu des plats qu'ils proposent. Mais si tu préfères l'italien, ça me convient tout aussi bien.

— Ta mère va vouloir essayer le nouveau restaurant, grommela-t-il. Elle veut toujours essayer les nouveaux restaurants.

Pascal sourit à son père. Ces deux phrases résumaient parfaitement la cinquantaine d'années de mariage de ses parents.

— Si ça ne correspond pas à tes standards, tu auras le droit de me tenir pour responsable après le déjeuner. Est-ce que Maman a rédigé la liste des courses ? Nous pouvons nous arrêter au supermarché en rentrant si vous n'êtes pas trop fatigués après le déjeuner.

— Nous ne sommes pas des invalides. Nous pouvons aller faire les courses avec toi comme nous le faisons chaque semaine.

L'affirmation de Papa n'empêcherait pas Pascal de leur proposer de s'y rendre seul. Ils n'étaient peut-être pas invalides, mais Pascal pouvait les voir s'affaiblir au fil du temps. Ils avaient célébré le quatre-vingtième anniversaire de son père un peu plus tôt dans l'année et sa mère le suivait de près ; aucun d'eux n'était en parfaite santé. Le plus inquiétant était la tendance qu'avait sa mère à oublier des choses et à ne pas se rappeler où elle était ou quand s'était passée telle ou telle chose. La dernière fois qu'il leur avait rendu visite, elle lui avait demandé où se trouvait Robert. Il espérait qu'elle irait mieux ce jour-là parce qu'il voulait leur parler de Mathias et ce serait plus facile à faire si elle ne pensait pas que Robert était toujours vivant.

— Pascal, tu es là de bonne heure, dit Maman en sortant de la chambre.

Elle avait coiffé ses cheveux, s'était maquillée et elle était aussi joliment apprêtée que d'habitude. Ses yeux étaient brillants et vifs ; Pascal se permit donc d'espérer pouvoir leur parler de Mathias durant le déjeuner.

— Maman, ça fait plaisir de te voir.

Il faillit la taquiner en lui disant que ce n'était pas lui qui était arrivé de bonne heure, mais elle qui était en retard, mais elle lui répondrait alors qu'une dame n'était jamais en retard.

— Je parlais à Papa d'un nouveau restaurant de fruits de mer que quelques amis m'ont recommandé. À moins que tu préfères l'italien ?

— Tu sais que je veux toujours essayer de nouveaux restaurants. Sinon comment pourrais-je savoir quelles sont mes options futures ?

Papa émit un bruit de désapprobation, mais il offrit son bras à Maman. Pascal leur tint la porte et s'assura qu'elle était bien fermée avant de les suivre jusqu'à sa voiture. Il fit en sorte de se placer de manière à pouvoir les protéger en cas de chute sans que cela ne soit visible. C'était le mois de septembre ; d'ici un mois, sa mère devrait remplacer ses talons par des bottes.

Ils discutèrent de tout et de rien sur le trajet du restaurant, Maman racontant à Pascal les dernières nouvelles de son club de bridge et Papa grommelant en disant qu'elles passaient tout leur temps à boire du sherry et à se raconter les cancans au lieu de jouer. Pascal se rappelait de ces parties de bridge du temps où il vivait à la maison. Il ne savait pas ce qu'il en était maintenant, mais les amies de sa mère avaient été des joueuses impitoyables, peu importait le nombre de sherry qu'elles buvaient et combien de cancans elles racontaient. Il espérait que le temps n'avait pas changé cela.

Alors qu'ils avaient passé leur commande et qu'ils buvaient leur apéritif, Pascal prit une profonde inspiration et se demanda comment parler de Mathias à ses parents.

— Maman, Papa, j'ai rencontré quelqu'un il y a quelques mois.

— Tu rencontres des personnes tout le temps, dit Maman. J'adore tes histoires au restaurant. Qui as-tu rencontré cette fois-ci ?

— Chut, Marguerite, Pascal ne parle pas d'une personne du restaurant. N'est-ce pas, fils ?

— Non, Papa, en effet. Mathias vit dans mon immeuble. Il travaille à la Banque de Montréal.

— Un banquier. Très impressionnant, dit Maman. Comment vous êtes-vous rencontrés ?

Pascal se demanda ce qu'elle penserait si elle savait qu'ils s'étaient rencontrés au Salon.

— Un matin. Il partait au travail alors que je revenais d'un jogging. Puis nous nous sommes à nouveau croisés une ou deux fois dans l'immeuble et dans ses environs. De fil en aiguille…

Maman tendit le bras et tapota sa main.

— Je sais à quel point tu aimais Robert. Nous l'aimions aussi. Il était comme un fils pour nous. Mais tu es trop jeune pour passer le restant de tes jours seul. Je suis heureuse que tu aies rencontré quelqu'un. Tu aurais dû l'inviter à venir déjeuner avec nous aujourd'hui.

— Je voulais en discuter avec vous d'abord. Et les choses sont… compliquées. Il est plus jeune que moi et, jusqu'à récemment, je n'étais pas certain que nous attendions la même chose d'une relation de couple.

Il n'en était toujours pas certain, mais il avait promis à Mathias, ainsi qu'à lui-même, qu'il ne laisserait pas ses doutes le contrôler.

— Tss-tss, l'âge n'est qu'un nombre, dit Maman. Et les meilleures choses dans la vie sont les plus compliquées. Comment avons-nous fait pour ne pas lui enseigner ça, Julien ?

Papa renifla.

— Nous l'avons fait. Et ensuite, il a perdu Robert. C'est difficile de croire à cela quand tu as perdu l'amour de ta vie après seulement dix ans. La prochaine fois que tu viens déjeuner, amène-le avec toi.

— Oui, Papa.

PASCAL ENTRA dans son appartement après avoir été faire les courses avec ses parents. Ils l'avaient laissé partir assez rapidement tout en lui demandant sans cesse de ramener Mathias avec lui la prochaine fois. Il devrait parler à Mathias et voir s'il était prêt pour ça. La rencontre avec les parents était une grande étape et ils se trouvaient toujours en zone instable. Il ne l'obligerait pas à le faire, mais, après en avoir discuté avec ses parents, il devait le lui proposer.

Son téléphone bipa alors qu'il accrochait sa veste dans la penderie. Il le récupéra dans sa poche, espérant qu'il s'agissait de Mathias. Ils n'auraient probablement pas le temps de se voir avant que celui-ci parte au travail, mais ils pourraient discuter un peu.

C'était René. Il ne grimaça pas comme il en avait envie. Il pourrait toujours appeler Mathias après avoir parlé à René.

Ton gars semblait heureux la nuit dernière au bar. Vous avez fait la paix avec des bisous ?

Pascal leva les yeux au ciel et lui répondit.

Si tu l'as vu, tu sais que nous nous sommes réconciliés.

Le téléphone de Pascal sonna presque immédiatement.

— Bonjour, René.

— Petit coquin, le taquina René. Ça faisait des années que je n'avais pas vu une telle collection de suçons.

Pascal rougit.

— Il en demandait toujours plus. Je ne pouvais qu'obéir.

René eut un petit rire amusé.

— Je répète : petit coquin. Plus sérieusement, tout s'est arrangé ?

— C'est mieux, répondit Pascal.

S'il ne pouvait pas être honnête avec René et Benjamin, alors avec qui pouvait-il l'être ? René était peut-être parfois à la limite entre l'irrévérence et la grossièreté, mais il s'était tenu aux côtés de Pascal quand il en avait eu le plus besoin.

— Nous devons réfléchir à certaines choses et ce ne sont pas des choses qui vont s'effacer simplement parce que nous en avons discuté – la différence d'âge et tout ce que ça entraîne, pour commencer. Mais nous en avons discuté et nous avons décidé de se laisser une chance, une vraie chance. Nous arrêtons de tâter le terrain en nous demandant si l'autre est vraiment sérieux ou pas.

— Je suis content. Ça fait longtemps que tu es seul. Et je comprends que tu aies eu besoin de temps pour faire le deuil avant de pouvoir penser à chercher de nouveau l'amour. Je n'arrive même pas à imaginer ce que je ressentirais si je perdais Benjamin. Mais tu as surmonté cette épreuve et tu as continué à vivre, sauf que tu ne l'as pas vraiment fait. Quinze ans, c'est assez long.

— Tu commences à parler comme Benjamin. Est-ce qu'il se frotte de trop près à toi ?

— Pas en ce moment, non, répliqua René. Il est parti se promener.

Pascal leva les yeux au ciel. *Ça*, c'était son René.

— Je fais de mon mieux, reprit Pascal. C'est tout ce que je peux dire pour le moment. J'essaie vraiment, et lui aussi. Le reste est une question de temps et de voir comment se déroulent les choses.

— Pour ce que ça vaut, il avait vraiment l'air heureux hier soir, et pas de cette manière que tellement de serveurs maîtrisent à la perfection. Ce n'était pas un sourire fabriqué pour dire « laissez-moi flirter, je veux de bons pourboires ». Il avait l'air sincèrement heureux.

Cela fit sourire Pascal. Il ne connaissait que trop bien le masque que portaient les serveurs pour augmenter les chances d'obtenir un meilleur pourboire. Si son propre masque incluait plus de sophistication et moins de sous-entendus sexuels, cela n'enlevait rien au fait qu'il s'agissait d'un masque. Il maîtrisait ce sourire poli et amical qu'il adressait à quasiment tous ses clients sauf à ses dames. Savoir qu'il avait rendu Mathias assez heureux pour que son bonheur se voie à travers sa routine habituelle qui disait « regardez comme je suis désirable » flattait énormément son ego.

— Merci de me l'avoir dit. Va te balader avec Benjamin. Je vais appeler Mathias avant qu'il ne parte au travail.

— Bon sextage !

Au lieu de lui répondre, Pascal raccrocha et appela Mathias.

— Allô ?

Mathias semblait à bout de souffle, comme s'il avait été en train de courir.

— Salut, Mathias.

— Pascal ! Je ne pensais pas avoir de tes nouvelles avant de partir au travail. J'allais t'envoyer un message avant de partir pour que tu saches que je pensais à toi.

— Est-ce la raison pour laquelle tu n'as plus de souffle ? le taquina Pascal.

— Eh bien… Tu dois savoir ce que ça me fait de penser à toi. Surtout maintenant, quand à chaque fois que je me regarde dans un miroir, je vois les marques que tu as laissées le long de mon cou.

— Je pourrais m'excuser, mais je n'ai pas l'impression que c'est ce que tu veuilles, répondit Pascal sur le même ton.

— Nan. Tu pourrais en laisser davantage si tu le voulais.

141

Si Mathias était là, Pascal serait sacrément tenté de le faire. Mais dans l'état actuel des choses, il ne leur restait que peu de temps avant que Mathias doive partir au bar.

— Le week-end prochain.

— Tu ne vas pas sérieusement me faire attendre jusque-là, si?

Il jeta un œil vers l'horloge.

— Si tu montes maintenant, tu vas être en retard au travail, et Adrien sera fâché contre toi.

— Alors parle-moi. Dis-moi ce que tu me ferais si j'étais avec toi et que nous avions du temps.

Pascal déglutit avec difficulté. Malgré la remarque de René, il n'avait pas vraiment prévu cela quand il avait appelé Mathias, mais maintenant que Mathias était parti sur ce terrain, il ne pouvait penser à rien d'autre.

— Si nous avions du temps…

— Tout le temps du monde.

Le désir dans la voix de Mathias frappa Pascal de plein fouet, éveillant son appétit au niveau de son bas ventre. Il ne savait pas quel genre de congé Mathias pouvait obtenir à la banque, mais ils auraient besoin d'en utiliser quelques-uns – louer une cabane quelque part et s'échapper pour un long week-end afin de pouvoir se retrouver seuls sans s'inquiéter constamment de l'heure ni de leurs plannings. Un moment de solitude continuelle avec rien d'autre à faire que d'être ensemble et de faire l'amour.

— Nous ne serions pas ici. Nous irions dans un endroit romantique. Quelque part, loin de toutes les contraintes de nos emplois du temps, pour que nous n'ayons pas à regarder l'horloge pendant des jours, dit Pascal. Nos seules inquiétudes seraient de manger quand nous aurions faim, de dormir quand nous serions fatigués et de faire l'amour quand nous serions éveillés.

— Ça ressemble au paradis, dit Mathias, à bout de souffle.

— Nous sommes dans une cabane, poursuivit Pascal, plus qu'heureux de développer ce sujet si cela lui permettait d'entendre Mathias haleter de cette manière. Il y a un feu de cheminée pour nous garder au chaud, des couvertures et des coussins rassemblés sur le sol pour nous servir de nid, et rien d'autre entre nous que la lumière des flammes qui rend ta peau dorée.

Il ferma les yeux et laissa cette image se former dans son imagination. Il n'avait pas pris le temps d'admirer correctement la vision de Mathias, nu, lorsqu'ils avaient fait l'amour pour la première fois. Mathias avait été trop pressé et Pascal avait eu peur qu'en ralentissant, sa raison prenne le dessus. Il avait eu un aperçu assez précis du corps de son amant pour que son imagination complète les détails de ses muscles fins, son corps mince de jeune homme, exactement ce dont il avait besoin pour sortir du marasme de sa vie. Mathias tendrait les bras vers lui et Pascal se laisserait étreindre sans résister.

— Je me blottirais dans les coussins et je t'attirerais près de moi, dit Mathias.

Pascal frissonna de désir à cette image, si proche de celle qu'il avait dans son propre esprit.

— Tu n'aurais pas à me prier de le faire. Je ne voudrais être nulle part ailleurs qu'ici, avec toi.

— Pas même en moi ?

Pascal put entendre le sourire coquin de Mathias dans sa voix. Il gronda sourdement et se rendit dans sa chambre. Il ne survivrait pas à cette conversation s'il restait habillé.

— Nous allons y venir, mais souviens-toi : nous avons tout le temps du monde. Si je veux passer des heures à me contenter de mordiller ton cou, je peux le faire.

— Je ne vais pas tenir des heures, hoqueta Mathias.

— Alors il me suffira de t'exciter à nouveau, répliqua Pascal.

— Tu aimes le fait de pouvoir me faire jouir plus d'une fois.

— Je plaide coupable, répondit Pascal parce que, bien évidemment, il aimait vraiment ça.

C'était déjà terriblement excitant de savoir que Mathias le désirait de cette manière. Alors être capable de l'exciter même après avoir essuyé un premier orgasme… cela lui donnait l'impression d'être le meilleur amant au monde.

— Ne t'arrête pas.

Pascal ne savait pas si Mathias parlait du sexe au téléphone ou d'autre chose, mais au final, cela n'avait pas d'importance.

— Jamais. Je te mordillerais partout, laissant de petites marques sur chaque parcelle que je pourrais atteindre. Une fois que j'aurais terminé, je recommencerais, mais cette fois-ci avec ma langue, juste pour voir lequel des deux tu préfères.

Le gémissement de Mathias se fit entendre au travers du téléphone et se dirigea directement vers le sexe de Pascal. Il retira son pantalon et frotta son érection à travers son sous-vêtement. Il ne voulait pas se précipiter, mais ils n'étaient pas réellement dans leur cabane en pleine forêt et le temps s'écoulait.

143

— Ta langue, dit Mathias. Définitivement ta langue.

— Tu la veux à un endroit en particulier ?

— À n'importe quel endroit où tu veux la nicher, répondit Mathias d'une voix rauque.

— Ce n'est pas ce que j'ai demandé. Où veux-tu qu'elle soit ?

Mathias gémit à nouveau.

— Entre mes fesses. Retourne-moi, soulève mes fesses en l'air et lèche-moi jusqu'à ce que je ne tienne plus.

Le bas-ventre de Pascal réagit fortement à cette image. Il le voulait. Il en avait besoin.

— La prochaine fois que nous nous verrons. Et ensuite, une fois que tu seras bien lubrifié et détendu pour moi, je m'allongerai sur le dos et te ferai asseoir à califourchon sur moi. Tu seras tellement beau quand tu me chevaucheras.

Il glissa sa main libre dans son sous-vêtement et se caressa d'une main ferme. Il n'avait pas demandé à Mathias ce qu'il faisait pendant qu'ils étaient en train de parler parce qu'il pouvait à peine supporter la conversation et les images qui apparaissaient dans son imagination enfiévrée. S'il devait en plus y ajouter l'image de Mathias en train de se masturber ou de se satisfaire avec ses doigts, le peu de contrôle qu'il lui restait s'évanouirait.

— Je n'arriverai jamais à rester en position assise, dit Mathias dans un geignement.

— Si, tu y arriveras, répliqua Pascal. Parce que tu sauras que je veux te voir me chevaucher. Je te pénétrerai en me cambrant sous toi. Ce sera tellement bon. Nous jouirons en seulement quelques secondes parce que nous serons tous les deux au bord de l'orgasme. Tu le sens venir, Mathias ?

Un sifflement lui parvint en réponse.

— Dis mon nom.

— Mathias, répéta Pascal. Mathias, doux et séduisant avec ses fesses rebondies et ses grands yeux. Mathias, intelligent et sexy en costard cravate.

Ce serait une pensée à explorer plus tard… Mathias sans son pantalon de costume, mais avec sa chemise déboutonnée et sa cravate lâche autour de son cou.

— Je rêve de toi dans ce costume.

Mathias jura brusquement et cria. Pascal ferma les yeux et l'imagina en train de jouir. Il avait fait l'erreur de prendre Mathias par derrière la dernière fois, alors il n'avait pas pu voir le visage de son amant. Il ne referait pas la même erreur. Il se caressa quelques fois de plus avant de jaillir dans sa main. Il était allongé sur son lit, écoutant le son de la respiration de Mathias, et souhaita lui avoir demandé de monter pour qu'ils puissent se voir. Même si cela aurait été fait dans la précipitation et les aurait laissés plus frustrés qu'autre chose, au moins ils auraient été ensemble.

— Nous devons régler cette histoire de plannings, dit Pascal. Je veux te voir plus souvent.

— Je pourrais dire à Adrien que je ne peux plus travailler les mardis si tu peux faire du mardi ton jour de congé, proposa Mathias. C'est toujours un soir calme. De cette manière, je ne perdrais pas trop d'argent, et ça nous laisserait une nuit par semaine où aucun de nous n'a besoin de se presser pour aller quelque part.

— Je vais en parler à Simon. Ce sera peut-être trop tard pour cette semaine, mais je vais prendre mes mardis à partir de la semaine prochaine.

— Marché conclu !

Pascal put entendre le sourire de Mathias dans le ton de sa voix.

— Je suis impatient d'y être, dit Pascal.

Il devrait préparer quelque chose de spécial, que ce soit ce mardi-là ou celui d'après, pour que Mathias sache à quel point Pascal appréciait son effort.

— Si René et Benjamin viennent au bar ce soir, ne les laisse pas trop t'embêter. René peut parfois être un peu… lourd avec ses taquineries.

— Ils ont été de parfaits gentlemen hier soir.

Pascal en doutait, mais, au moins, ils n'avaient pas dérangé Mathias au point qu'il ait à s'en plaindre.

— Si tu le dis. Sois prudent et passe une bonne journée à la banque demain.

— Merci. Tiens-moi au courant pour nos mardis, une fois que tu en auras parlé avec ton patron.

— Je t'envoie un message dès que c'est réglé.

Il ne voulait pas raccrocher et rompre la liaison entre eux, mais le temps passait, et maintenant il allait devoir prendre une douche avant de se rendre au restaurant.

— Au revoir.

— Au revoir.

Le téléphone bipa pour lui indiquer que l'appel était terminé, mais il resta où il se trouvait, savourant le bonheur de ce moment.

XVIII

LE SAMEDI matin, Mathias se réveilla avant que son alarme ne sonne, bien qu'il soit resté tard au Salon le vendredi soir, mais il n'avait pas vu Pascal depuis une semaine. Ils étaient censés se rejoindre à neuf heures. Pascal refusait de révéler à Mathias ce qu'il avait prévu pour la journée et lui avait seulement dit de s'habiller chaudement parce qu'ils seraient à l'extérieur une bonne partie de la journée. Il ne faisait pas encore extrêmement froid, juste un peu frais, mais Mathias avait déjà fait l'erreur de mal évaluer la manière dont le froid pouvait le pénétrer jusqu'à la moelle et il ne voulait pas passer la journée à souhaiter avoir porté une autre couche de vêtements.

Il sauta du lit avec bien plus d'énergie que d'habitude après une si courte nuit, mais il voulait savoir ce que Pascal avait prévu. Il prit son petit-déjeuner, se prépara et fut prêt à partir un peu avant huit heures, sans aucune idée de la manière dont il allait occuper l'heure restante. Jetant un coup d'œil à son téléphone, il se demanda s'il devait envoyer un message à Pascal pour lui dire qu'il était déjà prêt, mais il ne savait pas combien de temps prenait Pascal à se préparer et ne voulait donc pas le réveiller.

À peine une minute plus tard, son téléphone vibra.

Je n'arrivais pas à dormir. Monte quand tu es prêt. J'espère que je ne t'ai pas réveillé.

Mathias sourit.

Je serai là dans cinq minutes.

Une semaine faisait toute la différence ! La dernière fois qu'il avait été prêt à l'avance, il avait cherché des excuses pour reporter son arrivée afin de ne pas paraître trop impatient, car il avait eu peur de la manière dont il serait accueilli. Cette fois-ci, il chaussa ses chaussures, attrapa sa veste et fut hors de son appartement en moins d'une minute.

Il frappa à la porte de Pascal et attendit impatiemment qu'il l'ouvre.

— Ça ne fait pas cinq minutes, dit Pascal avec un sourire lorsqu'il ouvrit la porte.

Mathias entra et l'embrassa immédiatement. Il répondrait plus tard.

Pascal l'étreignit, répondant à son baiser avide par de la tendresse et de la séduction. Comment arrivait-il à investir tant d'émotions dans un

146

contact si simple? Mathias se dit qu'il apprendrait aussi à le faire un jour. Pour l'instant, il en profiterait autant que possible.

— Salut, dit-il quand Pascal rompit le baiser.

— Salut, toi.

— Tu m'as manqué.

Pascal sourit.

— On dit que l'absence attise la passion.

— Peut-être, mais il y avait un peu trop d'absence à mon goût.

— À partir de maintenant, je serai libre le mardi. Nous nous verrons à ce moment-là, sauf si dois te rendre au bar ou si tu as des choses à faire à la banque. Et nous nous verrons aussi lorsque nous aurons quelques heures de libres le week-end.

Cela convenait parfaitement à Mathias.

— Qu'allons-nous faire aujourd'hui? J'ai mis des bottes faites pour la marche et j'ai pris ma veste pour être prêt à passer du temps dehors, comme tu me l'as demandé.

— C'est une surprise, répondit Pascal.

Il avait servi cette même réponse exaspérante chaque fois que Mathias le lui avait demandé cette semaine-là. Mathias fit la moue avec un air malicieux, mais Pascal ne céda pas, se contentant de se pencher pour l'embrasser à nouveau. Mathias s'appuya contre lui et lécha les lèvres de son partenaire pour le pousser à approfondir le baiser sans le demander avec des mots.

— Sale gosse, dit Pascal en tapant la hanche de Mathias tout en s'écartant. Si tu commences, nous allons finir dans la chambre et tu n'auras pas ta surprise.

— Tu m'as promis une journée entière au lit.

— En effet, quand nous n'aurons pas à nous inquiéter de devoir nous lever durant l'après-midi pour aller travailler. Nous travaillons tous les deux ce soir. Ce n'est pas propice à ma mission de te rendre incapable d'aimer un autre homme.

Mathias frissonna. Il était quasiment certain que Pascal avait déjà réussi sa mission, mais il garda cette remarque pour lui. Il ne voulait pas que Pascal change d'avis et ne tienne pas ses promesses.

— Tu ne me donnes pas envie de quitter ton appartement.

— Ça vaut le coup, dit Pascal en guidant Mathias jusqu'au palier. Fais-moi confiance.

Ils marchèrent jusqu'au sous-sol où Pascal garait sa voiture. Pascal ouvrit la portière côté passager pour que Mathias entre et la referma derrière lui.

— Je meurs de curiosité, dit Mathias lorsque Pascal s'installa côté conducteur. Où allons-nous ?

— Dehors. Le temps est censé être bon, ensoleillé, et il va faire environ quatorze degrés. Un temps parfait pour une balade en voiture.

Mathias était d'accord, mais cela ne répondait pas à sa question.

— Une balade en voiture pour aller où ?

— Là où la route nous mènera, dit Pascal en sortant du garage. Détends-toi et apprécie le paysage. Si tu vois une route qui semble intéressante, dis-le-moi. Tant que tu me le dis assez tôt pour que je puisse tourner.

Pascal prit l'autoroute 10, en direction de l'est, autrement dit la direction opposée à celle qu'aurait prise Mathias s'il avait eu des jours de congé et une vraie envie de rendre visite à sa famille. Ses parents et ses sœurs lui manquaient, mais pas assez pour qu'il essaie de caser un voyage aller-retour de six heures durant son temps libre. Il irait les voir à Noël. Il n'avait pas vraiment eu le temps de découvrir les environs de Montréal, exceptée la fois où Pascal et lui étaient allés faire du canoë, mais il se rappelait un peu de ce qu'il avait appris concernant les alentours.

— La région viticole se trouve sur cette route, pas vrai ?

— Oui, mais je ne savais pas si ça t'intéresserait de faire des dégustations, alors je n'ai pas creusé. Nous pouvons nous y arrêter, si tu veux. La plupart d'entre eux sont ouverts en cette période de l'année, même sans réservation, mais nous ne sommes pas obligés d'y aller.

— Si tu n'as fait de réservation nulle part, où allons-nous ?

— Je te l'ai dit. En dehors de la ville. J'avais l'habitude de faire ça avec ma famille quand ma sœur et moi étions petits. Mes parents prenaient une journée et nous conduisions jusque dans la campagne, nous regardions les feuilles qui changeaient de couleur, nous trouvions un endroit charmant dans n'importe quelle ville pour déjeuner et rentrions à la maison pour l'heure du dîner. J'ai pensé que tu aimerais sortir de la ville durant quelques heures. Nous allons trouver un restaurant qui semble intéressant pour le déjeuner et ce sera soit fantastique, soit un désastre. Si c'est fantastique, nous déjeunerons bien. Si c'est un désastre, nous rirons bien. Dans tous les cas, nous retournerons en ville en nous sentant mieux après l'avoir quittée pendant quelques heures.

— C'est…, commença Mathias, déglutissant péniblement à cause de l'émotion qui avait envahi sa gorge. Merci. C'est très gentil de ta part. J'aime Montréal. C'est une ville qui offre tellement de possibilités, mais j'ai parfois l'impression d'être étouffé par le béton. Mont-Royal est agréable, mais c'est aussi une ville.

— Je t'en prie.

Mathias tendit le bras au-dessus de la console pour prendre la main de Pascal. Pascal la serra et entrelaça leurs doigts. Ils roulèrent dans un silence confortable alors que la ville disparaissait et que la campagne s'ouvrait à eux. C'était moins boisé que chez ses parents, mais les arbres qui longeaient la route avaient pris les couleurs de l'automne – rouge intense, orange brillant, jaune vif, un condensé de couleurs qui lui rappelait la maison. Il ne réalisa pas combien il était devenu tendu jusqu'à ce que sa nervosité le submerge.

— Ça ne te dérange pas? demanda Mathias, approchant sa main du bouton qui servait à descendre la vitre.

Il faisait froid à l'extérieur, mais il avait besoin d'air frais.

— Non, vas-y. Je suis bien emmitouflé.

Mathias baissa la vitre jusqu'à mi-chemin et inspira profondément. Ils n'étaient pas encore assez loin de la ville pour que l'on puisse sentir la vraie campagne, mais la simple absence des gaz d'échappement était une amélioration. Pascal quitta l'autoroute et emprunta une route de campagne qui menait vers Farnham. L'air se mit alors à changer, devenant plus humide, avec un parfum de feuilles séchées. Mathias prit une autre grande inspiration et expira doucement.

— Je ne pense pas que j'avais réalisé à quel point j'avais besoin de ça. Je suis toujours à l'extérieur. Que ce soit pour courir ou pour me rendre au travail ou rentrer à la maison, mais ce n'est pas la même chose.

— Non, ce n'est pas la même chose. J'ai toujours vécu à Montréal, mais, quand nous étions plus jeunes, mes parents louaient un endroit où nous restions tout l'été. Ils prenaient un mois de vacances et nous partions. Je passais mes journées à courir dans les bois au nord de la ville. Parfois, ça me manque.

— Est-ce la raison pour laquelle tu voyages autant?

Pascal le regarda brièvement et sourit avant de se concentrer à nouveau sur la route.

— Parfois, oui. Le Trek du chemin de l'Inca était sans aucun doute un retour aux sources, mais tous les voyages n'en sont pas un. On ne sort pas vraiment de la ville en se rendant à Prague.

— C'est vrai, même si c'est hors de *ta* ville.

— Je suppose que tout dépend de ce que tu recherches quand tu pars en voyage. Est-ce qu'un changement de paysage urbain te suffit ou est-ce que tu as vraiment besoin de t'éloigner de la ville ?

— En ce moment, j'aimerais complètement m'éloigner de la ville, mais il va me falloir des années avant d'avoir le temps et l'argent nécessaires pour m'offrir le genre de voyages que tu fais. J'aurais une semaine de vacances par-ci, par-là, mais ce n'est pas la manière dont tu voyages.

— Ce n'est pas la manière dont je *voyageais*.

Pascal insista sur le temps passé si sérieusement que Mathias ne put s'empêcher de sourire.

— Je voyageais de cette manière parce que je n'avais pas de raison de ne pas le faire. Ça me conviendrait parfaitement de faire des escapades dans des cabanes durant les week-ends. Un peu de ski de fond et de raquettes, puis un bon feu de cheminée et un verre de vin. Ce serait une magnifique escapade hivernale.

Cela semblait merveilleux, mais c'était au-dessus des moyens de Mathias. Cependant, il n'en dit rien. Pascal n'était pas en train de suggérer qu'ils partent ensemble lors de ces prochains week-ends. Peut-être que lorsqu'il le proposerait vraiment, Mathias aurait réussi à rassembler la somme nécessaire pour pouvoir se le permettre.

— Tu peux fermer les yeux et te reposer un peu plus, si tu veux, dit Pascal lorsque Mathias ne réagit pas à sa remarque. Ça va prendre encore un moment avant d'arriver à Farnham. Nous pouvons nous arrêter là-bas et nous promener un peu ou nous pouvons rouler encore plus loin dans la région viticole avant de nous arrêter. À toi de voir.

— Je ne connais pas du tout cette région, répondit Mathias. Tu dois me dire ce qu'il y a d'intéressant à voir. Je suis simplement heureux d'être avec toi et de ne plus être en ville.

— Alors, arrêtons-nous à Farnham. Je me suis dit que nous pourrions déjeuner à Dunham et voir ensuite si nous avons envie de nous arrêter dans une exploitation viticole avant de rentrer. Mais ça nous laisse toute la matinée à occuper.

— Parfait.

PASCAL TROUVA une place de stationnement à Farnham, près de l'église. Ils fermèrent leurs vestes et se promenèrent le long de la rivière. Les rues bordées d'ormes étaient calmes, avec quelques locaux qui faisaient leurs achats. Mathias glissa sa main dans celle de Pascal alors qu'ils se baladaient dans les ruelles. Il prit une profonde inspiration et expira doucement.

— Tu vas bien ? demanda Pascal. Tu n'arrêtes pas de faire ça.

— Je n'arrête pas de faire quoi ?

— Grandes inspirations et quasi-soupirs.

Mathias se mit à rire.

— Désolé. Je ne voulais pas t'inquiéter. Je profite de l'odeur de la campagne. C'est vraiment apaisant, ça me rappelle la maison.

— Tu as besoin de retourner chez toi. Prends-toi un week-end et va rendre visite à ta famille. Ça te ferait du bien.

Ça lui ferait certainement du bien, mais ce n'était pas vraiment une possibilité pour l'instant.

— Je les verrai à Noël. Je n'ai pas de voiture donc ils seraient obligés de venir me chercher, ce qui n'est pas vraiment faisable en un week-end.

Il garda un ton neutre. Il ne passerait pas sa vie à galérer pour joindre les deux bouts. Une fois que sa formation serait terminée, il obtiendrait une augmentation considérable, assez importante pour arrêter de travailler au Salon et avoir les moyens de s'acheter une voiture. Il devait juste patienter encore dix-huit mois.

— Et pour Thanksgiving ?

Mathias haussa les épaules.

— Je profiterai de mon jour de repos. Je ferai la grasse matinée, ce genre de choses.

— Tu pourrais m'accompagner chez ma sœur, proposa Pascal.

— Vraiment ? dit Mathias avant d'avoir le temps de réfléchir. Je ne veux pas m'imposer.

— Ce ne serait pas du tout le cas. C'est moi qui t'invite. Je me suis fait disputer par mes parents le week-end dernier parce que je ne t'avais pas emmené avec moi pour le déjeuner.

— Tu leur as parlé de moi ?

Mathias frémit en entendant l'incertitude dans sa voix, mais les mots lui avaient déjà échappé.

151

— Mes parents savent que je suis gay. Ils considéraient Robert comme leur fils avant qu'il nous quitte. Ils sont heureux que j'aie enfin retrouvé quelqu'un.

Mathias se pencha davantage contre Pascal, essayant d'assimiler cette information, de comprendre comment cela correspondait à l'image qu'il avait de leur relation. Ses parents aussi savaient qu'il était gay, mais il ne leur avait pas dit qu'il entretenait une relation sérieuse. Une semaine plus tôt, il n'avait même pas été sûr que cette relation était aussi sérieuse qu'il le souhaitait, et même maintenant, il ne pensait pas être arrivé à l'étape de la rencontre avec les parents.

— C'est… Nous étions… Je ne pensais pas…

Il arrêta le flot de bafouillage en prenant une grande inspiration, puis il reprit :

— Je serai ravi de passer Thanksgiving avec ta famille si tu es à l'aise avec cette idée. Je sais que je ne suis probablement pas le partenaire qu'ils avaient imaginé pour toi, mais je ferai tout mon possible pour ne pas te décevoir.

Pascal arrêta de marcher et se tourna pour faire face à Mathias, son visage aussi sérieux que durant leur conversation du week-end précédent.

— Le seul qui décide de ce qui est le mieux pour moi, c'est moi. Ils le savent très bien et seront heureux de te rencontrer parce que je suis heureux avec toi. Je leur ai dit que tu travaillais à la Banque de Montréal et que nous vivions dans le même immeuble. Ils vont te regarder et voir un professionnel en devenir, et ils vont se demander ce que tu peux bien me trouver, pas le contraire.

Cette pointe d'autocritique faisait à nouveau son apparition, comme si Pascal pensait que son choix de devenir chef de rang le rendait inférieur.

— Nous avons déjà eu cette conversation, mais je vais le répéter si c'est nécessaire.

Il fit une pause pour voir si Pascal allait l'arrêter, mais son silence était bien trop parlant.

— Tu te vois comme un « simple chef de rang », mais j'ai devant moi un homme qui a choisi une carrière et qui a réussi. Je crois t'avoir déjà dit que mon patron refuse que ses dîners d'affaires se déroulent ailleurs que dans ton restaurant. Nous avons une réservation dans quelques semaines. Je suis invité à me joindre à eux, cette fois.

— Il faudra que tu me dises quand vous venez. Je m'assurerai que l'on s'occupe bien de votre table. Il sera peut-être impossible que je vous place dans ma section, mais je peux m'assurer que vous soyez avec quelqu'un qui vous servira de la meilleure des manières.

— Vu tout ce que j'ai entendu et tout ce que tu m'as raconté, je suis sûr que toutes les personnes avec lesquelles tu travailles offrent un bon service. Même si je ne serais pas contre le fait que tu sois celui qui prenne en charge notre table. J'adorerais te voir à l'œuvre.

Les rides autour de la bouche de Pascal se dessinèrent alors qu'il fronçait les sourcils. Mathias jura intérieurement. Mauvais choix de mots.

— Je passerais toute la durée du dîner à me retenir de te sauter dessus, ajouta-t-il.

Pascal se mit à rire, ce qui apaisa la tension chez Mathias.

— Il n'y a rien de bien séduisant chez quelqu'un en pantalon noir avec un tablier blanc. Fais-moi confiance, tu ne manques rien.

— Moi seul peux en juger, répliqua Mathias. Après tout, ce ne sont pas tes préférences, mais les *miennes* qui compteront.

Pascal lui serra la main plus fort.

— Si tu le dis.

S'ils avaient été à Montréal, Mathias n'aurait pas hésité à attirer Pascal à lui pour l'embrasser, mais ils se trouvaient à la campagne, où les comportements évoluaient plus doucement. Cela pourrait ne pas déranger, ou le contraire. Il attendrait d'être à nouveau dans la voiture pour l'embrasser.

XIX

— C'EST QUOI ce regard sur ton visage ? demanda Louis lorsque Mathias entra dans la banque le lundi matin.

— Il m'a invité à passer Thanksgiving avec sa famille, lâcha Mathias.

— C'est une bonne chose, non ? Ça signifie qu'il prend votre relation au sérieux.

C'était une bonne chose, mais cela ne changeait rien au fait que Mathias n'était pas vraiment prêt à y faire face.

— Comment dois-je m'habiller ? Que vais-je répondre s'ils me demandent où nous nous sommes rencontrés ? Enfin, nous habitons dans le même immeuble, mais nous nous sommes rencontrés au bar. Et qu'est-ce que je vais faire s'ils ne m'aiment pas ou pensent que je suis trop jeune pour lui ou pas assez bien pour lui ou…

— Respire, Mathias. Tu dramatises pour rien.

Mathias obéit et prit une profonde inspiration.

— Je suis ridicule.

— Ce n'est pas ridicule d'être nerveux à l'idée de rencontrer ses parents. Simplement, ne rends pas les choses pires qu'elles ne le sont. S'il t'a invité, c'est parce qu'il pense que ça va bien se passer.

Ce rappel calma un peu Mathias. Pascal ne l'avait pas invité avant que Mathias lui dise qu'il ne rentrait pas chez lui, mais il *l'avait* invité. Il aurait pu se contenter de rester silencieux, acceptant que Mathias passe sa journée chez lui à profiter de son jour de congé, mais il ne l'avait pas fait. Il avait invité Mathias à passer Thanksgiving avec lui et il avait déjà parlé de lui à ses parents.

— Ça ne répond toujours pas à ma question : comment je m'habille ? plaisanta Mathias pour détendre l'atmosphère.

Il n'avait pas eu l'intention de raconter tant de choses à Louis. Il n'avait pas l'intention de lui en raconter davantage. Louis se mit à rire.

— Tu vas devoir lui poser la question. Chaque famille est différente. Ma famille pense que le plus important est d'être à son aise – en jean et en tee-shirt ou pull, tout dépend de la température –, mais je suis sorti avec quelqu'un dont toute la famille portait des costumes ou des robes de soirée pour Thanksgiving. Il ne va pas trouver ça bizarre que tu lui poses la question. Dis-lui simplement que tu veux faire une bonne première impression.

Cette partie serait relativement facile. Pascal comprendrait qu'il veuille faire bonne impression. Il n'avait pas semblé inquiet de la réaction de ses parents, mais il ne voudrait pas que Mathias fasse mauvaise impression. Cependant, le reste était plus difficile à contrôler. Il ne pouvait pas devenir plus vieux qu'il ne l'était en réalité. Il ne pouvait pas changer le fait qu'il était un nouvel arrivant à Montréal, qu'il était un gars de la campagne sans repères dans la ville. Il ne pouvait pas changer le fait que ses parents appartenaient à la classe moyenne ou qu'il avait un accent. Pascal parlait avec un doux accent de Montréal en français et sans aucune trace d'accent français en anglais, rien à voir avec l'accent prononcé de la campagne où Mathias avait grandi. Personne ne lui faisait de remarque sur son accent au travail, mais il voyait de temps en temps ce fameux regard, surtout venant de la part de ceux qui avaient grandi dans la ville. Ils attendaient un accent plus élégant de la part d'une personne occupant cette position. Si les parents de Pascal réagissaient de cette manière, cela mettrait-il un terme à leur relation ? Cela n'avait jamais semblé déranger Pascal, mais cela ne voulait pas dire que ses parents avaient la même ouverture d'esprit.

— Je connais ce regard. Tu t'inquiètes de choses au sujet desquelles tu ne peux rien. Ça ne sert à rien, et si tu es nerveux, ce sera plus compliqué pour toi de passer un agréable moment. Ne fais pas ça à Pascal.

— Il est tellement parfait et je… ne le suis pas.

— Tu réalises qu'aucune de ces affirmations n'est correcte, n'est-ce pas ? Je suis sûr qu'il est merveilleux, mais il n'est pas parfait. Personne ne l'est. Et tu n'es pas aussi imparfait que tu le penses ou bien il ne se serait pas intéressé à toi en premier lieu. À moins que tu sois encore bloqué sur cette idée qu'il ne veut de toi que pour le sexe.

Ce serait facile de se laisser aller à croire cela sauf que Pascal n'agissait pas de cette manière. Ils étaient rentrés trop tard de leur balade en campagne pour faire quoi que ce soit d'autre que de s'embrasser pour se dire au revoir avant de partir se préparer pour le travail, et ils n'avaient pas réussi à se voir le dimanche. Ils avaient rendez-vous le lendemain soir, mais, connaissant Pascal, ils sortiraient quelque part au lieu de passer la soirée dans la chambre. Il devrait s'assurer qu'ils reviennent à temps pour s'amuser un peu avant que la nuit s'achève ou bien il commencerait à se demander si Pascal le désirait encore au lieu d'avoir peur qu'il ne soit avec lui que pour le sexe.

— Il ne prendrait pas la peine d'organiser des rendez-vous si agréables s'il n'était avec moi que pour le sexe.

— Qu'avez-vous fait ce week-end ? Quelque chose d'amusant ?

Mathias saisit cette opportunité pour changer de sujet de conversation et s'installa confortablement pour lui raconter leur balade du samedi. Il s'inquiéterait du reste plus tard.

UNE SEMAINE plus tard, Mathias n'était pas plus rassuré à l'idée de fêter Thanksgiving avec Pascal, malgré les propos rassurants de son partenaire lui garantissant que ses parents l'adoreraient. Il avait décidé de porter un beau pantalon et une chemise à boutons, mais sans cravate ni veste de sport. Pascal lui avait dit que ce n'était rien de très formel, mais Mathias ne voulait pas s'y rendre en jean. Même si Pascal en portait un, il faisait partie de la famille, il n'était pas un nouvel arrivant qui allait se faire juger. Leur rendez-vous du mardi s'était déroulé aussi bien que Mathias l'avait espéré. Il n'avait même pas eu besoin de convaincre Pascal de l'amener au lit à la fin de la soirée. Cela n'avait pas été comme la course jusqu'à la ligne d'arrivée de leur première nuit, mais il avait terminé, en un temps remarquablement court, avec ses genoux auprès de ses oreilles. Il sourit à ce souvenir, espérant que cette nuit-là se terminerait de la même manière. Pascal était un amant magistral et Mathias en voulait plus, et le plus vite serait le mieux. Ce serait sa récompense pour avoir survécu aux prochaines heures.

Un coup à la porte interrompit ses pensées nerveuses. Il attrapa sa veste et se dirigea vers la porte.

— Salut, dit Mathias.

Pascal se tenait sur le palier et portait un pantalon noir et une chemise bleu roi avec un col ouvert, sa veste par-dessus son bras. Mathias poussa un soupir de soulagement. Il avait choisi le bon style vestimentaire.

— Tu es très séduisant, ajouta-t-il.

— Toi aussi, répondit Pascal en le regardant de haut en bas. Tu es prêt à partir ?

— Tu es sûr que c'est une bonne idée ?

— Tu n'es pas obligé de venir si tu n'en as pas envie.

La peine dans sa voix fit se décider Mathias.

— Non, ce n'est pas ça. Bien évidemment que je veux rencontrer ta famille. Je suis simplement anxieux. Je veux qu'ils m'apprécient.

— Je suis quasiment sûr que le seul fait que je sourie t'attirera toutes leurs faveurs.

Pascal glissa son bras sous celui de Mathias alors qu'ils descendaient jusqu'au garage où se trouvait la voiture de Pascal.

— Selon ma sœur, je n'ai pas assez souri ces dernières années.

Mathias aimait l'idée d'être la raison du sourire de Pascal. Il attendit que celui-ci déverrouille la voiture, mais dès qu'ils furent tous les deux installés, il se pencha au-dessus de la console pour embrasser tendrement Pascal.

Ce sentiment de plénitude dura tout le long du trajet jusqu'à la maison de sa sœur. Lorsque Pascal se gara devant une petite maison du quartier Côtes-des-Neiges, toute son anxiété refit surface. Le quartier Côtes-des-Neiges n'était peut-être pas le plus huppé de la ville, mais il était tout de même assez chic. Une chose était certaine : Mathias était à mille lieues de La Tuque.

Avant même qu'ils ne puissent sortir de la voiture, la porte d'entrée s'ouvrit et une petite blondinette sortit en courant.

— Oncle Pascal !

Le sourire sur le visage de Pascal coupa le souffle de Mathias. Il croyait avoir vu le sourire de son partenaire, mais il n'avait jamais été aussi lumineux ou insouciant. Si obtenir l'aval des parents de Pascal signifiait qu'il serait la cause de ce sourire, il avait encore beaucoup à apprendre.

— Bonjour, Chantal. Comment va mon petit oiseau chanteur ?

Pascal attrapa sa nièce en l'étreignant bien fort et la fit tourner en rond deux fois, provoquant chez elle des rires enchantés. Ce son mélodieux était en totale adéquation avec son surnom.

— J'ai appris une nouvelle chanson en classe de musique. Je te la chanterai après le dîner. Maman dit que je dois attendre jusqu'à ce que nous ayons terminé de manger avant de frimer.

Pascal se mit à rire.

— Chantal, voici mon ami, Mathias. Je parie qu'il sera ravi de t'entendre chanter tout à l'heure.

— Salut, Chantal, dit Mathias en lui tendant la main.

Chantal la lui serra avec une expression très sérieuse sur le visage.

— Bonjour, monsieur, répondit-elle poliment.

Mathias voulut lui dire qu'il n'était pas assez vieux pour qu'on l'appelle « monsieur », mais ce n'était pas à lui d'en décider, pas sans en avoir d'abord parlé à la sœur de Pascal.

— Entrons. Nous pourrons faire les présentations une fois au chaud.

Chantal glissa sa main dans celle de Pascal et le guida vers la porte, bavardant à mille à l'heure à propos de ses amis d'école et du nouvel animal de compagnie de sa classe. Mathias les suivit, se sentant de plus en plus exclu. Il n'était pas jaloux de l'attention que Pascal portait à Chantal, pas vraiment. Il avait juste besoin d'un peu de son attention pour apaiser son anxiété.

Ils étaient en train de retirer leur veste quand la sœur de Pascal entra dans le hall d'entrée. Elle embrassa la joue de son frère, envoya sa fille chercher quelque chose, et tendit la main à Mathias.

— Vous devez être Mathias. Bienvenue dans le chaos. Je suis Sylvie.

— Ravi de faire votre connaissance, Sylvie. Merci de m'accueillir chez vous pour Thanksgiving.

— Je vous en prie, même si vous ne chanterez peut-être plus le même refrain à la fin de la journée, plaisanta-t-elle avant de se tourner vers Pascal. Maman est dans un mauvais jour.

Pascal soupira et se tourna vers Mathias.

— Ma mère souffre d'une sorte de démence. Il y a des jours où tout va bien, où elle est la même femme que celle qui nous a élevés, et d'autres où elle ne se rappelle d'aucun de nous ni de l'endroit où elle se trouve.

— Aujourd'hui, elle est de retour vingt ans en arrière, dit Sylvie. Elle m'a appelée deux fois par le prénom de sa sœur et elle est persuadée que Chantal est moi. Elle n'arrête pas de demander où tu es. Je lui ai dit que tu n'allais plus tarder à arriver et elle voulait savoir dans quelle maison tu te rendais pour Thanksgiving.

— Je suis désolé, dit Pascal à Mathias. Ça fait longtemps qu'elle n'a pas été dans un mauvais jour. J'avais espéré que ça durerait un peu plus longtemps.

— Ça va bien se passer, dit Mathias.

— Il se peut qu'elle ne se souvienne pas que je lui ai parlé de toi. Il se peut qu'elle ne se souvienne pas que je suis gay. La dernière fois qu'elle était dans un mauvais jour, elle n'arrêtait pas de me dire qu'il fallait que je trouve une gentille fille et que je m'installe. Elle ne l'a pas mal pris quand je lui ai dit que je n'étais pas intéressé par les femmes – on aurait plutôt dit qu'elle ne m'avait pas entendu –, mais ce n'est pas non plus la manière dont je voulais que tu fasses sa connaissance.

Ce n'était pas non plus la manière dont Mathias souhaitait la rencontrer, mais il n'avait pas vraiment le choix, sauf s'il faisait marche arrière maintenant, ce qui était impossible puisque c'était Pascal qui les avait conduits ici. Il pourrait probablement prendre le bus, mais il ne connaissait pas le réseau et ne savait pas à quelle fréquence passaient les bus le soir de Thanksgiving. Il n'avait plus qu'à prendre sur lui et à faire face.

— Ils sont dans la cuisine, dit Sylvie. Je peux aller chercher Papa en premier, si tu penses que ce sera plus facile.

— Non, si nous faisons ça, Maman va faire des histoires. Si elle n'a fait que revenir dans le passé, qu'elle n'est pas complètement paumée, son caractère sera le même.

— C'est elle qui dirige la famille ? demanda Mathias avec un sourire en coin.

— D'une main de fer.

Mathias rit doucement, mais il se dit que cela devait rendre la démence de leur mère encore plus difficile à accepter. Pascal glissa sa main dans la sienne et s'enfonça plus loin dans la maison. La maison n'était pas aseptisée. Elle transpirait la vie et l'amour. Les jouets de Chantal étaient éparpillés dans la salle de séjour, mais le désordre de la vie quotidienne ne pouvait cacher l'élégance sous-jacente du bâtiment. Sylvie ne semblait pas faire une fixation sur sa maison, mais c'était la vie à laquelle Mathias aspirait, pas celle qu'il vivait actuellement.

Pascal se sentait comme chez lui ici, à en croire la manière dont il n'avait pas attendu Sylvie pour errer, et pourtant, il ne voyait pas Mathias comme une personne inférieure à lui parce qu'il avait un petit boulot – ou même parce qu'il avait besoin d'un petit boulot pour habiter rue Sainte-Catherine.

Ils entrèrent dans une cuisine moderne, un peu en décalage avec le reste de la maison, mais équipée de tout ce dont un cuisinier pourrait avoir besoin. Un couple plus âgé était installé à table. L'homme ressemblait tellement à Pascal que Mathias aurait su qui ils étaient sans même se trouver dans ce contexte. Il sourit et attendit que Pascal les présente.

— Maman, Papa, voici Mathias. Je vous ai parlé de lui la fois dernière. Mathias, mes parents, Julien et Marguerite.

Le regard de Marguerite passa du visage de Pascal à leurs mains jointes.

— Pascal ! Pourquoi lui tiens-tu la main ? Où est Robert ? Tu as fait des promesses. Ton père et moi t'avons mieux éduqué que cela.

— Maman, l'interrompit Sylvie avant qu'elle puisse continuer ou que Pascal puisse répondre. Tu ne sais pas ce que tu dis. Accompagne-moi dans l'autre pièce.

Elle fit se lever sa mère et la guida vers la porte.

— Arrête ça, Sylvie. Pascal se conduit de manière éhontée. Tu ne peux pas cautionner ça. Savais-tu qu'il amenait quelqu'un d'autre pour Thanksgiving?

Sylvie fit sortir sa mère de la pièce et ferma la porte avant de répondre, mais Mathias ne voyait aucun moyen pour que cette conversation se termine bien.

— Toutes mes excuses, dit le père de Pascal en se levant doucement. Marguerite oublie parfois des choses. Cependant, elle se rappelle généralement des choses importantes. Je vous prie de ne pas prendre ses mots à cœur. Si elle était elle-même, elle ne les aurait jamais prononcés. Elle était plutôt en colère contre Pascal quand il ne vous a pas demandé de l'accompagner au déjeuner durant lequel il nous a parlé de vous pour la première fois.

— C'est gentil à vous de me dire cela.

Cependant, aucune parole, même la plus gentille, ne pourrait apaiser la douleur soudaine dans la poitrine de Mathias. Il était le remplaçant. Peu importe combien de temps ils resteraient ensemble, il serait toujours celui que Pascal avait choisi quand il ne pouvait pas avoir celui qu'il désirait.

Julien laissa échapper un rire bref.

— Je n'ai pas l'habitude d'être « gentil ». Vous pouvez demander à Pascal. Je préfère dire la vérité. Ainsi, tout le monde sait à quoi s'en tenir.

Mathias jeta un œil vers Pascal, qui semblait touché, mais qui hocha la tête suite aux paroles de son père.

— Alors c'est un plaisir de vous rencontrer, dit Mathias en affichant un sourire et en faisant son possible pour paraître sincère.

XX

PASCAL ÉCOUTA son père et Mathias discuter, mais la conversation n'était qu'un bourdonnement dans ses oreilles. Il ne pouvait pas croire que sa mère avait dit ces choses. Il devait au moins s'isoler avec Mathias et lui présenter ses excuses. Il pourrait lui proposer de partir. Chantal ne comprendrait pas, mais Sylvie et Bertrand ne lui en voudraient pas s'il prenait Mathias et partait.

Sylvie revint avant qu'il puisse se ressaisir. Elle analysa la scène en un seul coup d'œil et lui attrapa le bras.

— Maman est couchée. Je l'ai convaincue qu'un peu de repos lui ferait du bien. Je ne sais pas si ça fera revenir ses souvenirs, mais ça nous donnera un peu de répit. Est-ce qu'il va bien ?

— Est-ce que tu irais bien ?

— J'aurais déjà pris mes jambes à mon cou. Alors soit il est plus endurant que moi, soit il est encore trop choqué pour réagir. Maman est dans notre chambre. Tu peux aller dans la chambre d'amis si tu veux lui parler en privé.

— Merci, Sylvie.

— Sa réaction n'était pas du tout réelle. Tu le sais. Si tu avais fait ce qu'elle pense que tu as fait, ce serait justifié, mais tu ne l'as pas fait. Quand elle s'en rappellera, elle s'entendra parfaitement avec Mathias.

Mais est-ce que Mathias s'entendrait parfaitement avec elle ? Sa démence n'irait pas en s'arrangeant. Oh, elle aurait des bons et des mauvais jours, mais son état empirerait et les mauvais jours deviendraient plus récurrents que les bons, ce qui augmenterait la possibilité qu'à chaque fois que Mathias l'accompagnerait à une réunion de famille, une confrontation similaire se produise. Pascal comprendrait tout à fait que Mathias ne veuille plus jamais l'accompagner lorsqu'il rendrait visite à sa famille. Pascal ne lui en voudrait même pas. Aucune personne sensée ne voudrait affronter ce genre de situation une seconde fois.

Bertrand entra dans la pièce avec Chantal dans les bras, ce qui détourna l'attention de Papa et permit à Pascal de prendre Mathias à part.

— Viens avec moi.

161

Mathias le suivit machinalement.

— Je suis *tellement* désolé, dit-il une fois qu'ils furent seuls dans le couloir. Si j'avais su qu'elle allait réagir de cette manière, je n'aurais jamais suggéré que nous fêtions Thanksgiving ici.

— Tu ne pouvais pas savoir, dit Mathias, mais sa voix semblait creuse à l'oreille de Pascal.

— Peu importe ce que tu penses, tu as tort, dit Pascal, même s'il ne lui en voudrait pas de s'enfuir en courant. Est-ce que tu veux partir ? Nous pouvons trouver un autre endroit où dîner. Je suis sûr qu'il y a un restaurant avec une table de libre.

— Non, ce ne serait pas juste pour toi, répondit Mathias. Tu dois passer Thanksgiving avec ta famille. Je peux partir. Je suis sûr qu'il y a un bus qui peut me ramener à la maison.

Pascal secoua vivement la tête. Mathias ne pouvait pas partir comme ça. Pascal l'avait amené ici. Si Mathias voulait partir, Pascal serait un gentleman et le raccompagnerait chez lui.

— Je vais te ramener à la maison si c'est ce que tu souhaites. Si j'étais toi, je ne voudrais pas rester ici après la façon dont s'est conduite Maman.

— Non, ne t'inquiète pas. Je sais à quoi m'attendre maintenant. Elle m'a juste pris au dépourvu.

Pascal étreignit fermement Mathias. Il ne méritait sans doute pas que Mathias accepte cette situation, mais il prendrait ce que Mathias lui offrait. S'il était prêt à rester et à tolérer le comportement imprévisible de Maman, Pascal lui en serait reconnaissait et ferait son possible pour le lui faire savoir.

— Maintenant que nous savons comment elle se comporte aujourd'hui, nous essaierons de la canaliser pour ne pas qu'elle s'en prenne à toi. Reste près de Bertrand ou de Sylvie si tu ne peux pas rester avec moi. Je ferai de mon mieux pour que son attention soit focalisée sur moi.

— Tu n'es pas obligé de faire ça, dit Mathias. Je suis un adulte. Je peux faire face à un peu de désapprobation.

— Mais tu ne devrais pas avoir à le faire, protesta Pascal. Il n'y a rien à désapprouver. Rien de ce qu'elle dit n'est justifié.

— Tu as fait des promesses à Robert.

— Oui, je lui en ai faites et s'il était encore en vie, je serais encore en train de faire mon possible pour les tenir. Mais il n'est plus là et nous en avons discuté avant qu'il parte. Il m'a dit que j'étais trop jeune pour m'enfermer dans un mausolée avec lui. Il m'a dit que le meilleur hommage que je pouvais lui rendre était de vivre une longue et heureuse vie. Maman a tort, car, au contraire, je tiens enfin la promesse que je lui ai faite en étant ici avec toi.

Cela ressemblait bien trop à une déclaration, une que Mathias n'avait sans doute aucune envie d'entendre après l'heure qu'ils venaient de passer, alors Pascal arrêta son flot de paroles avant de dire une chose sur laquelle il ne pourrait pas revenir.

MATHIAS ÉTAIT incapable d'expliquer comment il avait survécu au reste de l'après-midi, mais Sylvie, Bertrand et Julien avaient fait de leur mieux pour empêcher Marguerite de faire une autre scène et Pascal ne l'avait pas quitté plus d'une minute jusqu'à ce qu'il soit l'heure de partir. Il suivit Pascal dehors jusqu'à la voiture, se sentant toujours vide à l'intérieur. Il détestait être une source de tension. Tout le monde avait essayé d'apaiser la situation, mais combien de temps cela durerait-il avant qu'ils se lassent de devoir le couver ?

— Hé, dit Pascal une fois qu'ils furent tous deux installés. Ça va ?

Mathias afficha un sourire, espérant qu'il ne semblait pas trop forcé.

— Je suis simplement fatigué. Je suis resté tard au bar hier soir et je ne voulais pas être en retard pour Thanksgiving, alors je n'ai pas fait la grasse matinée ce matin.

— Tu aurais été plus heureux en restant dormir à la maison. Je suis vraiment désolé.

— Ce n'est pas ta faute. Je le sais.

— Si ça peut te consoler, j'étais heureux de t'avoir à mes côtés. C'est l'un des rares Thanksgiving où je ne me suis pas senti comme un intrus.

— Un intrus ?

Mathias ne pouvait pas imaginer que Pascal ressente cela tout en étant entouré de sa famille. Ils avaient ri et plaisanté toute la journée avec lui, l'incluant dans toutes les conversations, et faisant même l'effort de donner des explications à Mathias.

Pascal haussa les épaules.

— Sylvie et Bertrand, Maman et Papa, Robert et moi. Nous étions toujours censés être trois couples, pas deux couples et moi. Même s'ils ne l'ont pas fait de manière volontaire, j'étais devenu l'intrus de cette fête. Même si Maman était dans un mauvais jour aujourd'hui, je ne me suis pas senti exclu.

Mathias ne pouvait pas croire que sa présence y était pour quelque chose, mais il prendrait ce qu'on lui offrait.

— Il n'est pas encore tard. As-tu le temps de monter chez moi ou dois-tu te coucher tôt?

Mathias réfléchit un moment à cette question. Pascal ne l'avait pas formulé ainsi, mais si Mathias l'accompagnait chez lui, cela revenait à finir au lit. Une bonne partie de jambes en l'air, qui le laisserait inconscient et exténué, était peut-être ce dont il avait besoin pour se détendre. Un prix de consolation, même s'il n'avait pas réussi à faire bonne impression à la famille de Pascal.

— J'ai le temps. Comme tu l'as dit, il n'est pas tard.

Pascal tendit le bras au-dessus de la console et serra la main de Mathias.

— Merci. Si c'est possible, je veux me faire pardonner pour le comportement de ma mère.

Mathias lui serra la main à son tour, ce contact apaisant un peu la douleur qu'il ressentait encore suite à la réaction de Mme Larocque à son égard. Tout au long de la journée, il avait pu constater que le reste de la famille de Pascal n'avait pas la même opinion. Cela faisait tout de même mal.

Le reste du trajet se déroula en silence. Pascal gara sa voiture dans le garage et attrapa la main de Mathias dès qu'ils furent tous les deux hors du véhicule.

Ils montèrent les marches l'un à côté de l'autre. Pascal ne relâcha jamais sa prise sur la main de Mathias, mais il ne poussa pas non plus Mathias contre le mur pour l'embrasser comme il l'avait fait les autres fois qu'ils avaient monté ces marches ensemble. Mathias ne savait pas quoi en penser, mais tant que Pascal ne le lâchait pas, il ne le ferait pas non plus.

Quand ils arrivèrent devant la porte de l'appartement de Pascal et que ce dernier commença à batailler avec ses clés d'une seule main, Mathias se mit à rire.

— Tu peux me lâcher le temps d'ouvrir la porte. Je promets de ne pas disparaître le temps que tu nous fasses entrer à l'intérieur. Je suis autant investi dans cette relation que tu l'es.

Pascal sourit à sa boutade, mais cela n'atteignit pas ses yeux, au grand dépit de Mathias. Avait-il dit quelque chose de mal? Est-ce que Pascal l'avait invité chez lui pour autre chose que du sexe? Pascal avait dit qu'il voulait se faire pardonner pour le comportement de sa mère, ce qui insinuait quelque chose de bien, mais, maintenant que Mathias y pensait, ça n'était pas forcément lié au sexe. Sa main se sentit glacée lorsque Pascal la laissa pour ouvrir la porte et le faire entrer à l'intérieur.

— Hé, dit Pascal après avoir fermé la porte. À quoi penses-tu ? Tu sembles inquiet.

— Rien.

Il afficha un sourire et s'approcha assez de Pascal pour se frotter contre lui de manière provocatrice.

— Tu as réussi à me faire monter. Que vas-tu faire de moi ?

Pascal glissa ses bras autour de Mathias et se pencha pour l'embrasser, un contact si tendre que Mathias recommença à s'inquiéter. Ils s'étaient embrassés des douzaines de fois, mais leurs précédents baisers avaient été différents. Passionnés, avec un peu de fermeté et beaucoup d'avidité, des deux côtés. Ce baiser n'était rien de tout cela.

Il tenta de se laisser porter par le baiser parce que, même si ce n'était pas ce à quoi il s'était attendu, Pascal ne s'était pas non plus éloigné. Il gardait Mathias blotti contre lui et continuait de l'embrasser, avec de doux baisers, des petits moments de plaisir si différents de leur vague de désir habituelle. Mathias entrouvrit les lèvres pour inviter Pascal à approfondir le baiser, mais son partenaire ne répondit pas. Au lieu de ça, il quitta les lèvres de Mathias pour explorer ses joues, ses yeux, l'arête de son nez.

— Pascal ?

Pascal ronronna, mais ne cessa pas ce qu'il était en train de faire. Du moment qu'il ne s'arrêtait pas, Mathias pouvait faire preuve de patience. L'excitation entre eux ne pouvait pas être contenue pour toujours. Pascal l'avait prouvé à chaque fois qu'ils avaient terminé au lit. Mathias promena ses doigts le long du bras de Pascal, se dirigeant vers son torse avec la ferme intention de le pousser à aller plus rapidement, mais son partenaire attrapa sa main et la replaça sur sa nuque. Mathias fit la moue après s'être fait devancer, mais Pascal se contenta de l'embrasser avec ce même baiser tendre et sans exigences.

Pascal mordit la lèvre inférieure de Mathias et s'écarta.

— Laisse-moi te débarrasser de ta veste. Si tu prévois de rester un moment ici, bien entendu.

Mathias avait l'intention de n'aller nulle part ailleurs que dans le lit de Pascal durant ces prochaines heures. Il retira sa veste et, alors qu'il s'apprêtait à la jeter sur la table près de l'entrée, Pascal la lui prit et l'accrocha dans le placard derrière la porte.

— Pas de raison de se précipiter, si ?

— J'imagine que non.

— Bien. Alors laisse-moi faire les choses comme il faut.

Mathias ne savait pas comment cela pouvait être encore mieux que ce qu'ils avaient déjà fait, mais il s'était depuis longtemps résolu au fait que Pascal avait plus d'expérience que lui. Pascal ne lui avait pas donné de raison de se plaindre jusqu'à maintenant. Il pouvait à nouveau lui faire confiance ce soir-là.

Pascal tendit à nouveau les bras vers lui. Mathias ne se fit pas prier pour se blottir immédiatement dans ses bras puisque c'était exactement l'endroit où il voulait être. Il leva la tête pour un nouveau baiser. Pascal lui donna un rapide baiser, mais ne s'attarda pas. Au lieu de ça, il guida Mathias le long du couloir jusqu'à la chambre.

Il y avait du progrès.

Mathias attrapa l'ourlet de son tee-shirt dès qu'ils passèrent la porte, mais Pascal l'arrêta.

— Pas de précipitation, tu te rappelles ?

— Nous pouvons « ne pas nous précipiter » en étant nus, non ?

Pascal eut un bref rire.

— Bien sûr, et ça arrivera. Je ne suis pas fait de pierre. Une fois que tu seras nu, j'oublierai toutes mes bonnes intentions et ce sera terminé avant que nous ayons réellement commencé. Comme toutes les autres fois où nous avons terminé au lit.

— Tu ne m'as pas encore entendu m'en plaindre.

Pascal dessina la mâchoire de Mathias de son doigt.

— Non, en effet, mais ça ne veut pas dire que tu ne mérites pas mieux. Tu n'es pas un simple plan cul que j'ai déniché dans un bar et je refuse de te traiter à nouveau de cette manière.

— Tu ne m'as jamais traité de cette manière, contesta Mathias.

— Alors tu n'as jamais été traité comme il se doit.

— Ou bien tu ne me traites pas aussi mal que tu le penses.

Pascal haussa les épaules.

— Ça ne vaut pas la peine d'en discuter. Viens ici et laisse-moi faire les choses comme il faut.

Mathias s'approcha de Pascal, les bras le long du corps, et il attendit. Il ne savait vraiment pas ce que Pascal pensait avoir fait de mal. Au contraire, Mathias avait été satisfait de la manière dont son partenaire n'avait pas été capable de lui résister longtemps. Cela lui avait permis de se sentir séduisant et puissant comme peu de choses pouvaient le faire, mais cette soirée était manifestement importante pour son amant. Il avait déjà décidé qu'il pouvait être patient. Si Pascal pensait pouvoir faire mieux que les autres fois où ils avaient couché ensemble, cela vaudrait bien le coup d'attendre.

Pascal entrelaça les doigts d'une de ses mains avec ceux de Mathias et coinça leurs deux mains dans le bas du dos de Mathias. Il leva l'autre main de Mathias jusqu'à ses lèvres et embrassa doucement sa paume avant de mordre le muscle à la base de son pouce. Mathias trembla. Comment pouvait-il ne pas savoir qu'il s'agissait d'une zone érogène à l'âge de vingt-quatre ans?

Pascal sourit contre sa peau – Mathias put le sentir au mouvement de ses lèvres. Il aurait pu se plaindre d'être la source de son amusement, mais Pascal leva sa main plus haut et aspira la peau fine de son poignet, envoyant un autre frisson à travers son corps. Merde, il ne connaissait pas du tout son corps.

— Tu amènes un plan cul au lit, tu le prépares et tu le baises, dit Pascal contre sa peau, chaque mouvement de ses lèvres et chaque respiration devenant un titillement. Tu peux le sucer un peu, il peut te sucer, faire passer ça pour les préliminaires, mais le seul objectif est de jouir. Bien sûr, les deux parties prennent du plaisir. C'est le but. Mais il peut s'agir de n'importe quel corps dans ton lit. Tu n'es pas qu'un corps pour moi, ce qui veut dire que je dois trouver tous les points sensibles de ton corps. Qu'est-ce que tu aimes?

Mathias était incapable de rassembler assez de matière grise pour lui répondre. D'un autre côté, même s'il avait pu faire coopérer son cerveau, il n'était pas sûr de ce qu'il aurait pu dire. Si Pascal le lui avait demandé une heure plus tôt, il aurait répondu « se faire sucer » ou que l'on « joue avec son cul ». Il n'aurait certainement pas pensé à Pascal en train d'aspirer la peau fine de son poignet ou de mordre la base de son pouce, ce que lui avait permis de découvrir Pascal. Maintenant, il se demandait quels autres secrets cachait son corps.

— Tu n'es pas obligé de me le dire, dit Pascal quand Mathias ne répondit pas. Je vais prendre plaisir à les découvrir par moi-même.

Il mena Mathias jusqu'au lit et le fit s'allonger sur le matelas. Mathias s'accrocha à la main de Pascal quand il se redressa.

— Ne t'inquiète pas. Je ne vais nulle part. Je vais juste allumer la lampe et éteindre le plafonnier.

Mathias suivit les déplacements de Pascal dans la pièce. Il marchait avec la même grâce que d'habitude, rien dans son langage corporel ne laissait penser qu'il avait une idée de la manière dont il avait, durant cette dernière minute, mis le monde de Mathias sens dessus dessous. Se sentant soudain jeune et peu sûr de lui, Mathias se dépêcha de s'asseoir contre la tête de lit. Ainsi, il serait à la même hauteur que Pascal au lieu de se trouver sous lui. Non pas qu'il finirait autre part que sous lui avant que la nuit se termine, mais, d'ici là, ils seraient de retour en terrain familier.

— Tu as bougé, dit Pascal avec un doux sourire quand il retourna vers le lit.

— Je me suis dit que ce serait plus pratique.

Ces mots sonnaient faux à l'oreille de Mathias, mais Pascal ne les releva pas. Il se contenta d'attraper à nouveau la main de Mathias et suça l'un de ses doigts. Cela provoqua un gémissement chez Mathias, qui imagina sans difficulté les lèvres de Pascal autour de son membre. Sauf que maintenant que Pascal avait planté cette idée dans sa tête, Mathias voulait savoir ce qu'il avait raté. Il recourba son doigt contre la langue de son partenaire, essayant de l'exciter un peu à son tour. Pascal leva les yeux et lui fit un clin d'œil avant d'introduire le doigt de Mathias dans sa bouche jusqu'à la deuxième articulation. Mathias remua sur le lit comme sa verge commençait à durcir. Il ne l'attrapa pas pour la remettre en place, mais si Pascal continuait son exploration, il serait bientôt obligé de le faire.

Pascal passa au majeur de Mathias, jouant davantage avec sa langue plutôt que de ne faire que sucer. Mathias eut le souffle coupé et ferma les yeux, mais cela ne fit qu'intensifier les sensations. Il passa ses doigts dans la chevelure courte de Pascal, décoiffant ses cheveux habituellement si bien coiffés. Il ne saurait pas par où commencer pour retourner les attentions de Pascal, encore moins pour les copier, mais il devait le toucher. Il avait besoin d'au moins cela pour rester ancré dans la réalité.

Pascal passa cette fois à l'annulaire de Mathias. Tout en jouant avec son doigt, il ouvrit les boutons de la manche de sa chemise et la releva. Mathias se retint de rougir. Ils avaient été nus tous les deux. Pascal l'avait pénétré jusqu'à la garde plus d'une fois. Il ne devrait même pas faire attention à ces quelques centimètres de peau dévoilés, et pourtant, il se sentait plus exposé maintenant que quand ils avaient couché ensemble.

Pascal libéra le doigt de Mathias et l'étudia attentivement.

— Doigts, paume, poignet... Tu as des mains sensibles. Je me demande si tes pieds sont aussi sensibles.

— Mes pieds ont sué toute la journée dans des chaussettes. Je te déconseille de les lécher.

— Ce ne sera pas pour ce soir alors, concéda Pascal. Mais je peux essayer d'autres choses.

— Est-ce que tu es fétichiste des pieds ?

— Pas particulièrement, mais la vraie question est de savoir si toi tu l'es.

Mathias faillit répondre qu'il ne l'était évidemment pas, mais le regard perçant de Pascal l'empêcha de formuler cette réponse.

— Je ne sais pas, dit-il finalement. Apparemment, j'ai des mains sensibles, mais je ne le savais pas avant ce soir.

Pascal eut un sourire en coin, ce qui envoya une vague de désir vers le bas-ventre de Mathias.

— Voyons ce que nous pouvons découvrir d'autre.

Pascal retira l'une des chaussures de Mathias et releva l'ourlet de son pantalon pour lui retirer sa chaussette, laissant les nerfs de Mathias réagir à chaque fois que les doigts de son amant entraient en contact avec sa peau. Ce n'était que sa peau, nom de Dieu ! Seulement son mollet, son tibia et sa cheville. Ce n'était pas comme si Pascal le touchait de manière intime. Et pourtant…

Ce dernier posa la chaussette et la chaussure de côté et prit le pied de Mathias dans ses mains. L'estomac de Mathias se noua face à l'anticipation. Il était certain que d'autres personnes avaient touché ses pieds par le passé – docteurs, vendeurs de chaussures –, mais jamais avec autant d'intention. Pascal caressa le dessus de son pied, faisant réagir toutes les terminaisons nerveuses de Mathias. Il faillit retirer son pied parce que ça chatouillait, mais la poigne de Pascal sur sa cheville se resserra et il caressa à nouveau son pied, plus fermement cette fois. Cette sensation était meilleure. Toujours bien plus intime que ne saurait l'expliquer Mathias, mais ça n'était plus chatouilleux.

— Comme ça ? demanda Pascal.

Mathias hocha la tête.

Pascal répéta cette caresse plus ferme, puis il enveloppa le pied de Mathias de sa main pour masser la plante. Mathias gémit.

— Dois-je ajouter tes pieds à la liste ou est-ce seulement parce que tu passes tout ton temps debout au bar ? Je peux te masser les pieds plus tard si c'était un gémissement dû au soulagement plutôt qu'à l'excitation.

Mathias secoua la tête. Il ne savait pas exactement à quoi sa réaction était due, mais cela n'avait pas d'importance. Les mains de Pascal étaient sur lui et c'était agréable. Il s'inquiéterait plus tard de savoir s'il avait un fétichisme des pieds inconnu jusqu'ici, ou s'il avait seulement besoin d'un bon massage.

Pascal lui fit un clin d'œil tout en appuyant sur sa voûte plantaire. Avec son autre main, il effleura la peau sous l'ourlet du pantalon de Mathias. Tous les poils de sa jambe se levèrent. Il s'adossa contre les coussins et remua pour laisser de l'espace à son érection grandissante. Pascal arqua un sourcil et fixa ouvertement la bosse sous la braguette de Mathias.

— Tu vois ? Je t'ai dit que je pouvais trouver des moyens de t'exciter sans que nous couchions directement ensemble.

— Je vois, répondit Mathias à bout de souffle. Que peux-tu me montrer d'autre ?

Avant de rencontrer Pascal, il aurait dit ces mots en le défiant avec arrogance, certain de n'avoir rien d'autre à apprendre. Maintenant, il les pensait avec toutes les cellules de son corps. Il ne faisait tellement pas le poids contre Pascal, mais il allait profiter au mieux de ses enseignements.

— Découvrons-le.

Mathias frissonna d'anticipation.

Pascal caressa une dernière fois le dessus de son pied avant de se placer au-dessus de Mathias à quatre pattes. Pendant un instant, Mathias crut que la leçon était terminée, que Pascal allait lui retirer ses vêtements et prendre avantage de cette position, mais il ne le toucha pas du tout. Ce manque de contact ne fit qu'augmenter la prise de conscience de Mathias : il était complètement enfermé entre les mains et les genoux de son amant. Ses lèvres s'entrouvrirent dans une respiration saccadée en attendant de voir ce que Pascal allait faire.

Celui-ci se pencha en avant pour poser ses lèvres sur la mâchoire de Mathias et ensuite plus bas vers le col de sa chemise. Mathias releva la tête vers le côté pour permettre à son partenaire d'atteindre plus facilement sa cible, peu importe ce qu'elle était. Il s'attendait à ce que Pascal lèche ou morde son point de pulsation ou sa pomme d'Adam, les zones que Mathias aurait choisies si leurs positions avaient été inversées. Il aurait dû se douter que Pascal avait autre chose en tête.

Le toucher d'un seul doigt dans le creux de son cou l'électrisa. Il n'avait pas porté de cravate donc deux boutons étaient ouverts à son col et Pascal traça cette ligne, le contact si léger que Mathias put à peine le sentir. Cela l'excita davantage que n'importe quel contact plus ferme et il se cambra contre cette caresse furtive. Pascal se déplaça en même temps que lui, ne le laissant jamais obtenir ce qu'il pensait vouloir.

— Chut, murmura Pascal contre son oreille. Tu sais que je vais te donner ce dont tu as besoin.

— Mais quand ? demanda Mathias tout aussi doucement.

— Quand attendre une seconde de plus risquera de te faire basculer.

Pascal prit le lobe de l'oreille de Mathias dans sa bouche. Mathias laissa échapper un soupir tremblant.

— Ça ne va pas être dur, dit Mathias.

Pascal s'écarta et étudia le visage de Mathias attentivement avant de lui adresser un sourire espiègle. Aussi rapidement qu'un éclair, il posa sa main entre les cuisses écartées de Mathias et prit sa verge d'une poigne ferme. Mathias s'arqua avec un cri rauque.

— Je dirais que c'est plutôt dur, le taquina Pascal.

— Putain, prends-moi, haleta Mathias.

— Plus tard, répondit Pascal, relâchant sa prise et replaçant sa main à sa place d'origine, près de l'épaule de Mathias.

La sensation d'être enfermé se décupla après avoir été momentanément absente. Mathias haleta tout en essayant de se détendre et de se rappeler comment être patient.

— Bâtard.

— Non, tu as rencontré mes parents aujourd'hui.

Ce rappel calma l'ardeur de Mathias, mais avant qu'il ne puisse trouver une réplique, Pascal l'embrassa, un baiser profond et ferme cette fois, tout ce que Mathias avait attendu plus tôt, mais n'avait pas obtenu. L'obtenir maintenant, après des minutes interminables de caresses délicates, lui fit tourner la tête. Il gémit tout en embrassant Pascal, essayant de répondre à son baiser, mais il ne pouvait rien faire d'autre qu'être allongé là, sous l'assaut sensuel de ses lèvres et de sa langue. Il ne pouvait même pas glisser ses bras autour de Pascal étant donné l'angle selon lequel son partenaire était penché au-dessus de lui. Tout ce qu'il pouvait faire était recevoir – et en apprécier chaque seconde.

Quand Pascal rompit le baiser, Mathias tenta de l'en empêcher, mais son amant l'arrêta à l'aide d'un seul doigt contre son torse. Mathias se figea, attendant de voir ce qui suivrait. Pascal soutint son regard alors qu'il défaisait les troisième et quatrième boutons de sa chemise, pas assez pour l'ouvrir complètement, mais assez pour dévoiler davantage sa peau à l'air frais de l'appartement. Mathias frissonna, espérant que Pascal continuerait sur sa lancée ou glisserait une main sous le tissu pour trouver ses tétons, tout pour assouvir le besoin sensuel qu'il ressentait. Pascal avait d'autres projets – ce qui n'étonnait plus Mathias désormais – et traça la longueur de son torse du bout du doigt. Il s'arrêta à chaque bosse, comme s'il s'agissait d'un endroit aussi sensible que ses tétons. C'était agréable parce que les mains de Pascal se trouvaient sur lui, mais cela ne provoquait pas le même sursaut de surprise que lorsqu'il avait touché ses mains et ses pieds.

— Non ? demanda Pascal un moment plus tard.

— Pas aussi sensible.

— Alors nous allons essayer d'autres choses. Chaque personne est unique et possède ses propres zones érogènes.

— Mais certaines choses sont universelles.

— Oui, mais l'objectif est de trouver les choses qui te rendent unique, tu te souviens ? Tout le monde peut te peloter les fesses. Je veux trouver les points sensibles que personne ne connaît chez toi.

— Tu trouves des points sensibles que je ne connaissais même pas, avoua Mathias.

— Encore mieux.

La fierté et la possessivité contenues dans la voix de Pascal firent se tortiller Mathias. Il n'avait rien fait pour mériter ce genre d'attention et de dévouement. Il espérait seulement que Pascal ne changerait pas d'avis plus tard parce que Mathias était déjà accro.

Pascal termina de déboutonner sa chemise, mais il ne la fit pas glisser jusqu'à ses bras, ce qui empêcha Mathias de l'enlever. Au lieu de ça, il l'ouvrit avec soin, celle-ci encadrant le torse de Mathias, et s'installa à genoux pour le regarder d'un air interrogateur.

— Tu m'as déjà vu nu, fit remarquer Mathias, se sentant bien plus nu maintenant que lorsqu'il n'avait rien eu sur lui et que Pascal l'avait pris.

— C'est vrai. Cette fois, je prête attention.

Mathias se remémora le regard attentif de Pascal quand il l'avait suivi jusqu'à la chambre, son fessier mis en valeur par son suspensoir. Si ça n'équivalait pas à « prêter attention », Mathias ne savait pas ce qui le faisait, mais il n'avait pas envie de discuter maintenant. Il se crispa lorsque Pascal suivit la courbe de ses hanches avec la même délicatesse que celle qu'il avait utilisée pour explorer tout son corps.

— Ça chatouille, dit Mathias, la mâchoire serrée.

Pascal sourit.

— Nous nous attarderons là-dessus une autre fois. Ce soir, je veux que tu gigotes sur mon lit pour d'autres raisons.

Mathias se cambra en une invitation flagrante.

— Donne-moi une raison, alors.

Pascal lui adressa un sourire plein de malice et attrapa sa main. Mathias laissa échapper un gémissement de surprise avant même que Pascal glisse ses lèvres autour des doigts de Mathias, se souvenant simplement de la sensation qu'il avait ressentie.

— Tu réfléchis toujours de manière si littérale. Nous devons vraiment régler ça.

— Je ne réfléchis pas, grommela Mathias.

Pascal rit.

— Bien. Allonge-toi et laisse-moi te faire ressentir.

S'il ressentait quoi que ce soit de plus, il exploserait, mais il n'en dit rien. Pascal pourrait arrêter s'il le faisait et Mathias ne le permettrait pas.

Les contacts se faisaient plus fréquents maintenant, toujours légers et sans exigences, mais le corps tout entier de Mathias était en flammes comme il tentait sans succès de deviner où le caresserait Pascal la fois suivante. La courbe de son pectoral, l'intérieur de son poignet, la ligne de sa mâchoire, tout cela en rafale, suivi par une succion longue et lente de ses doigts et par une petite pichenette sur son téton qui le fit crier de surprise face à l'intensité de la sensation.

— Tu essaies de me faire jouir dans mon pantalon?

— L'idée m'est passée par la tête, mais pas vraiment, non.

Il retira la ceinture et baissa la braguette de Mathias. Ce dernier souleva les hanches pour que Pascal puisse le dévêtir. Pascal baissa son pantalon et son sous-vêtement jusqu'à ses genoux et s'arrêta.

— Pas de suspensoir ce soir? le taquina-t-il.

— J'assistais à un repas organisé par ta famille, je ne portais pas mes jeans serrés du bar, répliqua Mathias. Un vrai sous-vêtement semblait plus approprié.

Pascal rit de bon cœur.

— Sans vouloir m'avancer, je ne pense pas qu'ils se souciaient du genre de sous-vêtements que tu portais.

Peut-être que non, mais Mathias se serait senti sordide. Il portait un suspensoir sous son jean serré pour que son fessier attire les regards au bar. Ce n'était pas la réaction qu'il avait voulu provoquer chez la famille de Pascal. Il voulait qu'ils se concentrent sur le banquier, pas sur ce qu'il faisait en ce moment pour s'en sortir financièrement.

— Alors…, dit Pascal, interrompant son fil de pensées. Il me semble que tu as évoqué le fait de jouir.

Mathias frissonna sous le regard attentif de Pascal, qui attrapa le lubrifiant près de la lampe. Mathias tenta d'écarter les jambes, mais il ne pouvait pas vraiment bouger avec son pantalon au niveau de ses genoux et son amant à califourchon sur lui.

— Tu vas devoir me laisser bouger si tu projettes de me prendre ce soir.

— Nous verrons, répondit Pascal.

La promesse dans sa voix poussa Mathias à se demander ce que son amant avait prévu d'autre.

Mathias savait ce que cela faisait d'avoir les doigts de Pascal à l'intérieur de lui – ils avaient pu en faire l'expérience plus d'une fois –, mais avec chaque parcelle de peau sensibilisée par les attentions de Pascal, le choc du lubrifiant froid enveloppant la chaleur des doigts de Pascal le prit par surprise, comme tout ce qui s'était passé ce soir-là.

Mathias se cambra sous la caresse avec un bruit doux et étonné. Il fixa Pascal des yeux, perdu dans cette avalanche de sensations alors que ces doigts longs et talentueux préparaient son entrée. Il se planta sur ses pieds du mieux possible, emmêlé dans son pantalon, et releva ses hanches contre la caresse.

— Je t'en supplie, dit-il.

Pascal le fit se rallonger sur le matelas, mais il s'introduisit plus profondément en lui en le faisant, et c'était tout ce qui importait réellement à Mathias. Il se pencha au-dessus de Mathias pour l'embrasser. Sa chemise effleura la peau de Mathias, ce qui lui rappela que son partenaire n'avait rien fait d'autre que retirer sa veste en entrant dans l'appartement. Tout le reste était en place. Ce n'était pas acceptable. Pascal ayant les deux mains occupées, l'une rendant Mathias fou et l'autre soutenant son poids, Mathias pourrait avoir une chance d'ouvrir la chemise de Pascal. Il fit fonctionner ses doigts malgré le sursaut inattendu provoqué par Pascal, qui s'amusait avec sa prostate, et réussit à déboutonner deux boutons avant que Pascal ne rompe le baiser.

— C'est à mon tour ce soir, dit Pascal.

Mathias secoua la tête.

— Tu dois aussi me laisser prendre soin de toi, contesta-t-il.

Pascal effleura le point G de Mathias du bout de son ongle, tirant un cri de Mathias alors qu'un voile blanc troublait sa vision. Il voulait… Il avait besoin…

Pascal ne lui donna pas l'opportunité de se ressaisir assez pour aller au bout de l'une de ces pensées. Il stimula cette glande encore et encore jusqu'à ce que Mathias ne puisse plus penser, ne puisse quasiment plus respirer. Il attrapa les épaules de Pascal pour se stabiliser avant d'exploser en un millier de petits morceaux de bonheur sans rien pour le garder entier.

Pascal se pencha au-dessus de lui. Mathias tourna la tête pour un baiser, mais son amant se contenta d'appuyer son front contre le sien en accélérant le rythme de ses doigts à l'intérieur de Mathias.

— Laisse-toi aller.

Dans un sanglot, Mathias obéit, chacun de ses muscles se contractant alors que des vagues successives de plaisir le tiraient vers l'obscurité.

Lorsqu'il revint à lui, Pascal était allongé près de lui, une main posée sur l'abdomen propre de Mathias – avait-il été inconscient si longtemps ? – et l'autre soutenant sa propre tête.

— Tu es de retour ? demanda Pascal.

Mathias hocha la tête, ne pensant pas que sa voix fonctionnerait. Il se sentait plus qu'un peu fou.

— Bien.

Pascal se pencha sur son amant et l'embrassa tendrement. Le mouvement fit se toucher leurs deux corps, laissant Mathias sentir la courbe de l'érection de son partenaire sous son pantalon. Il avait cédé et laissé Pascal prendre soin de lui, mais il en avait terminé avec l'égoïsme. Peu importe combien Pascal l'avait fait se sentir bien, il avait besoin de lui rendre la pareille.

— Mon tour ?

Il avait pensé ces mots comme une affirmation, mais ils avaient sonné davantage comme une question.

— Si tu en as envie, répondit Pascal. Mais ce soir était pour toi.

— Ceci est aussi pour moi, insista Mathias en essayant de se rappeler comment faire fonctionner ses mains.

Il batailla avec les boutons, mais il réussit finalement à retirer la chemise de Pascal. Il tira sur le bras de Pascal pour qu'il se penche afin de pouvoir lécher un de ses tétons tout en s'occupant du pantalon de son amant. Il glissa sa main à l'intérieur, trouvant la chair chaude et moite, et il caressa la verge dure jusqu'au prépuce. Il n'avait peut-être pas l'habileté de

Pascal quand il s'agissait de transformer chaque centimètre carré du corps en une zone érogène, mais il savait comment s'y prendre avec une verge quand il mettait la main dessus. Il fit glisser le prépuce pour exposer son gland luisant et passa son pouce sur la fente. Pascal se figea et trembla sous cette caresse, jaillissant sur la main et l'abdomen de Mathias.

Mathias le caressa le temps qu'il déverse sa semence, sa tête tournant à l'idée qu'il n'avait suffi que d'une simple caresse pour faire perdre le contrôle à Pascal. Il ne s'était pas attendu à ce que cela prenne longtemps, mais il n'aurait pas cru que cela arriverait aussi vite.

Il nettoya sa main sur le coin du drap et se blottit plus près de Pascal.

— Je n'arrive pas à croire les choses que tu provoques en moi, murmura Pascal contre son oreille. Ça devrait être illégal.

— Les choses que je provoque ? répéta Mathias. Tout ce que j'ai fait, c'est caresser ton sexe.

— Non, tu m'as laissé tout le temps de te faire l'amour. Puis tu m'as caressé. C'était tout ce dont j'avais besoin.

Mathias ne voyait pas en quoi c'était raisonné, mais cela avait manifestement du sens dans l'esprit de Pascal, sinon il n'aurait pas joui à la première caresse. Ce n'était pas non plus le fait que Mathias ait joué avec ses cheveux qui l'avait fait basculer parce que Pascal avait démontré ne pas être sensible à ce niveau. D'une manière que Mathias ne prétendrait même pas comprendre, Pascal avait éprouvé autant de plaisir que lui en le rendant fou de désir. Il se rapprocha encore de son partenaire.

— Je ne veux pas rentrer. Mon lit est vide sans toi.

— Alors ne pars pas, dit Pascal en resserrant son étreinte avant d'embrasser la tête de Mathias. Il suffit que tu mettes ton alarme assez tôt pour ne pas être en retard parce que tu as dormi ici.

— Vraiment ? Ça ne te dérange pas ?

— J'étais sur le point de te demander de rester dormir. Tu m'as simplement devancé.

Mathias cligna des yeux deux fois, essayant de faire le lien entre ses craintes concernant les sentiments de Pascal suite à la réaction de sa mère et cette nouvelle donne. Si Pascal voulait qu'il passe la nuit chez lui, il ne s'inquiétait sûrement pas que leur couple crée des tensions au sein de sa famille.

— Ce n'est pas une décision si difficile, si ? demanda Pascal.

Mathias entendit la vulnérabilité sous-jacente à ces paroles légères.

— Ce n'est pas une décision difficile du tout. J'étais juste en train de me dire à quel point j'étais stupide de m'être inquiété que la réaction de ta mère cause des problèmes entre nous. Je suis novice dans tout ce qui concerne la famille.

— Elle ne s'en rappellera probablement pas demain. Quand elle est lucide, elle se rappelle de tous les autres moments où elle était lucide, mais pas de ceux où elle ne l'était pas. Et quand elle n'est pas lucide, Dieu sait ce dont elle se rappelle. La prochaine fois qu'elle te verra, ce sera probablement comme si elle ne t'avait jamais rencontré. Mais je sais qu'elle souhaite le faire parce que je lui ai parlé de toi lorsqu'elle était dans un bon jour.

Mathias hocha la tête et remua légèrement pour s'installer plus confortablement, ce qui attira son attention sur le fait qu'ils étaient tous les deux encore à moitié habillés.

— Nous devrions peut-être finir de nous déshabiller pour pouvoir dormir.

Pascal rit doucement et s'assit. Il retira sa chemise et fit glisser son pantalon le long de ses jambes.

— C'est mieux ?

Mathias prit un moment pour lorgner Pascal, ne plaisantant qu'à moitié. Il ne savait toujours pas comment il avait eu la chance de décrocher ce renard argenté, mais, bon sang, il n'allait s'en plaindre.

— Bien mieux.

Il se déshabilla aussi rapidement et laissa échapper un soupir de contentement en se blottissant contre Pascal.

— Tu as programmé ton alarme ?

— Sur mon portable. Et il était chargé au maximum avant que nous partions ce matin. Elle sonnera.

— Bien.

Pascal tendit le bras et éteignit la lampe. Il remua jusqu'à ce qu'il soit placé en cuillère derrière Mathias. Mathias ferma les yeux en se disant que même si la journée n'aurait pas pu commencer plus mal, elle n'aurait pas pu se terminer d'une manière plus parfaite.

XXI

MATHIAS FAISAIT de son mieux pour se concentrer sur la conversation qui se tenait entre ses collègues et le représentant d'une grande entreprise qu'ils essayaient de séduire, mais ils avaient commencé à discuter des plus récentes pièces de théâtre sur Broadway, chose qui ne l'intéressait pas et à laquelle il n'y connaissait rien. Il resta alerte, au cas où quelqu'un venait à s'adresser directement à lui, mais son attention était surtout portée de l'autre côté de la Colombe d'Or, sur Pascal qui effectuait ses tâches. Quand Louis lui avait dit qu'il serait invité à se joindre à eux pour dîner, Mathias avait espéré que Pascal serait en charge de leur table, mais ils avaient été placés dans une autre section, et c'était le manager lui-même qui s'occupait d'eux.

Mathias ne comprenait toujours pas comment il avait eu la chance de capter l'attention de Pascal et de la conserver, mais, ces deux dernières semaines après Thanksgiving, il avait presque cessé de se poser la question. Il gigota sur sa chaise, ressentant encore les effets de leurs actes amoureux de la nuit passée; il avait cloué Pascal sur le lit et l'avait chevauché avec ardeur... jusqu'à ce que Pascal le retourne et le prenne comme il l'en avait supplié. Ce souvenir eut l'effet escompté sur son anatomie. Il attrapa son verre et but une gorgée d'eau pour se calmer un peu. Il ne voulait pas avoir à expliquer à son patron qu'il était en train de s'échauffer en regardant son amant de l'autre côté de la salle.

Même si le sexe était formidable – et plus ils faisaient l'amour, plus c'était bon, phénomène que Mathias ne pouvait pas expliquer –, l'attention de Pascal était encore meilleure. Ils passaient chaque moment de libre ensemble et Pascal semblait se démener pour fabriquer ces moments. Ils étaient toujours en congé le mardi, mais Pascal avait aussi rejoint Mathias pour le déjeuner à deux reprises, quand il n'avait pas eu besoin de se rendre au restaurant avant le milieu d'après-midi, et il avait invité Mathias à rester dormir chaque fois qu'il restait tard ou bien quand Mathias lui envoyait un message du bar et qu'il était encore réveillé. Mathias n'était pas du genre se plaindre de ce qu'on lui offrait, mais il ne pouvait pas s'empêcher de s'inquiéter parce que tout cela était soudain trop facile. Daniel l'avait aussi traité de cette manière au début de leur relation.

La porte du restaurant s'ouvrit et un groupe de femmes en train de rire entra, l'une d'elles portant un panier enveloppé dans du cellophane, auquel étaient attachés un gros nœud rose et des ballons gonflés à l'hélium. Mathias se demanda laquelle d'entre elles fêtait son anniversaire. Dans tous les cas, elles seraient peut-être plus intéressantes à étudier que la conversation qui continuait de se dérouler autour de lui et moins dangereuse que Pascal à regarder. Il était peu probable qu'il finisse par rougir en les regardant.

Pascal sortit de la cuisine et entra directement dans le champ de vision de Mathias. Il attendit, espérant que Pascal lèverait les yeux et lui sourirait, comme il l'avait fait de temps en temps la nuit précédente, mais Pascal ne le regarda pas. Il traversait la salle vers l'une de ses tables quand il vit les femmes avec les ballons. En une seconde, le sourire professionnel que Mathias avait voulu effacer du visage de Pascal toute la soirée se transforma en ce sourire sexy qu'il lui adressait toujours juste avant de faire quelque chose qui le rendrait fou.

Mathias ravala sa réaction à ce sourire malicieux parce qu'il ne lui était pas adressé. Pascal se dirigeait d'un pas assuré vers le groupe de femmes avec cette expression sur le visage. L'estomac de Mathias se noua. C'était la même situation qu'avec Daniel. Il ne pouvait pas faire une scène. Pas avec son patron installé à quelques chaises de lui. Il ne pouvait même pas s'excuser une minute parce qu'il l'avait déjà fait peu de temps avant quand, à force de regarder Pascal, il avait dû partir s'isoler. Il n'eut pas d'autre choix que de grincer des dents en regardant ces femmes saluer *son* amant avec des baisers sur la joue et des tapotements dans le dos qui semblaient familiers. Puis la femme qui portait l'énorme panier le remit à Pascal au milieu des rires de ses amies. Elles firent tellement de bruit que cela attira aussi l'attention des collègues de Mathias.

— Je me demande pour quelle occasion c'est, dit Louis.

Mathias fit de son mieux pour avoir l'air désintéressé pendant que les autres spéculaient sur la raison qui pouvait pousser des personnes à faire ce genre de cadeau au serveur d'un restaurant. Ils n'émirent aucune suggestion romantique, au grand soulagement de Mathias. L'enjeu de ce dîner était trop important et ils ne devaient pas perdre une minute du temps qu'il leur était alloué avec leur nouveau client, mais cela ne stoppa pas le mauvais pressentiment qui s'emparait de Mathias. Il ne pouvait pas regarder cela, peu importe ce que *cela* était, mais il ne pouvait s'empêcher de regarder.

Pascal posa le panier au milieu de la table et déposa un baiser sur la joue de celle qui le lui avait offert. Il n'avait donné aucune raison à Mathias de penser qu'il était bi, mais Mathias ne savait pas de quelle autre manière interpréter ce qu'il voyait. Il avait rencontré la sœur de Pascal. Peu importe qui était cette femme, elle avait une relation très personnelle avec Pascal, une relation qui lui donnait le droit de se permettre des choses en public pendant que Mathias était obligé de rester assis tout en prétendant qu'il n'était pas mort de jalousie.

Il ne pouvait pas entendre ce que Pascal disait à cette distance, mais toutes les femmes se mirent à rire de plus belle. Il l'avait vu servir assez de tables pour percevoir le moment où Pascal prit leur commande, mais il ne reprit pas l'attitude aimablement professionnelle qu'il avait eue tout au long de la soirée, même lorsqu'il quitta leur table pour se rendre au bar. Mathias essaya de rester discret tout en suivant Pascal du regard. Une fois au bar, le barman frappa l'épaule de Pascal de manière taquine. Pascal rit et baissa les yeux, réagissant avec embarras aux propos du barman. Mathias avait réagi de la même façon lorsque Michel l'avait taquiné sur sa relation avec Pascal au Salon. Il ne voyait pas comment Pascal aurait pu le tromper avec cette inconnue, vu tout le temps qu'ils passaient ensemble, mais il n'arrivait pas à assembler les pièces du puzzle d'une autre manière.

Il arracha son regard de Pascal et se focalisa sur son assiette. L'idée de manger ne fit que lui retourner l'estomac encore plus, mais s'il ne mangeait pas, quelqu'un lui demanderait ce qui n'allait pas, si la nourriture ne lui convenait pas, ou quelque chose d'autre, et il ne voulait pas faire de scène. S'il avait pu trouver un moyen de partir plus tôt, il l'aurait fait. Il avait attendu cette soirée avec impatience, voulant voir son partenaire au travail, mais finalement il aurait préféré avoir trouvé une excuse pour ne pas assister du tout à ce dîner. L'ignorance était vraiment une bénédiction.

PASCAL APPORTA la tournée de cosmos à la table où ses dames l'attendaient. Il n'arrivait pas à croire que Martine ait fait un tel spectacle en lui rapportant son plus récent roman. Non, oubliez ça, il pouvait y croire. Les emballages successifs des livres *Pascal St-Laurent* étaient devenus de plus en plus imposants à chaque parution, mais celui-ci atteignait des sommets. Des ballons, pour l'amour du ciel. En tout cas, cela le faisait sourire, ce qui avait toujours été l'objectif – des livres, des cadeaux, de la taquinerie, de l'amitié elle-même. Parfois, il se disait qu'il ne serait jamais capable de remercier ses dames à la hauteur de tout ce qu'elles avaient fait pour lui au fil des années.

— Une tournée de cosmos pour votre table, annonça-t-il alors qu'il leur remettait à chacune un verre.

— Où est le tien? demanda Camille. Nous devons porter un toast.

Pascal se mit à rire.

— OK, attendez une seconde. Je vais demander à Nick de m'en servir un.

Il retourna au bar et se retrouva face au sourire entendu de Nick.

— Tu as oublié quelque chose? demanda-t-il en tendant à Pascal un cinquième cosmo. Elles insistent toujours pour t'en offrir un quand elles t'offrent un nouveau livre. Je ne sais pas pourquoi tu as pensé que ce serait différent ce soir.

Ce n'était pas le cas, vraiment, mais il refusait de présupposer de leur amitié en demandant à Nick de lui en préparer un avant qu'elles l'invitent. Nick n'avait pas ce genre de scrupules.

Il retourna à la table avec son verre. Ses dames prirent leur verre à leur tour.

— Je porte un toast à l'obtention de ce que tu as toujours désiré, dit Martine, trinquant avec Pascal avant de trinquer avec ses amies.

Pascal trinqua aussi avec tout le monde et prit une gorgée de son cosmo.

— Est-ce que ça veut dire que Pascal fait enfin le premier pas vers Jack? demanda-t-il à Martine.

— Tu vas devoir lire pour le découvrir. Mais qu'est-ce qui te fait croire que je parlais du livre? D'après ce que je sais, tu as toi aussi obtenu ce que tu attendais.

Pascal ne pouvait pas vraiment dire le contraire.

— Il dîne ici ce soir, tu sais. Maintenant, tu m'as complètement embarrassé devant lui.

— Vraiment? s'exclama Nicole. Où ça?

— Reste discrète, siffla-t-il. Je ne sais pas si ses employeurs sont au courant qu'il est gay, mais même s'ils le savent, ils ne sont probablement pas au courant qu'il est en couple avec moi, et je refuse d'être celui qui dévoile sa sexualité à ses collègues.

— Nous savons nous montrer discrètes, répliqua Hélène.

Pascal pouffa de rire.

— Oui, aussi discrètes qu'une tête nucléaire. Il est installé à la table d'hommes d'affaires derrière moi. Le plus jeune de la table.

— Il est mignon, dit Camille. Tu ne plaisantais pas quand tu disais qu'il était jeune. Il te gardera jeune.

— Alors, pas de blague sur les pumas ? les taquina-t-il.

— Pas s'il te rend si manifestement heureux, répondit Nicole. Tu pourrais croire qu'on essaie de te décourager.

— Et c'est la dernière chose que nous voudrions faire, ajouta Martine.

— Ça mérite un autre toast ! dit Hélène. À Pascal et à son nouveau petit ami, puissent-ils connaître le plus grand bonheur.

Pascal trinqua à nouveau avec elles toutes et prit une autre gorgée de son cocktail.

— Vous avez choisi votre plat, mesdames ? Ou avez-vous besoin de plus de temps pour regarder le menu ?

— Donne-nous un peu de temps, tu veux bien ? demanda Martine.

Pascal lui adressa un sourire entendu.

— Seulement parce que c'est toi, ma chérie.

Elles se mirent toutes à rire, comme il l'avait voulu. Il attrapa son verre et les laissa un instant, le temps qu'elles prennent leur décision. Il avait d'autres tables qui réclamaient son attention, même si Simon lui en avait assignées moins quand il avait vu que ses dames avaient fait une réservation.

Pascal jeta un œil vers la table de Mathias, mais son partenaire ne regardait pas dans sa direction. Il ne semblait pas non plus passer un agréable moment. Avec un peu de chance, il rentrerait assez tôt à la maison pour lui remonter le moral avant qu'ils ne doivent aller se coucher.

Mathias enfonça ses ongles dans ses paumes pour s'empêcher de crier quand Pascal partagea un toast avec ces femmes. *Ne fais pas de scène. Ne fais pas de scène. Ne fais pas de scène.*

Il ne pouvait pas continuer à regarder s'il voulait rester sain d'esprit jusqu'à la fin de la soirée. Il ferait face à Pascal quand il rentrerait du travail et découvrirait ce qui se tramait, mais pour l'instant, il devait penser à autre chose. Plus important encore, il avait un patron et un client à impressionner, et il ne pouvait pas le faire tant qu'il restait assis à se morfondre parce que son petit ami flirtait avec quelqu'un d'autre. Il valait mieux que ça et il allait le prouver. Pascal ne le verrait peut-être pas, mais l'amour-propre de Mathias le réclamait.

Il s'engagea à nouveau dans la conversation qui se déroulait autour de lui et réalisa que le sujet était passé des spectacles de Broadway aux Canadiens. Il n'y connaissait peut-être rien en théâtre, mais il pouvait parler de hockey. Déterminé à ne plus penser à Pascal, il se joignit au débat concernant la meilleure équipe actuelle – les Habs contre les Leafs.

MATHIAS RÉUSSIT à tenir la promesse qu'il s'était faite tout le reste de la soirée, restant investi dans la conversation qui passait sans cesse d'un sujet à un autre. Deux fois, il crut voir un coup d'œil approbateur de son patron. Louis lui adressait un sourire plein de fierté à chaque fois que Mathias croisait son regard. Il n'avait pas regardé une seule fois vers la table de femmes installées de l'autre côté de la salle, peu importe la résonance de leurs rires ou le nombre de fois où il avait vu Pascal se diriger vers leur table du coin de l'œil. Il s'était laissé distraire plus tôt dans la soirée, mais il n'allait pas laisser cela se reproduire.

Son patron paya l'addition et ils se levèrent tous pour partir. Mathias balaya furtivement la salle du regard en utilisant le prétexte de récupérer sa veste et sa sacoche, mais Pascal lui tournait le dos, son attention focalisée sur sa table. Il réprima la douleur qu'il ressentit en voyant que Pascal ne prenait même pas la peine de faire attention à son départ puis il suivit les autres sur le trottoir, à l'extérieur. Lorsque la navette du restaurant partit pour ramener leur client à son hôtel, les autres se dispersèrent.

— Je t'accompagne jusqu'au métro, dit Louis. Tu as été parfait ce soir. Ce n'est pas facile d'être le nouvel arrivant dans un dîner comme celui-là, mais tu t'es débrouillé comme un chef. M. Belanger était impressionné.

— J'en suis heureux, dit Mathias. Je me suis égaré un moment quand ils ont commencé à parler de théâtre. Ce n'est pas un domaine que je connais.

— Je parie que si tu en parlais à Pascal, il t'aiderait à y remédier.

Mathias haussa les épaules ; il ne voulait pas penser à Pascal pour le moment.

— Est-ce qu'il était là ce soir ? poursuivit Louis, ne relevant pas l'humeur maussade de Mathias.

— Oui. Le renard argenté qui servait la table de femmes avec ces horribles ballons, dit Mathias, espérant que son amertume à ce sujet ne transparaissait pas.

— Oh, il est *vraiment* séduisant. Bien joué.

Mathias lui adressa son sourire le plus sincère, même s'il était faux. Bien entendu, Pascal était séduisant, mais l'entendre dire n'arrangeait pas son humeur. Ces femmes l'avaient manifestement trouvé bien à leur goût, et pas seulement ce soir-là.

Ils arrivèrent à la bouche de métro, leur point de séparation, ce qui permit à Mathias de ne pas avoir à répondre.

— À demain matin.

— Passe une bonne nuit, répondit Louis en jouant des sourcils.

Mathias aurait dû rire. N'importe quel autre soir, il l'aurait fait, mais même si Pascal rentrait bientôt à la maison, Mathias n'était pas d'humeur à faire ce que Louis venait de suggérer. Il lui fit un signe de la main en guise de réponse et passa le tourniquet qui menait à sa ligne.

Le rire de Louis le suivit jusqu'en bas des escaliers et dans le métro.

XXII

MATHIAS FIT les cent pas dans son appartement, essayant de se calmer. Il devait y avoir une explication logique à ce qu'il avait vu au restaurant ce soir-là. Pascal ne le tromperait pas, pas après lui avoir fait l'amour avec autant de tendresse ces dernières semaines. Personne n'était si bon acteur. Personne. Sauf qu'il aurait dit la même chose de Daniel avant que ça tourne au vinaigre.

Il devrait monter chez Pascal et lui demander une explication au lieu de porter des accusations. Il pourrait lui dire qu'il avait vu Pascal avec ses amies, lui demander qui elles étaient, être le petit ami aimant et curieux, pas la harpie jalouse qu'il était en réalité. Il pouvait se comporter en adulte. Il devait donner la possibilité à Pascal de s'expliquer. Une fois qu'il aurait entendu toute l'histoire, cela ferait sens et il serait capable de rire de sa réaction excessive. Pascal n'avait pas à savoir ce qu'il avait ressenti en le voyant flirter de cette manière. Il n'avait pas cette attitude avec tous ses clients, seulement avec ces femmes. Mathias l'avait observé avant leur arrivée et il ne s'était comporté de cette façon avec personne d'autre. Pascal lui dirait pourquoi il avait agi de cette façon et tout irait bien.

Il devait simplement se maîtriser jusqu'à ce qu'il entende ses explications. Il prit une profonde inspiration, puis une autre, essayant d'inhaler assez d'air dans ses poumons pour apaiser son cœur qui battait la chamade et fuir la vague d'émotions qui menaçait encore de le submerger. Pascal n'était pas Daniel. Il ne voyait pas Mathias comme une quelconque distraction. Il avait emmené Mathias chez lui pour le présenter à ses parents et à sa sœur.

Ils avaient parlé du planning de Pascal. Il ne faisait pas la fermeture ce soir-là, alors il pourrait quitter le restaurant quand sa dernière table aurait terminé de dîner. Si ce soir-là ressemblait aux autres soirs où il ne faisait pas la fermeture, il serait de retour chez lui vers vingt-trois heures trente. Mathias pourrait attendre jusqu'à vingt-trois heures quarante-cinq et monter pour lui parler. Cela donnerait le temps à Pascal de rentrer même s'il terminait un peu plus tard, peut-être même de se changer, mais pas de s'endormir. Mathias ne voulait pas le réveiller. Il voulait juste une explication. Si cela

185

faisait de lui une personne immature, eh bien, il devrait vivre avec. Après cette soirée, il en avait besoin. Il avait besoin d'entendre que Pascal ne l'avait pas trompé comme l'avait fait Daniel. Ne le tromperait pas comme l'avait fait Daniel.

Il ne patienterait pas dans le hall d'entrée de l'immeuble. Il resterait dans son appartement et monterait voir Pascal quand il serait arrivé. Le hall d'entrée n'était pas l'endroit idéal pour la conversation qu'ils devaient avoir, même si Mathias réussissait à garder son calme. Puis s'il n'arrivait pas à se contenir, le hall n'était définitivement pas le bon endroit. Il devait simplement se montrer patient jusqu'à vingt-trois heures quarante-cinq. Là, il pourrait monter et écouter son amant lui dire que ce n'était qu'un malentendu.

Et si ce n'était pas qu'un malentendu, il valait mieux l'apprendre dans un lieu privé.

Il leva les yeux vers l'horloge du four. Vingt-trois heures vingt. Pascal serait à la maison d'une minute à l'autre. Il ne pouvait pas voir la fenêtre de Pascal depuis son appartement ni depuis sa « terrasse », alors ça ne l'aiderait pas. Il continua à faire les cent pas, essayant de calmer l'énergie frénétique qui montait en lui, mais il aurait beau marcher, le temps ne passerait pas plus vite.

Il ne pourrait jamais patienter vingt-cinq minutes de plus. Il n'était même pas sûr de pouvoir patienter cinq minutes. Il pourrait monter maintenant et voir si Pascal était chez lui. S'il y était, cela mettrait fin à son attente, et s'il n'y était pas, monter les marches lui prendrait plus d'énergie que de faire les cent pas dans son appartement.

C'est ce qu'il allait faire. Il allait retirer son costume pour enfiler quelque chose de plus confortable et il irait voir si Pascal était déjà à la maison. Ils se croiseraient probablement dans les marches, mais Mathias n'était pas en train d'espionner, comme Daniel l'avait accusé de le faire quand Mathias l'avait enfin démasqué. Il venait pour parler à Pascal. Il paraîtrait seulement un peu impatient si Pascal n'était pas encore là, mais il y avait de bien moins bonnes impressions à donner que celle-ci.

Il se rendit dans la chambre et ressortit des vêtements décontractés – pas les costumes qu'il portait au travail ni les jeans et tee-shirts moulants qu'il portait au bar, mais un pantalon de survêtements confortable et un sweat-shirt lâche. Cela donnait la bonne impression, non? Détendu, tranquille, venant seulement prendre des nouvelles de son amant avant

186

d'aller au lit. Rien de stressant, rien d'inquiétant. Un prélude à un baiser pour lui souhaiter une bonne nuit.

S'il se le répétait assez souvent, il pourrait même finir par y croire.

Il prit une profonde inspiration et se rappela de ne pas l'accuser de quoi que ce soit ou de démarrer au quart de tour. Daniel l'avait dupé, mais ça ne voulait pas forcément dire que Pascal avait fait de même. Il devait donner une chance à Pascal de s'expliquer. Ensuite, il verrait comment réagir. Il verrouilla sa porte derrière lui et gravit les marches jusqu'à l'appartement de Pascal.

Il entendit la musique avant même de frapper à la porte. Il ne connaissait pas cette musique, c'était un morceau jazzy, plein d'émotions sans pour autant être triste. En d'autres circonstances, Mathias l'aurait probablement apprécié, mais à ce moment-là, ça ne faisait que le rendre soupçonneux. Pascal n'allumait pas souvent la musique chez lui. Pourquoi l'avait-il allumée ce soir ?

Il frappa, car, même si Pascal l'avait invité à rester dormir ces dernières semaines, il ne lui avait pas donné de clé. Mathias n'avait pas cherché à comprendre pourquoi jusqu'à ce soir-là. Oui, ils étaient amants, mais ils ne vivaient pas ensemble. Mathias avait son propre chez lui et ça lui convenait. Maintenant, il se demandait pourquoi Pascal n'avait pas abordé ce sujet.

Pascal ouvrit la porte presque immédiatement, portant toujours sa chemise blanche et son pantalon noir du restaurant, bien que les trois boutons du haut étaient maintenant déboutonnés, dévoilant le tee-shirt blanc qu'il portait en dessous.

— Mathias, je ne m'attendais pas à te voir ce soir, dit Pascal, ouvrant grand la porte et se décalant afin que Mathias puisse entrer. J'avais décidé de t'envoyer un message demain matin, au cas où tu étais endormi à cette heure-ci.

Voir Pascal l'accueillir aussi chaleureusement chez lui rassura Mathias. Il ne l'aurait pas laissé entrer comme ça si quelqu'un d'autre se trouvait dans l'appartement. Il n'avait pas ramené la femme du restaurant chez lui. Mathias ne pensait pas vraiment que Pascal pourrait le tromper de la sorte, mais il y eut quand même quelque chose qui s'apaisa en lui.

Jusqu'au moment où il vit le panier garni au centre de la table.

— Tu n'as même pas fait l'effort de le cacher ? demanda Mathias en se tournant vers Pascal.

— Cacher quoi ?

Mathias fit un geste de la main pour désigner le panier sur la table.

— Je t'ai vu ce soir au restaurant. Qu'est-ce que c'était, bordel? Ces femmes étaient toutes à tes pieds.

Le regard de Pascal alla de Mathias à la table, et vice-versa.

— Mes dames? Nous passions juste un bon moment.

— Je sais à quoi ressemble un bon moment, insista Mathias. C'était plus qu'un simple bon moment.

— Tu flirtes avec les clients du bar tout le temps, fit remarquer Pascal. Et par rapport à mes dames, il y a bien plus de risques qu'ils veuillent passer à l'action.

Mathias renifla.

— Je les ai vues en train de regarder tes fesses à chaque fois que tu t'éloignais de leur table.

Pascal se mit à rire si fort que Mathias fut surpris.

— Oh, Mathias, tu ne comprends vraiment pas, hein? Martine et les autres ne sont pas du tout attirées par mes fesses. C'est le fait que je me tape les tiennes qui les fascine.

Mathias cligna des yeux à quelques reprises.

— Quoi?

— Ouvre le cadeau, dit Pascal.

Mathias fronça les sourcils, mais se rendit près de la table. Conscient que Pascal était en train de le regarder, il ne déchira pas le papier comme il le voulait, mais l'ouvrit doucement pour en sortir un livre. Le titre attira son attention.

— Attends, est-ce que c'est le nouveau? Sa sortie n'est pas prévue avant un mois.

— Je t'ai dit que je connaissais Martine. Elle m'apporte une copie à chaque fois qu'elle les reçoit. Je les ai souvent environ six semaines avant leur sortie, cela dépend de la date où elles viennent au restaurant.

— Je ne comprends pas.

Pascal s'assit sur le canapé et tapota la place près de lui. Mathias se percha sur l'accoudoir du canapé, complètement dérouté.

— Martine, Hélène, Camille et Nicole sont des clientes régulières de la Colombe d'Or, je les ai connues dès que j'ai commencé à y travailler. Elles venaient déjà régulièrement avant que je les serve pour la première fois, mais, depuis, elles demandent toujours à être installées dans ma section. Nous avons commencé à discuter ensemble. Au départ, c'étaient des choses banales, comme le font tous les serveurs pour que leurs clients soient satisfaits, mais après un moment, c'est allé au-delà de ça. Et quand Robert est parti et que j'étais si malheureux, Martine a eu une idée pour me remonter le moral.

Il passa le livre à Mathias.

— Elle a emprunté mon prénom et décidé d'écrire l'histoire d'un homme brisé qui se reconstruit, pas de façon miraculeuse, mais petit à petit, douloureusement, tout en sauvant le monde, méchant après méchant. Il y a des jours où je me dis qu'attendre le prochain livre était la seule chose qui me faisait avancer durant cette période sombre et difficile. Alors oui, je plaisante avec elles. Je porte un toast avec elles à chaque nouveau roman qu'elles publient. Il m'arrive même de m'asseoir avec elles et de manger une entrée durant les soirées plus calmes. Et oui, elles se donnent pour mission de m'embarrasser à chaque parution de livre en venant au restaurant avec un paquet toujours plus grand et plus voyant que la fois précédente, mais c'est dans une atmosphère bon enfant. Cependant, ce soir, je n'avais besoin ni de ballons ni de taquineries pour me remonter le moral parce que j'ai pu partager quelque chose avec elle que je pensais ne jamais pouvoir leur dire.

Mathias voulait désespérément savoir de quoi il s'agissait, mais il avait peur que Pascal s'arrête de parler s'il lui posait la question.

— Ce soir, j'ai pu leur dire qu'elles n'avaient plus à s'inquiéter pour moi, poursuivit Pascal sans qu'il l'y pousse. J'ai pu leur montrer l'endroit où tu étais assis à l'autre table et leur dire que j'étais sincèrement, voire même follement heureux parce que ce banquier mignon qui se trouvait sur l'autre table était prêt à me supporter, avec mes cheveux gris et tout ce qui va avec. Ce toast que nous avons porté était pour toi et moi.

Oh merde.

— J'ai tout fait foirer.

— Je ne sais pas. Tu en es sûr ?

— J'étais tellement jaloux, bordel. Je n'arrivais plus à réfléchir correctement.

— J'aime mes dames comme des sœurs, mais, en premier lieu, elles sont toutes mariées et heureuses en ménage, et plus important encore, je suis heureux avec toi. Je ne veux personne d'autre.

— Je ne sais pas pourquoi, marmonna Mathias. Quand on voit que je peux faire des choses aussi stupides que ça.

Pascal rit et l'attira dans ses bras pour l'étreindre.

— Tu es jeune. Les choses stupides font partie du lot, même si la prochaine fois tu pourrais peut-être me demander ce qu'il en est avant de tirer des conclusions incroyables. Martine sera ravie si je lui dis qu'elle t'a rendu jaloux, mais ensuite elle me tapera pour ne pas t'avoir donné assez de raisons de croire que tu n'as rien à craindre.

Cela voulait-il dire ce que Mathias espérait que ça veuille dire ?

— Rien à craindre ? demanda-t-il quand Pascal ne poursuivit pas.

— Rien du tout. Je suis complètement fou de toi. J'attendais simplement le bon moment pour te le dire. Je ne voulais pas te faire fuir, mais j'espère que cette jalousie signifie que tu ressens la même chose pour moi.

Tout l'air s'échappa des poumons de Mathias et il se sentit comme un poisson hors de l'eau. Il cligna deux fois des yeux, essayant de s'assurer qu'il ne s'agissait pas d'un rêve.

— Oui, dit-il finalement, alors que Pascal continuait de le regarder avec espoir. Oui, je ressens la même chose.

PASCAL S'AFFALA dans le canapé suite à l'aveu de Mathias. Il avait espéré… Dieu qu'il avait espéré que Mathias commence à s'attacher à lui, mais il n'avait pas su comment aborder le sujet sans l'effrayer. Il était férocement indépendant, une des nombreuses choses que Pascal admirait chez lui, mais cela voulait dire que Pascal avait marché sur des œufs depuis qu'il avait découvert ses propres sentiments. Demander à Mathias d'emménager avec lui était hors de question étant donnée la manière dont il insistait pour payer la moitié de leur rendez-vous. Même lui demander de rester dormir certaines nuits l'emplissait d'inquiétude, Pascal se demandant s'il allait trop loin et trop vite.

Le coup de colère de Mathias l'avait pris au dépourvu pendant un instant, mais il s'était vite rendu compte qu'il s'agissait de jalousie, et si Mathias était jaloux, alors peut-être, seulement peut-être, cela signifiait-il qu'il ressentait quelque chose de plus. Cet espoir lui avait permis de rester plus facilement calme face aux accusations de Mathias et d'expliquer sa relation amicale avec ses dames. Mathias n'avait pas dit les mots que Pascal désirait entendre, mais, en même temps, Pascal ne les avait pas dits non plus, il les avait juste fortement sous-entendus. Et Mathias avait répondu qu'il ressentait la même chose.

— Et maintenant, il se passe quoi ? demanda doucement Mathias.

Pascal s'assit et tendit les bras vers lui. Ce dernier ne se fit pas prier et se blottit dans ses bras.

— Tout ce que nous voulons, répondit Pascal. Nous pouvons continuer comme maintenant. Nous pouvons emménager ensemble, ici ou ailleurs. Nous pouvons lâcher nos emplois et nous échapper à Aruba pour passer notre temps à la plage.

Mathias rigola.

— Passer notre temps à la plage ?

— Figure-toi que je suis plutôt séduisant en maillot de bain, dit Pascal, faussement offensé.

— Je te crois sur parole, mais je pense qu'aucun de nous ne serait heureux s'il n'avait pas de quoi s'occuper. Nous finirions en dépression au bout de quelques semaines.

Pascal sourit et embrassa Mathias tendrement.

— OK, cette dernière partie était une blague. Je pensais vraiment le reste. Que veux-tu qu'il se passe ?

— Je ne veux pas d'un homme qui m'entretienne, dit doucement Mathias. Si nous emménageons ensemble, ici ou ailleurs, je paierai ma part des dépenses.

— Ça me paraît raisonnable. Jamais je n'ai proposé de payer un repas parce que je pensais que tu ne pouvais pas te le permettre. Je suis loin d'être riche alors ce n'est pas comme si tu me voulais pour mon argent.

— Tu gagnes plus que moi pour le moment.

Pascal haussa les épaules.

— Peut-être, mais dans quelque temps, ce ne sera plus vrai. Les cadres supérieurs des banques gagnent un bon salaire, mais cela nous permettrait d'économiser si nous combinions les dépenses et les partagions entre nous, même si nous avions un appartement plus grand.

— Est-ce que ça veut dire que tu veux que j'emménage avec toi ?

— Un jour, oui. Je ne demande pas que ça se fasse ce week-end. Je ne veux pas que tu te sentes poussé à t'engager dans une histoire si tu n'es pas prêt à le faire.

— Et si je disais que je voulais emménager demain ?

— Je ferai faire une clé pour toi sur le chemin du travail dès demain matin, répondit immédiatement Pascal.

Il ne lui mettrait pas la pression. Mathias devait prendre cette décision seul et à son rythme, mais, maintenant qu'ils avaient abordé ce sujet, il le voulait tellement que ça lui coupait le souffle.

Mathias balaya l'appartement du regard.

— Non pas que j'aie beaucoup d'affaires, mais tu penses qu'il y a assez de place ici pour nous deux ? Je ne veux pas que nous finissions par nous séparer parce que nous sommes toujours en train de nous marcher dessus.

— Je ne sais pas, dit malicieusement Pascal. Il y a des avantages à vivre en étroite cohabitation.

Mathias rit, comme l'avait voulu Pascal – bien que sa remarque ne fût rien de moins que la vérité.

— Un de ces jours, c'est peut-être moi qui te prendrai.

— Quand tu veux, répondit Pascal avec aise.

Il avait pris l'habitude de prendre son amant parce que cela semblait être ce que Mathias voulait, mais il serait plus qu'heureux d'inverser les rôles.

— Un de ces jours, répéta Mathias.

Cela convenait aussi à Pascal. Il ne se plaindrait jamais de pouvoir réduire Mathias en un corps tremblant de passion sous lui, aussi souvent que Mathias le lui demanderait.

— Tu n'as pas répondu à ma question.

— Je pense que le seul moyen de le découvrir est d'essayer. Robert et moi vivions dans un endroit encore plus petit que celui-ci pendant un temps, avant que nous puissions nous permettre quelque chose de mieux. J'ai emménagé ici peu de temps après son décès parce que j'avais besoin d'un nouveau départ. Si nous essayons et que nous trouvons qu'il n'y a pas assez d'espace, nous pouvons toujours chercher un appartement plus grand une fois que le bail se terminera. Mais nous devons aussi penser à ton bail.

— Il me reste encore un mois de location. J'ai emménagé en mai et j'ai signé un bail de seulement six mois. Même si j'avais vraiment envie de vivre ici, je n'étais pas sûr de m'en sortir financièrement. Choisir l'engagement le plus court possible semblait la chose la plus prudente à faire. Je pourrai passer plus de temps ici même si je loue encore mon appartement pendant un mois. Je ne pourrai pas aider à payer le loyer de ton appartement tant que je paierai celui de l'appartement du bas, mais ça voudrait dire que nous nous verrions plus souvent.

— Ça me va parfaitement, mais, comme je l'ai dit, c'est à toi de décider. Je ne veux pas te forcer la main. Nous pouvons voir comment ça se passe pendant le prochain mois avant que tu donnes ton préavis de départ. Et si tu n'es pas encore sûr de toi dans un mois, tu pourras payer ton appartement mensuellement pendant un temps. Le propriétaire te laissera la possibilité de le faire une fois que le premier bail sera terminé.

Mathias le regarda attentivement.

— Tu n'arrêtes pas de dire que tu ne veux pas me forcer la main et de me demander si je suis prêt. Mais toi, est-ce que tu es prêt ?

— Je sais déjà ce que je veux, mais je prendrai tout ce que tu seras prêt à me donner.

— Tu vas me dire ce que c'est ?

Pascal hésita. Il ne voulait pas que Mathias prenne ses jambes à son cou.

— Du moment que tu comprends que mes volontés ne sont que des volontés, pas des attentes. Les relations sont basées sur le compromis.

— Je sais, mais c'est un peu difficile de faire des compromis quand je ne sais pas d'où tu pars.

Pascal prit une profonde inspiration. C'était le moment. C'était quitte ou double.

— OK. Alors, dans un monde idéal, tu emménagerais avec moi aussi vite que possible, nous combinerions nos ressources et verrions si tu peux quitter ton petit boulot au bar. J'essaierai de réduire mes heures de service le week-end pour que nous puissions passer du temps ensemble, même si je devrais toujours travailler le soir pendant la semaine. Tu me présenterais ta famille et tu apprendrais à mieux connaître la mienne afin de savoir que Maman t'aime même lorsqu'elle ne se souvient pas de toi. Ou peut-être même que tu deviendrais un membre tellement important de la famille qu'elle commencerait à se souvenir de toi de la même manière qu'elle se souvient de moi. Plus tard, nous nous marierions et vieillirions ensemble, même si ça m'arrivera bien plus vite qu'à toi.

Il prit une longue inspiration et n'osa pas regarder Mathias.

— Mais c'est mon monde idéal. Tout est négociable si ce n'est pas ce que tu veux aussi.

Mathias serra sa main.

— Nous devrons regarder de plus près la chronologie de certaines choses, mais je ne vois pas pourquoi une seule chose devrait être mise de côté. Mon boulot au Salon n'est qu'une manière pour moi de joindre les deux bouts. Si nous pouvons combiner nos dépenses pour que je n'aie plus à y travailler, j'arrêterai avec plaisir. Cependant, je n'ai pas de vraies vacances avant Noël et La Tuque est un peu trop loin pour que nous nous y rendions pour une seule nuit.

Pascal se laissa tomber contre le canapé, emportant Mathias avec lui.

— Du moment que je sais que nous nous dirigeons vers la même direction, la chronologie n'est qu'un détail.

ÉPILOGUE

Dix-huit mois plus tard.

PASCAL LEVA les yeux des verres qu'il servait à Mathias et ses amis – il n'avait pas réussi à obtenir une soirée de repos pour fêter la promotion de Mathias, qui avait terminé sa formation et avait obtenu le poste de directeur de la succursale des prêts, mais il avait insisté pour que Simon les installe dans sa section – quand ses dames entrèrent dans le restaurant, un panier cadeau dans les mains.

Mathias adressa un clin d'œil à Pascal avant de se tourner vers Nathalie et Janine, deux autres internes de sa formation et, bien entendu, Louis. Si Pascal avait été d'une nature jalouse, il aurait sûrement eu son mot à dire sur le nombre de fois où Mathias rentrait du travail en parlant de son collègue. Il avait plaisanté sur ce sujet plus d'une fois avec le petit ami de Louis.

— Nous l'avons à présent perdu, dit Mathias. Il va passer le reste de la soirée à flirter avec ses dames et nous n'aurons jamais notre dîner.

— Je ne ferai jamais ça, dit Pascal avec une fausse moue.

— Je ne me fais pas d'illusion, continua Mathias. Je t'ai déjà vu flirter avec elles. Va les voir. Dis-leur aussi bonjour de ma part.

Pascal adressa un sourire reconnaissant à son partenaire, malgré les taquineries. Ils avaient parcouru du chemin depuis la première fois que Mathias s'était trouvé au restaurant en même temps que ses dames. Un *long* chemin. Il fut surpris lorsque l'hôtesse installa ses dames à une table de celle de Mathias et ses amis.

Martine fit un geste de la main à Mathias en s'approchant.

— J'ai une idée, dit Mathias. Mesdames, aimeriez-vous vous joindre à nous ?

— Nous ne voudrions pas imposer notre présence, dit Nicole alors que le sourire de Martine s'agrandissait.

Pascal n'était pas sûr qu'il survivrait si Mathias devenait amical avec ses dames.

— Vous ne vous imposeriez pas du tout, dit Mathias. Nous sommes en pleine célébration. Ce n'est pas un dîner d'affaires. On dirait que vous fêtez aussi quelque chose.

— Nous apportons seulement à Pascal son cadeau habituel, expliqua Martine. Le livre sort dans deux mois, mais il est très spécial donc j'ai fait en sorte d'en obtenir une copie juste pour lui.

Pascal prit le paquet qu'elle lui tendait, avec des ballons et tout ce qui va avec.

— Pourquoi celui-ci est-il très spécial ? demanda-t-il.

— Ouvre-le et tu verras.

En général, Pascal n'ouvrait pas les livres qu'elles lui apportaient avant d'être rentré chez lui afin de pouvoir en profiter en privé, mais Martine le regardait avec impatience, tout comme Mathias.

— Laissez-moi rapprocher les tables, si vous voulez dîner ensemble, et je l'ouvrirai ensuite.

— Tu es sûr que ça ne te dérange pas ? demanda Martine à Mathias.

— Certain.

Pascal posa le panier cadeau devant Mathias en lui lançant un « ne le touche pas ! », puis il fit signe à un autre serveur de venir l'aider à déplacer les tables. Une fois que tout fut bien installé, il prit le paquet et l'ouvrit doucement.

En haut de la couverture, au-dessus même du titre, les mots « la conclusion tant attendue » étaient inscrits.

— Qu'est-ce que c'est ? demanda-t-il à Martine.

Elle leva les yeux vers lui et lui sourit.

— Quand j'ai commencé cette série, c'était pour te remonter le moral et te donner de l'espoir quand tu n'en voyais plus aucun. Aux dernières nouvelles, il y a un mariage qui se prépare. On dirait que tu as obtenu ta fin heureuse alors je me suis dit qu'il était aussi temps d'en donner une à mon Pascal fictif.

— Je lève mon verre à cette bonne nouvelle, dit Mathias.

— Attends une seconde, dit Pascal. Je n'ai pas amené un verre à tout le monde. Je suis sûr que Nick a déjà préparé vos verres. Laissez-moi aller les récupérer et nous pourrons porter un toast.

Nick avait déjà préparé un plateau avec cinq cosmos quand Pascal approcha du bar. Il le porta jusqu'à la table, servit ses dames et en prit un.

Martine leva son verre.

— Aux fins heureuses.

Pascal rencontra le regard de Mathias alors que tout le monde trinquait et il sourit face à cette joie pure et naturelle qui correspondait parfaitement à ce qu'il ressentait. Oui, il lèverait son verre à cela.

ARIEL TACHNA

À VOTRE
Service

Lorsqu'Anthony Mercer est entré dans le restaurant Au cœur du terroir, il était à la recherche d'un bon repas et d'une soirée agréable passée avec une amie. Il ne s'attendait pas à rencontrer – et encore moins coucher avec – Paul Delescluse, un serveur du restaurant. Après avoir passé une semaine magique ensemble à Paris, Anthony doit retourner à sa vie en Caroline du Nord, tandis que Paul reste en France.

Malgré la distance et l'absence de promesses entre eux – Paul veut du sexe, pas une relation – Paul et Anthony forgent une amitié solide. Puis le travail d'Anthony le ramène à Paris, cette fois pour y rester. Paul est très heureux qu'il soit de retour, mais Anthony a un choix difficile à faire : être une autre des conquêtes de Paul, ou lutter pour obtenir la relation qu'ils pourraient avoir, si seulement Paul voulait bien y croire.

www.dreamspinner-fr.com

ALLIANCE DE SANG

ARIEL TACHNA

Partenariat de Sang, Tome 1

Un magicien désespéré et un vampire désabusé et amer peuvent-ils trouver un moyen de construire un partenariat qui pourrait sauver leur monde ?

Beaucoup dans ce monde secoué par la guerre magique voient les vampires comme des prédateurs, des créatures de la nuit valant moins que les humains. Pourtant, avec le conflit qui s'intensifie, la Milice de la Sorcellerie a besoin d'avantages pour inverser le cours de la guerre en sa faveur et les vampires lui donnent un avantage contre les sorciers dans cette bataille meurtrière. Dans une tentative dangereuse pour montrer leur bonne volonté, la Milice de la Sorcellerie demande une rencontre avec les vampires afin de pouvoir plaider leur cause.

Un homme désespéré, Alain Magnier et un vampire amer et sans illusion, Orlando Saint Clair se rencontrent à Paris et le sort du monde dépend de leur bon jugement. Est-ce que les vampires vont envisager de se joindre à la cause et de former une Alliance avec les magiciens pour gagner la guerre ?

www.dreamspinner-fr.com

CONTRAT DE SANG

ARIEL TACHNA

Suite de *Alliance de sang*
Partenariat de Sang, tome 2

Les sorciers et les vampires ont forgé une Alliance fondée sur le sang et la magie dans l'espoir de renverser la tendance de la guerre contre les sorciers rebelles. Quelques liens sorcier-vampire sont aussi réussis que celui d'Alain Magnier et Orlando de Saint-Clair, mais d'autres le sont beaucoup moins, menant à des disputes, des ressentiments, ou carrément à des combats entre les alliés en dépit de leurs objectifs communs.

Suivant l'exemple de son meilleur ami Alain, Thierry Dumont accepte résolument un partenariat avec le vampire Sébastien Noyer et ce malgré l'inconfort du sorcier à être si proche d'un vampire – et un homme – si peu de temps après le décès de sa femme. Mais ils constatent que leurs désespoirs sont peut-être la clef pour former une Alliance qui fonctionne : Thierry et Sébastien sont presque immédiatement dévoués à la sécurité de l'autre.

Avec cette nouvelle force qui la soutient, les dirigeants de l'Alliance se préparent à annoncer son existence au monde entier dans l'espoir de les rallier contre les sorciers rebelles qui menacent de détruire la vie telle qu'ils la connaissent. Luttant pour trouver sa voie dans la guerre en pleine expansion, l'Alliance découvre que malgré ses avantages, les partenariats ont une incidence sur l'équilibre des pouvoirs magiques élémentaires dans le monde qui peut être une menace encore plus grande que la guerre elle-même.

www.dreamspinner-fr.com

CONFLIT DE SANG

ARIEL TACHNA

Suite de *Contrat de sang*
Partenariat de Sang, tome 3

Alors que les partenariats magiciens-vampires de l'Alliance deviennent plus forts, les sorciers rebelles en subissent les effets. Ils cherchent de plus en plus désespérément à trouver des informations capables de les contrer, ignorant la pression croissante des liens de la magie de sang sur les magiciens et les vampires.

Le conflit se propage. Les querelles des partenariats mal assortis, à la fois sur un plan personnel et professionnel, menacent de déchirer l'Alliance de l'intérieur, malgré les efforts d'Alain Magnier et d'Orlando Saint Clair, de Thierry Dumont et de Sébastien Noyer, et même de Raymond Payet et de Jean Bellaiche, le chef des vampires de Paris qui se bat pour établir un équilibre avec son propre partenaire afin de pouvoir donner l'exemple.

Alors que la guerre fait rage et que les pertes déchirantes augmentent dans les deux camps, les sorciers rebelles continuent à chercher des indices pour comprendre et contrer la force de l'Alliance, alors que les partenaires liés par le sang de l'Alliance font la chasse aux anciens préjugés et partent à la recherche de savoirs oubliés pour trouver un avantage qui pourrait inverser le cours de la guerre une fois pour toutes.

Avec cette nouvelle force à ses côtés, les dirigeants de l'Alliance décident d'annoncer son existence au monde entier, dans l'espoir de rallier des soutiens contre les sorciers rebelles qui menacent de détruire la vie comme ils la connaissent. Luttant pour trouver sa voie dans la guerre qui s'étend, l'Alliance découvre que, malgré ses avantages, les partenariats ont une incidence sur l'équilibre du pouvoir magique dans le monde, ce qui est pourrait être une menace encore plus grande que la guerre elle-même.

www.dreamspinner-fr.com

ARIEL
TACHNA

Srikkanth Bhattacharya est le célibataire gay par excellence et parfaitement heureux de l'être, jusqu'à ce qu'il reçoive un appel de l'hôpital local lui annonçant que sa meilleure amie est morte en couches. Sri avait accepté de donner son sperme afin que le rêve de maternité de Jill se réalise, mais il ne s'était pas attendu à être responsable d'une petite fille. Il décide de la placer dans une famille adoptive, mais une fois qu'il la voit, Sri ne peut se résoudre à le faire, et se débat maintenant pour apprendre à s'occuper d'un nouveau-né.

Son colocataire et ami, Jaime Frias, propose de l'aider, ne se doutant pas qu'il allait tomber amoureux du bébé et de Sri. Tout semble parfait jusqu'à ce qu'une visite des Services Sociaux plonge Sri dans le désarroi, lui donnant l'impression qu'il doit choisir entre sa fille et une relation avec l'homme qu'il était venu à aimer.

www.dreamspinner-fr.com

Lorsqu'ARIEL TACHNA avait douze ans, elle a découvert deux choses : la langue française et les romans d'amour. Ces deux amours l'ont définie depuis. Au moment où elle terminait le lycée, elle avait écrit quatre romans que personne ne voudrait lire aujourd'hui, mettant en vedette une jeune femme qui était – vous l'aurez deviné – bilingue. Cette fille était tout ce qu'Ariel voulait être à douze ans et qu'elle n'était pas.

Elle vit maintenant dans la banlieue de Houston avec son mari (qui parle également français), ses enfants (qui comprennent le français, même lorsqu'ils sont trop paresseux pour le parler), et leurs deux chiens (qui refusent obstinément de répondre aux ordres en français).

Vous pouvez retrouver Ariel :
Sur son blog: www.arieltachna.com
Sur Facebook: www.facebook.com/ArielTachna
Par E-mail: arieltachna@gmail.com

Par ARIEL TACHNA

À votre service • Avec le sourire
Ses deux papas

PARTENARIATS DE SANG
Alliance de sang
Contrat de sang
Conflit de sang
Réparation de sang

Publié par DREAMSPINNER PRESS
www.dreamspinner-fr.com